पेंगुइन स्वदेश

आचार्य चतुरसेन
की श्रेष्ठ कहानियाँ

आचार्य चतुरसेन शास्त्री हिन्दी भाषा के एक महान उपन्यासकार थे। इनका अधिकतर लेखन ऐतिहासिक घटनाओं पर आधारित है। इनकी प्रमुख कृतियां *गोली*, *सोमनाथ*, *वयं रक्षामः* और *वैशाली की नगरवधू* इत्यादि हैं। *आभा* इनकी पहली रचना थी।

इनके अतिरिक्त शास्त्रीजी ने प्रौढ़ शिक्षा, स्वास्थ्य, धर्म, इतिहास, संस्कृति और नैतिक शिक्षा पर कई महत्वपूर्ण पुस्तकें लिखी हैं।

आचार्य चतुरसेन

की श्रेष्ठ कहानियाँ

आचार्य चतुरसेन

पेंगुइन स्वदेश
पेंगुइन रैंडम हाउस इम्प्रिंट

पेंगुइन स्वदेश

यूएसए। कनाडा। यूके। आयरलैंड। ऑस्ट्रेलिया। सिंगापुर
न्यू ज़ीलैंड। भारत। दक्षिण अफ़्रीका। चीन

पेंगुइन स्वदेश, पेंगुइन रैंडम हाउस ग्रुप ऑफ़ कम्पनीज़ का हिस्सा है,
जिसका पता global.penguinrandomhouse.com पर मिलेगा

पेंगुइन रैंडम हाउस इंडिया प्रा. लि.,
चौथी मंजिल, कैपिटल टावर-1, एम जी रोड,
गुड़गांव 122 002, हरियाणा, भारत

पेंगुइन
रैंडम हाउस
इंडिया

प्रथम संस्करण हिन्द पॉकेट बुक्स द्वारा 2003 में प्रकाशित
यह संस्करण पेंगुइन स्वदेश में पेंगुइन रैंडम हाउस द्वारा 2023 में प्रकाशित

10 9 8 7 6 5 4 3 2

ISBN 9789353495428

मुद्रक : रेप्रो इंडिया लिमिटेड

www.penguin.co.in

कथा-क्रम

आचार्य चतुरसेन : एक परिचय

कभी लिखा था आचार्य चतुरसेन ने 'कहानियां मैं अपने पाठकों के लिए लिखता हूं; और मेरे पाठक मेरी कहानियों से बहुत ख़ुश हैं, यह मुझे पता लगता रहता है।' आज से बरसों पहले जो बात उन्होंने कही थी, वह एक जीता-जागता सत्य था। तभी वह इतने लोकप्रिय हो गए थे कि उस समय के आलोचक भी उनको नकारने से घबराते थे; और इतने वर्षों बाद अब तक आचार्यजी एक किंवदन्ती ही बन चुके हैं।

आचार्य चतरसेन का जन्म 1888 में हुआ था। वह वैद्य का पेशा करते थे। रहना-सहना दिल्ली-शाहदरा में था। 1917 का साल उनके लिए सदा-सदा के लिए यादगार बन गया। तब वह बम्बई में थे और लोगों का वैद्यक द्वारा इलाज किया करते थे। तभी उन्होंने 'दुखवा मैं कासे कहूं' कहानी लिखी। उन्होंने सोचा भी नहीं था कि यह कहानी अमर को आएगी। माली हालात कुछ अच्छे नहीं थे। बड़ी परेशानी में थे कि 'सुधा' में छपी इस कहानी का पारिश्रमिक पांच रुपए दुलारेलाल भार्गव ने लखनऊ से भेजा, तो मन खिल उठा। उस दिन आचार्य जी ने पत्नी के साथ जश्न मनाया।

उन्होंने 1906 और 1907 के बीच लिखना-पढ़ना शुरू किया, तो यह सिलसिला जीवन-भर चलता रहा। वह समय था, जब देश ने नई जोशीली अंगड़ाई ली थी। बंग-भंग हो गया था। बंगाल के नौजवान गरज उठे। बड़े-बड़े नेताओं को कारावास और देश-बदर की सज़ाएं सुनाई गईं। लाला लाजपतराय को जब मांडले की जेल में डाल दिया, तो आचार्य जी का युवा मन भी जोश से भर गया।

उन्होंने लालाजी पर एक कविता लिखी, जो 'श्री वैंकटेश्वर समाचार' में छपी। इन्हीं दिनों मेवाड़ के इतिहास को पढ़ा। मन बहुत प्रभावित हुआ और वह शौर्य और पराक्रम की कविताएं लिखकर अपने मित्रों को भेजने लगे।

खूब कविताएं छपने से उत्साह इतना बढ़ गया कि कहानियां लिखने लगे। पहली कहानी लिखी 'सच्चा गहना', जो प्रयाग की 'गृहलक्ष्मी' में छपी। फिर तो कविताएं छूटती ही चली गईं और वह पूरी तरह कहानीकार बन गए। सन् 1912 तक चला जो चला। उसके बाद तो उस समय की प्रसिद्ध पत्र-पत्रिकाओं में धड़ल्ले से कहानियां छपने लगीं।

वह कहानी लिखने के लिए अपने ही समाज की सच्ची तस्वीरें देखते थे, जो जीवंत भी होती थीं और मार्मिक भी। प्लाट ढूंढ़ने के लिए बम्बई की चौपाटी पर घूमते, दोस्तों और जानने वालों को जानते-समझते, तब जाकर लिखते। इससे उनकी कहानियां अधिक जीती-जागती बन पातीं और पाठकों को इस तरह आकर्षित कर लेतीं, जैसे उन्हीं की ज़िंदगी की दास्तानें हों।

बौद्धजीवन की पहली कहानी लिखी 'अम्बपालिका', जो चांद में 1924-25 के दरम्यान छपी, जिसे साहित्य जगत में उपलब्धि माना गया। वैद्यक के पेशे के कारण ने भी कहानी के प्लाट दिए। एक युवा रानी ने अपनी सौत को मरवाने के लिए उन्हें कमरे में कैद कर दिया। एक करोड़पति सेठ पच्चीस हज़ार देकर अपनी सौतेली मां को मरवाने की फ़िराक़ में था।

'पतिता' कहानी आठ महीने में लिखी गई, 'नवाब ननकू' को लिखने में ढाई महीने लगे, 'अम्बपालिका' छः मास की देन है और ये सभी कहानियां आज अमर हो चुकी हैं। वह सारे काम करते हुए फुलस्केप के पचास पृष्ठ रोज़ लिख सकते थे। ऐसी उद्‍भुत क्षमता थी उनमें 'दे खुदा की राह पर' भी उनकी बेजोड़ कहानी है। एक जगह और लिखा था उन्होंने, 'मैं अपना कथा–साहित्य अपने पाठकों के लिए लिखता हूं। उन्हें पेशेवर समालोचक से अधिक विज्ञ समझता हूं। मेरा कथा–साहित्य युग के साथ अपने उद्देश्यों की दिशाएं बदलता चला जा रहा है। उसका सबसे बड़ा उद्देश्य आधुनिकता का प्रतिनिधित्व करता रहा है।' ऐसे थे आचार्य चतुरसेन और ऐसा है उनका कथा–साहित्य, जो तब लिखा गया और अब भी युग की धड़कन बना हुआ है।

डॉ. नफ़ीस आफ़रीदी

सोने की पत्नी

भगवती भागीरथी जब ताव-पेच खाती हुई, हिमाचल के आंचल से अपनी बांकी अदा से खिसकती हुई मैदान के हरे-भरे, विस्तृत प्रांगण में हर-हर करती बहती है, तब कहीं-कहीं उसकी शोभा निराली हो जाती है।

अनूप शहर के पूर्व में गंगा के किनारे बसा हुआ पुराना छोटा-सा गांव राजपुरा भी गंगा की ऐसी ही अनुपम शोभा धारण करता है। इस गांव की ओर मुड़कर मानों गंगा ने एक बल खाया है। वे एक बार दक्खिन को घूमती हुई बहकर फिर सीधे पूरब को समुद्र-पथगामिनी हो गई हैं।

रघुनाथ जाति का ब्राह्मण है। आयु तीस वर्ष से कम है। सुंदर, सुगठित, सरल और आकर्षक युवक है। वह अपढ़ है, अथवा कहना चाहिए, देहाती शाला में कुछ थोड़ा-सा पढ़-लिख गया है। वह कभी-कभी ग्रीष्म की दुपहरिया में चौपाल में बैठकर, एकाध संगीत की पुस्तक बांचता है। उसके घर में दो-तीन पुस्तकें हैं। उन्हें वह पढ़ता नहीं, गाकर गांववालों का सुनाता है। बहुत बार सुना चुका है। वह संतोषी है, सबके चार काम कर देता है। गांव की बूढ़ी स्त्रियां उससे बहुत प्रसन्न हैं। वह उन्हें काकी-चाची-ताई कहकर पुकारता है। प्रौढ़ वधुएं उसे लाला कहती हैं। वह उन सबको भाभी कहता है। भाभी शब्द उसके मुख से बहुत प्यारा लगता है। युवती स्त्रियां उस शब्द को सुनकर मुग्ध हो जाती हैं। वह गौरवर्ण नहीं, सुंदर भी नहीं, परंतु उसकी गठित देह और भाव-भंगी बहुत सुंदर है।

उसकी पत्नी का नाम अनूपा है। वह एक संपन्न घर की लड़की है। उसकी आयु केवल सत्रह वर्ष की है, परंतु उसकी गोद में नौ मास का एक

सुंदर बच्चा है। बच्चा माता की भांति सुंदर और पिता की भांति पुष्ट है। वह सदा छोटे-से बिछौने पर पड़ा हुक्-हुक् करके हाथ-पैर मारता रहता है। ज़रा गाल छू देने ही से खुलकर हंस देता है। उसका रंग सेब के समान गोरा है। अनूपा पढ़ी-लिखी नहीं। वह देहात के एक साधारण ज़मींदार की बेटी है। उसका बाप आसपास के गांव में संपन्न कहा जाता है। रघुनाथ के घर आकर वह और भी संपन्न घर की बेटी कहलाने लगी है। जब वह मायके से आती है, बहुत-सा सटर-पटर सामान साथ लाती है–गुड़, मिठाई, धान, कपड़े, घी, बर्तन, गोटा, मेवा और नकद रुपया भी। गांव-भर के स्त्री-पुरुषों में उन चीज़ों का प्रदर्शन होता है। जवान, अधेड़, बूढ़े, पोपले मुखों से उस सामान की, अपने माता-पिता के संपन्न होने की प्रशंसा सुन-सुनकर उमंग-भरी अनूपा तेज़ी से ताईजी, काकीजी, मौसीजी, सब आगंतुकाओं को पीढ़ी, खाट आसन देती है। अत्यंत अनुग्रह करने पर वह किसी की गोद में अपने गुलाब के फूलों के ढेर के समान लल्लू को डाल जाती है। लल्लू उस अपरिचित गोद से सुपरिचित की भांति सुख से लेटकर, दोनों पैर पटक-पटककर हग्गू-हग्गू कहता और प्यार की गालियां खाकर सुअर, पाजी बनता है।

इन ढाई प्राणियों को छोड़कर रघुनाथ के घर में अपना और कोई नहीं; एक गाय अवश्य है। वह थोड़ा-सा दूध देती है। अनूपा अपनी चातुरी से उसी में से लल्लू का काम चलाकर थोड़ा दही-मट्ठा भी तैयार कर लेती है। अनूपा अपने घर का सब काम स्वयं करती है। वह बहुत तड़के उठकर, गौ को सानी देने के बाद, जल्दी-जल्दी घर को बुहार डालती, तुलसी के चबूतरे को लीप देती, फिर पानी भरकर स्नान कर डालती है। इतनी देर बाद दिन निकलता है। रघुनाथ हल-बैल लेकर खेत पर चला जाता है। अनूपा जल्दी-जल्दी रसोई बनाकर एक स्वच्छ कटोरदान में ताज़ी रोटी, मक्खन, छाछ और तरकारी रख, एक बगल में लल्लू को ले, दोपहर से प्रथम ही खेत पर जा पहुंचती है। पिता को हल चलाते देखकर लल्लू दूर ही से किलकारी भरता है। वह दोनों हाथ पिता की ओर फैला देता है। और जब अनूपा पति के पास पहुंचती है, तो वह खेत की जुताई रोककर एक हाथ से बैलों का रस्सा थामकर, दूसरे हाथ से अनूपा के कंधे को छूकर लल्लू का मुख-चुंबन

करता है। इसके बाद दोनों प्राणी आंखों ही आंखों में हंसते हैं। अनूपा पेड़ की घनी छाया में कुटिया के द्वार पर पड़ी छोटी-सी खटिया पर लल्लू को सुलाकर, पेड़ की डाल में भोजन का कटोरदान लटकाकर पति को सहायता देने काछा कसकर पहुंच जाती है। आनंद और उल्लास से भरे हुए ये दोपहर तक बहुत-सा काम कर डालते हैं। इसके बाद जब वे कुटिया के पास आकर सुख की नींद सो रहे लल्लू को दोनों आंख भरकर देखते हैं, तो मानों अपनी आत्मा की जागृत् ज्योति को देखते हैं। कटोरदान खुलता है और दोनों प्राणी वह अमृत के समान भोजन आनंद से खाकर शीतल, ताज़ा पानी पीकर तृप्त हो जाते हैं। अनूपा समझती है–मेरा पति है, पुत्र है, खेत है, घर है, हल हैं, बैल हैं और गाय है; जगत् में मुझ-सा सुखी कौन! रघुनाथ समझता है–मेरा अनूपा है, लल्लू है, खेत है, घर है, बैल है, हल है; मेरे बराबर राजा कौन! जगत् के प्रांगण में उन हरे-भरे, शांत और एकांत खेतों के दूसरी ओर नगर बसे हैं। वहां बड़ी-बड़ी अट्टालिकाएं हैं। वहां मोम की मूर्ति-सी रमणियां रहती हैं, जिनके पांव मखमल पर छिलते हैं। वहां संपदा, सोना, रत्न बिखर रहे हैं। वहां ऐश्वर्य, सम्पत्ति और सौंदर्य का मेह बरस रहा है। पर रघुनाथ ने यह कभी नहीं जाना, अनूपा ने भी नहीं। वे न कहीं जाते, न आते। उनकी सब सामाजिक और आत्मिक तृप्ति वहीं हो जाती थी। वही छोटा-सा संसार उनका विश्व और वही पति-पत्नी, पुत्र, हल, बैल, गाय, घर, खेत विभूति थी।

राजपुरा से दिल्ली चालीस कोस है। दिल्ली में रघुनाथ का फुफेरा भाई रहता है। वह वहां किसी बैंक में नौकर है। उसकी लड़की की शादी है। उसने रघुनाथ को दिल्ली बुलाया है। बहू को लाने का भी आग्रह है। चिट्ठी आई है। उसे पढ़कर आज रघुनाथ खेत पर नहीं गया। वह गांव के चार बड़े-बूढ़ों से इस विषय से सलाह कर रहा है। दिल्ली बड़ा शहर है। वहां अकबर बादशाह का लालकिला है। उस किले में अकबर का दोस्त जाट उसके पास गया था। दिल्ली में चांदनी चौक है, जहां दिन-रात चांदनी छिटकी रहती है। वहां के आदमी हवा-गाड़ी, पैर-गाड़ी और बिजली-गाड़ी पर बैठते हैं। सड़कों पर कांच बिछे हैं, उनमें मुंह दिखाई देता है। दिल्ली के मकान आसमान से बात करते

हैं, उनमें बिजली चमकती रहती है, आदि बातें हो रही हैं। रघुनाथ ने दिल्ली देखी नहीं है। दिल्ली देखने का उसे बहुत चाव हो रहा है। वह दिल्ली जाए या न जाए, यही विचार-परामर्श का मुख्य विषय है। वह अकेला जाए या बहू को भी ले जाए। पर लल्लू-बहू जाएंगे कैसे? रहेंगे कैसे? सलाह हो गई, वह अकेला ही जाए। भाई-बंदी में बिना जाए तो नहीं सरता। बाप थे, तब वे जाते थे। अब तो उसे स्वयं ही रिश्तेदारी निभानी पड़ेगी। रघुनाथ ने जाने का निर्णय किया। वह घर उठकर आया, चेहरे पर घबराहट और चिंता थी। वह दिल्ली जाएगा कैसे? अकेला आदमी, अनजान जगह और शहर का मामला, यही रघुनाथ की चिंता का विषय था।

अनूपा ने सुना तो सोच में पड़ गई; परंतु उसे जाना तो चाहिए ही, यह उसका भी मत हो गया। उसकी चिंता कुछ दूसरी थी। वह अकेली रहेगी कैसे? लल्लू याद करेगा, तब? बुवाई हो गई थी, खेत की तो चिंता न थी। अनूपा ने धीरज और साहस से काम लिया। उसने कहा–जाना ही है तो बंदोबस्त करना ही पड़ेगा। गोमती की चाची यहां रात को सो रहा करेंगी। धजिया नाइन गाय-बैलों का गोबर-पानी कर देगी। रहतुआ चमार घास-चारे का प्रबंध कर देगा। घर से तो छुट्टी हुई।

अब चलने की तैयारी पर बहस चली। कपड़ों का चुनाव सबसे कठिन था। शहर में बढ़िया कपड़े पहने बिना कैसे जाना हो सकता है? रघुनाथ कहता था, मैं तो अपना खद्दर का कुर्ता और धोती पहनूंगा–जूता भी अभी ठीक है। अनूपा की राय नहीं मिलती थी। उसका मत था कि रघुनाथ को वहां फूलदार अंगरखा पहनकर जाना चाहिए। टोपी की जगह साफा बांधना चाहिए। जूता नया खरीदना चाहिए। अंत में अनूपा का ही मत रहा। जूता नया खरीदा गया और वह भी बूट। साफे का काम घर ही से चल गया। अनूपा ने अपनी साड़ी दे दी। धोती-जोड़ा भी एक खरीदना पड़ा।

राजपुरा ग्रांड ट्रंक रोड पर बसा था। वहां से होकर दिल्ली को ऊंटगाड़ियां जाती थीं। एक रात और आधा दिन लगता था। किराया लगता था चौदह आना। शुभघड़ी और शुभमुहूर्त में रघुनाथ दही-चूड़ा खा, ऊंटगाड़ी में बैठ दिल्ली चला गया।

दिल्ली से लौटने पर रघुनाथ के तन-मन में भूचाल आ गया था। दिल्ली की नागरिकता और संपदा देखकर उसकी आंखें चौंधिया गई थीं। बैंक में उसने रुपयों और नोटों के अंबार लगे देखे थे। इतने रुपये भी दुनिया में इकट्ठे हो सकते हैं, यह उसने कभी सोचा भी न था। उसने एक से बढ़कर एक सुंदरियां देखी थीं। वे बहुत कीमती, रेशमी ज़रदोज़ी के काम की साड़ियां पहने, हीरे-मोतियों से लदी मोटरों में घूम रही थीं। उसने अनूपा को सदा लोकोत्तर स्त्री-रत्न समझा था। वह समझता था, कहीं संसार में अनूपा-सी सुंदर स्त्री भी होगी? आज उसने देखा, दिल्ली में अनूपा की क्या हैसियत है? ये तो साक्षात् परियां थीं, जिनके हास्य, चाल, भाव-भंगी और सौंदर्य ने रघुनाथ को भौंचक बना दिया था।

अपने लल्लू को वह संसार के सब फूलों से कोमल और सुंदर पाता था। परंतु उसने दिल्ली में कितने एक से एक बढ़कर सुंदर बच्चे देखे थे। वे कीमती कैनवास की सायेदार गाड़ियों में आया के द्वारा घुमाए जा रहे थे। उनके शरीर पर गर्म, सुंदर ऊनी जम्पर और फ्रॉक थे। उनके चेहरे लाल हो रहे थे। लल्लू उनके सामने किस खेत की मूली था! उसके कपड़े-लत्ते, जो सदा अनूपा घर में धोकर पहनाती थी, उसकी वह छोटी-सी खटिया, छी-छी! ये भी कोई चीज़ें हैं! रघुनाथ की आत्मा तिलमिला उठी। उसने अपने घर पर भी बारम्बार दृष्टि डाली। कच्ची और बेमरम्मत दीवारें, अंधेरी कोठरियां, छप्पर की रसोई, टिमटिमाता सरसों के तेल का दीया, सुनसान, टेढ़ी-तिरछी गांव की संकरी गली। राम-राम, यह भी कोई जीवन है, दिल्ली में कैसे एक से एक बढ़कर महल हैं! कैसी उनमें बिजली की रोशनी है! कैसी साफ-चौड़ी सड़कें हैं! यह गांव क्या है, नरक-कुंड है। हम लोग रहते हैं! पशु की भांति दिन काटते हैं। उसे अपने ऊपर क्रोध आ रहा था। लल्लू अब उसे अच्छा न लगता था। अनूपा उसे कुरूप और भद्दी जंच रही थी। घर श्मशान-सा लगता था। जीवन-भर जिस भोजन को अमृत समझकर खाया, वह अब उसके गले नहीं उतरता था। उसने अपने फुफेरे भाई को अपने दोस्तों के साथ, स्वच्छ संगमरमर की मेज़ पर चाय पीते देखा था। वाह! क्या बहार थी! कैसे चीनी के प्याले थे! कितनी किस्म की मिठाइयां थीं, किस तरह सजाकर रखी थीं! वाह! वह जीवन को अकारथ गया। खेत में अब उसका जी नहीं लगता था। नलाई और पानी का समय

था, मगर रघुनाथ को इसका चिंता न थी। वह खूब देर करके उठता। जागने पर भी पड़ा रहता। वह न अनूपा से बोलता, न लल्लू के साथ हंसता। वह चुपचाप शून्यदृष्टि से छत की कड़ियां गिना करता। दिल्ली की प्रत्येक घटना एक के बाद एक आंखों में घूमती रहती थीं।

एक-दो दिन अनूपा ने पति के इस भाव परिवर्तन को नहीं समझा। अनूपा के लिए वह, एक सस्ती, चमकीली, नकली टसर की साड़ी लाया था। पचासों बढ़िया साड़ियां देखने पर यही वह ला सका। उनकी कीमतें सुनकर वह सकते की हालत में आ जाता था। वह सोचता–बाप रे! इतने दाम में तो एक जोड़ी बैल आते हैं। लल्लू के लिए वह एक लाल रंग का टोपा लाया था। पति के आते ही अनूपा ने अंधेरे में उठकर सारा घर लीप डाला था, फिर नहाकर रसोई में चली गई थी। उस दिन उसने खीर बनाई थी। पति को खिला और आप खाकर, उसने नाइन को बुलाकर सिर गुंथवाया, उसे गुड़ दिया, और तब नई साड़ी पहनकर पति के चरण गोद में लेकर दबाने बैठ गई थी। लल्लू को वही टोपा पहनाकर उसने पहले ही पति की गोद में लिटा दिया था। रघुनाथ पत्नी और पुत्र के इस प्रेम से ऊबकर सोने का बहाना करके पड़ा रहा। अनूपा ने समझा, पति थके हुए हैं। वह आनंद में विभोर हुई पति के पैर दबाती रही। उसे साड़ी मिली थी, पति मिला था, पति के प्यार का प्रत्यक्ष प्रमाण मिला था। अनूपा ने कहा–क्या सो गए?

'नहीं तो।'

'तब ऐसे गुम-सुम क्यों पड़े हो? क्या दिल्ली याद आ रही है?'

'अरी, क्या कहने हैं! दिल्ली क्या, इंद्रपुरी है। हम लोग भी कोई आदमी हैं? कीड़े-मकोड़े हैं।'

'हम कीड़े-मकोड़े क्यों हैं?'

'अब तुझसे क्या कहूं? दुनिया में कैसी-कैसी चीज़ें हैं! एक बार आदमी देख ले तो पागल हो जाए।'

'सो तुम पागल ही हो गए हो क्या?'

'हो तो गया हूं। जी चाहता है, पर लगाकर उड़ जाऊं, दिल्ली में रहूं, दिल्ली में सैर करूं। कैसे-कैसे महल हैं! उनमें बिजली की चकाचक रोशनी हो रही है। ऐसे महल में मैं रहूं। वहां की लुगाइयां जैसे कपड़े पहनती हैं,

तुझे पहना दिए जाएं, तो क्या तू धरती पर पैर रखे! और लल्लू को वैसे कपड़े पहना दिए जाएं, जैसे वहां साहब के बच्चे पहनते हैं, तो क्या बात है! अरी, वे सब छोटी-छोटी गाड़ियों में सज-धजकर घूमने निकलते हैं, जैसे मोम की पुतलियां हों।

'क्या वहां की औरतें बहुत सुंदर हैं?'

'सुंदर! अरी पगली, एकदम परी! हवा लगने से उनका रंग मैला होता है, जैसे सोने की ढली हुई पुतलियां हों।'

अनूपा को ईर्ष्या हुई। उसने कुछ मुंह फुलाकर कहा–'तो फिर ले क्यों न आए एक-आध सोने की पुतली?'

'लाना क्या यों ही होता है री, भाग्य चाहिए।'

'तो जैसी भाग्य में थी, उसीपर सब्र करो।'

रघुनाथ को खयाल हुआ कि वह धुन में आकर अनूपा की उपेक्षा कर रहा है। उसने तृष्णा-भरी दृष्टि से पत्नी को घूरकर, उसका कोमल हाथ पकड़कर कहा–क्या कहूं, मुझे खबर न थी कि दुनिया में इतनी माया है, लोग ऐसे ठाठ-बाट से रहते हैं।

अनूपा ने कंप से कहा–जब वहां की औरतें सोने की पुतलियां हैं, तो लोग उन्हें बेच-बेचकर खूब धन इकट्ठा करते होंगे। सोना तो खूब रुपयों का बिकता है।

रघुनाथ ने पत्नी की मोटी-मोटी कलाइयों को हाथ से दबाते हुए कहा–पर तूने दिल्ली देखी ही नहीं, तुझसे क्या कहूं!

शिव और पार्वती संसार में विचरण कर रहे थे। रघुनाथ और अनूपा की बात सुनने को वे अटक गए। शिवजी ने हंसकर कहा–मूर्ख को माया की हवा लग गई है।–पार्वती ने करुणा से विचलित होकर कहा–क्या हर्ज है? बेचारे की इच्छा पूर्ण कर दो। इस स्त्री को सोने की बना दो।

शिव ने हंसकर कहा–तुम भी राह चलते एक न एक रार मोल लेती हो। मर्त्यलोक की स्त्री को सोने की बना देंगे तो संसार में अशांति हो जाएगी। एक तो अभी मनुष्य स्त्री को रत्ती-रत्ती बेचते हैं; उसकी आत्मा तक मनुष्य खरीदना चाहता है, फिर तो वह खुलकर बिकेगी।

पार्वती ने नहीं माना। ज़िद करके बैठ गईं। उन्होंन कहा–अब मैं यहा से उठूंगी तभी, जब यह स्त्री सोने की हो जाएगी।

लाचार शिवजी ने अपने कमंडलु से रसायन की बूंदें टपका दीं। तीन बूंदें अनूपा के सिर पर पड़ी, तो वह सिर से पैर तक सोने की हो गई। रघुनाथ ने देखा, तो उछल पड़ा–वाह, क्या चमत्कार हुआ!–ऊपर आंख उठाकर देखा तो साक्षात् शिव-पार्वती रसायन-बूंद टपका रहे थे। वह अनूपा से लिपट गया। उसके अंग में वह कोमल और सुखद आलिंगन न था। वह अत्यंत शीतल और कठोर, ठोस सोने की थी। पर उसने इसकी परवाह न की। उसने उल्लास से पागल होकर कहा–अनूपा, तुम सोने की हो गईं?

'हां, सोचो तो, कितना सोना मेरे शरीर में होगा?'

'एक मन से भी ज़्यादा। ओफ, मन-भर सोना! अनूपा, एक मन सोना तो किसी राजा-महाराजा की स्त्री के पास भी न होगा। सेर-भर सोना बहुत होता है। तुम तो तमाम की तमाम सोने की हो–ठोस सोने की।'

अनूपा ने कहा–भला, इतना सोना कितने दाम का होगा?

'दाम! अरे बाप रे, एक मन सोने के दाम कौन जाने? लाख रुपये होते हैं कि करोड़। अरी, इतना सोना होगा किसके पास?'

अनूपा ने कहा–तुम्हारे पास तो है। तुम तो अब दिल्ली के सेठों से भी ज़्यादा अमीर हो गए।

रघुनाथ ने हाथ मलते हुए कहा–सचमुच, अरे, इतने सोने के इतने रुपये होते हैं, कौन जाने?

अनूपा ने हंसकर कहा–अच्छा, भला कोई मुझे चुरा ले, तब क्या करोगे?

रघुनाथ घबरा गया। उसने कहा–ठीक कहती हो। अभी तुम्हें ताले में बंद कर दूं। अब तुम खेत भी नहीं जा सकतीं, पानी भरने भी नहीं, अकेली तुम बाहर न जाना। किसी पर यह भेद नहीं खोलूंगा।

'और पड़ोसिनें आकर देखेंगी, तो क्या बात छिपी रहेगी? हे भगवान! अब मैं क्या करूं?'

'अभी तुम्हें बंद कर दूंगा, कह दूंगा, बाप के घर गई है।'

'और, लल्लू रोएगा तब?'

'हे परमेश्वर, बड़ी मुश्किल हुई! उसे मैं खिला लूंगा; मैं खेत जाऊंगा ही नहीं।'

'फिर खाओगे क्या? खेत तो सब सूख जाएंगे।'

'मैं मेहनती नौकर लगा दूंगा; इतनी रकम जोखिम में छोड़कर खेत कैसे जाऊंगा, क्या पागल हूं?'

'और, इस कच्चे, टूटे छप्पर के घर में इतना सोना लेकर रहोगे? डाका पड़ गया तब? किसे पुकारोगे?' रघुनाथ पागल की भांति चक्कर खाने लगा। उसने कहा–बड़ी मुश्किल है, बड़ी आफत है। चलो, फिर दिल्ली चलें; वहां कोई खतरा नहीं है। रात-भर सिपाही बंदूक लेकर पहरा लगाते हैं। चोर को गाली मार दी जाती है। मकान पक्के और दरवाज़े मजबूत हैं।

'और, जो रास्ते में डाका पड़ गया तो?'

'हाय करम! करूं, तो क्या? और न करूं, तो क्या? अच्छा, आओ, धरती में गाड़ दूं, फिर मैं ऊपर चारपाई बिछाकर, लट्ठ लेकर सो जाऊंगा।'

'वाह, मेरा दम न घुट जाएगा! मैं धरती में क्यों गड़ने लगी?'

'तो भगवान, तू ही कुछ जुगत बता। मेरी तो अकल चरने चली गई है। कुछ करते-धरते नहीं बनता।' अनूपा ने सतेज स्वर में कहा–'बेफिक्र रहो। भला मेरे जीते-जी कोई मुझे हाथ लगा सकता है? सोना है, तो हमारा है, किसी का लूटकर तो नहीं लाए? अंग्रेज़ का राज है, कोई कुछ नहीं कर सकता। हां, तुमने कहा था न कि दिल्ली में बालक छोटी-छोटी गाड़ी में घूमते हैं, उनके बदन पर ऊन के गर्म, बढ़िया कोट होते हैं?'

'कहा तो था।'

'वैसी एक गाड़ी और कोट जो लल्लू के लिए आ जाता!'

'फिर क्या बात थी, पर रुपये कहां हैं?'

'इतना सोना तो घर में है, अब भी रुपये के कंगाल ही रहे?'

'हां, सोना तो बहुत है, पर...'

'मेरी समझ में एक बात आती है।'

'कौन बात?'

'मैं पैर की कानी उंगली काटे देती हूं, उसे बेचकर दिल्ली से लल्लू के लिए गाड़ी और गर्म कोट ले आओ।'

'तुम्हें दुःख न होगा? उंगली काटोगी?'

'दुःख काहे का होगा, कुछ होगा तो हुआ करे, लल्लू की गाड़ी तो आएगी।'

'और कोट भी, गर्मागर्म, मेम के लड़कों जैसा।'

'तो लाओ गंड़ासा, मैं उंगली काट दूं।'

'अरे, उंगली कैसे काटोगी, मत काटो।'

'लाओ भी, सोने की उंगली है; अकेली उंगली दस-बीस की बिकेगी।'

'हां, बिकेगी तो, पर उंगली भी तो कट जाएगी, अंगभंग हो जाएगा।'

'ओह, पैर की उंगली कौन देखता है, गंड़ासा लाओ तो।'

'अरी, रहने दे। चैत में गेहूं बिकने दे। मैं लल्लू की गाड़ी और फ्राक ला दूंगा।'

'खूब कही, जाड़े तो यों ही बीत जाएंगे! ठहरो, मैं गंड़ासा लाती हूं।'

अनूपा कोठे में जाकर गंड़ासा ले आई। रघुनाथ ने बहुत रोका पर साहस करके अनूपा ने अपने ही हाथ से उंगली काट ली। उंगली काटकर खट से अलग जा पड़ी। कटे स्थान से खून बह निकला। दर्द भी हुआ, पर अनूपा ने जी कड़ा करके सह लिया। उसने कहा–तुम आज ही ऊंटगाड़ी से दिल्ली चले जाओ और लल्लू के लिए फ्राक और गाड़ी ले आओ।

'पर तुझे तो बड़ा दर्द हो रहा होगा? दिखा तो, कितना खून निकल गया। ला, पट्टी बांध दूं।'

'मैं बांध लूंगी। तुम देर न करो, चले जाओ।'

कोमल, गुलाबी ऊनी फ्राक पहनकर कैनवास की गाड़ी में लेटे-लेटे जब लल्लू किलकारी भरकर हंसने लगा, तो अनूपा और रघुनाथ हर्ष से खिल उठे। गांव की औरतों की नज़र से बचने के लिए अनूपा, भीतर कोठे में, बीमारी का बहाना करके लेटी रहती थी। रघुनाथ को भी अब खेती-बारी की चिंता न थी। दोनों इस भेद को छिपाना चाहते थे कि अनूपा सोने की हो गई है। परंतु अनूपा की यह बड़ी इच्छा थी कि गांव की लुगाइयां लल्लू की उस धज को देखें। भला, गांव में किसके बच्चे के पास ऐसी अनमोल चीज़ होगी!

अनूपा ने कहा–कितने की बिकी यह उंगली?

'पचीस रुपये मिले।

'पचीस रुपये! बाप रे, एक उंगली पचीस की बिकी, तो सारी देह के सोने के दाम का भी कुछ ठिकाना है!'

रघुनाथ ने आंखें चमकाते हुए कहा–दाम! अरी मैं कहता हूं, इस वक्त दुनिया के पर्दे में मेरे बराबर कोई मालदार नहीं।

'पर यह फटा कुरता, पुरानी जूतियां और मैली टोपी! मालदार ऐसे ही होते हैं?' रघुनाथ उदास हो गया। दिल्ली के बाबू लोगों के कोट, पतलून, टोप, मोज़े और बूट उसकी आंखों में नाचने लगे। उसने कहा–'क्या कहूं, दिल्ली में मर्दों के ऐसे-ऐसे कपड़े बिकते हैं, जिन्हें पहन लो तो आदमी पहचाना भी न जाए।

'सच, भला कितने के बिकते होंगे ये कपड़े?'

'पचास नकद तो चाहिए ही।'

'पचास की दो उंगलियां हुईं।'

'और क्या!

'जाने दो, अबकी गेहूं बेचकर तुम एक कोट और एक बूट जूता लाना।'

'बूट जूता और कोट क्या गर्मी में पहना जाता है? वह तो जाड़ों में बहार दिखाता है। अरी, वह जूता ऐसा चमचम चमकता है कि तुमसे क्या कहूं! और कोट जो पहन लूं, तो राजा बाबू दिखाई पड़ने लगूं।'

'दो उंगली भी तो कट जाएंगी।'

'हां, बिना दो उंगलियों के काम नहीं चल सकता।'

'जाने दो, यहां गांव-खेत में कौन बूट-कोट देखता है?'

'देखने की एक ही कही। हां, दर्द बहुत होता हो तो जाने दे।'

'दर्द तो होता है।'

'बेटे के लिए नहीं हुआ; मना किया, पर काटकर दे दी। अब हमारे लिए दर्द होता है। लुगाई की जात बड़ी मतलब की होती है। सोने में तो उसकी जान अटकी रहती है। लुगाइयां गहने नहीं देतीं; यह तो उंगली ठहरी। जाने दे, मत दे।'

'ले जाओ फिर, नाराज़ क्यों होते हो? मैंने तो दर्द के...'

'जाने दे फिर दर्द तो होगा ही। उंगली कटेगी, दर्द न होगा?'

'चार दिन में अच्छी हो जाएगी; पर मुझसे नहीं कटेगी, तुम काट लो।'

'मेरा हाथ कैसे उठेगा?'

'यह तो सोना है, इसमें क्या?'

'जाने दे, दर्द होगा।'

'काट लो न, नखरे क्यों करते हो? ले आओ कोट, बूट और जूता। मेरे लिए भी बिंदी, मिस्सी और इतर लाना।' रघुनाथ ने मन का उत्साह भीतर छिपाकर गंड़ासा संभाला, उसकी धार परखी और खट से दो उंगलियां कटकर अलग जा पड़ीं। अनूपा ज़ोर से हाय करके बेहोश हो गई।

घाव से खून की धार बह चली। रघुनाथ ने घबराकर अनूपा को उठाकर पलंग पर लिटाया, घाव पर पट्टी बांधी, पंखा झला। होश में आने पर अनूपा ने क्षीण स्वर में पूछा–उंगलियां कट गईं? 'कट गईं। दर्द तो ज्यादा नहीं है?' अनूपा ने मन का कष्ट छिपाकर कहा–नहीं। वह आंख बंद करके पड़ी रही।

रघुनाथ दोनों कटी उंगलियां उठाकर बाहर निकल आया। वह अपने कोट और बूट के मंसूबे बांध रहा था।

बढ़िया ऊनी कोट, रेशमी साफा और काला चमचमाता बूट पहनकर जब रघुनाथ ने गांव में ठसक से प्रवेश किया तो गांववाले उसे देखते ही दंग रह गए। इस बीच में रघुनाथ ने गांववालों से मिलना-बैठना भी त्याग दिया था। वह उन्हें घृणा की दृष्टि से देखता था। उसे वे गंदे देहाती लोग पशु के समान प्रतीत होते थे; और अब ऐसे ठाठ से वस्त्र पहनकर उनके बीच बैठना, उनसे बोलना रघुनाथ के लिए अत्यंत अपमान की बात थी। वह अकड़ता हुआ ज़ोर-ज़ोर से पैर रखकर धरती को धमकाता हुआ सीधा अपने घर में घुस गया। अनूपा चारपाई पर लेटी थी गांव की औरतों से छिपने के लिए नहीं, वास्तव में उसकी तबीयत ठीक न थी। उसके शरीर से बहुत-सा रक्त निकल गया था, और घाव में बड़ा ही दर्द था। उसने धमकती चाल से रघुनाथ को घर में आते देखा। वह उसकी चारपाई के पास खड़ा हो गया और हंसकर कहने लगा–देख तो, कैसा लगता हूं?–अनूपा के मन में वेदना उठी। उसने सोचा, देखो, इन्होंने

मेरे दुःख-दर्द को तनिक भी नहीं पूछा। ये मर्द ऐसे ही मतलबी होते हैं। फिर भी वह मन के भाव को छिपाकर बोली–अब तो राजा बाबू बन गए?

रघुनाथ ने अकड़कर कहा–गांववाले साले आंखें फाड़कर देखते ही रह गए। अरी, अब तो हमसे इस गांव में न रहा जाएगा। दिल्ली में हमें रहना होगा। भाई साहब से मैंने सब बातें कर ली हैं।

अनूपा ने कहा–दिल्ली में रहकर करोगे क्या? यहां की खेती-बारी का क्या होगा?

'कहां की खेती-बारी और कहां का घर? इसकी अब क्या हकीकत है! मैंने सब बातें ठीक कर ली हैं। वहां हम कोई बढ़िया-सा रोज़गार-धंधा करेंगे। मैंने भाई साहब से कह दिया है कि रुपये-पैसे की तरफ से फिक्र न करना। उन्होंने कहा–'रुपये का बंदोबस्त हो, तो यहां तो देखते-देखते एक के चार होते हैं, असल बात तो यह है कि रुपये को रुपया कमाता है।'

'पर तुम रोज़गार-धंधे के लिए इतना रुपया लाओगे कहां से?'

'कैसी बावली है; इतना भी नहीं समझती! इतना सोना घर में है; जानती है, कितने का है? दो उंगली बिकीं सत्तर की, समझी।'

'समझी तो, अब तुम क्या मेरे हाथ-पांव काटकर बेचने की सोच रहे हो?' रघुनाथ यही तो सोच चुका था। उसका इरादा था, अगर आधी टांग काटकर बेच दी जाए, या बायां हाथ ही, तो फिर रुपये ही रुपये हैं। दिल्ली में धन्नासेठ न बन जाएं! परंतु पत्नी के मुंह से साफ-साफ यह सवाल सुनकर वह कुछ सिटपिटा गया। उसने देखा, अनूपा के मुख पर वेदना और निराशा की छाया वर्तमान थी। उसका वह सदा का हंसता हुआ, उत्साह और उमंग से भरा हुआ मुंह कुम्हला गया है। रघुनाथ ने बात टालने के लिए कहा–सब बातें अब वहीं चलकर सोच ली जाएंगी। अभी तो उठकर कुछ खाने-पीने का बंदोबस्त करो।

'पर मुझसे तो दर्द के मारे उठा ही नहीं जाता।'

'तो क्या तूने, जब से मैं दिल्ली गया हूं, कुछ भी नहीं खाया?'

'उठा जाता, तो खाती।'

'और लल्लू?' एकाएक उसका ध्यान लल्लू की तरफ गया। वह उस

चमकदार कैनवास की गाड़ी में, कीमती ऊनी फ्राक पहन मुरझाया-सा बेसुध पड़ा है। रघुनाथ ने कहा–क्या लल्लू ने भी कुछ नहीं खाया?

'मैं क्या करती, मुझसे तो हिला-डुला भी नहीं जाता। बेचारा रो-रोकर सो गया। अब दूध भी तो वह नहीं पी सकता। वह दबता ही नहीं।'

रघुनाथ के मन की उमंग बहुत भारी थी। उसने अनूपा की उस लाचारी और वेदना पर ज़्यादा विचार नहीं किया। उसने थोड़ी भलमनसाहत से कहा–फिक्र न कर, मैं अभी खाना बनाता हूं। लल्लू के लिए भी दूध गर्म करता हूं। वह बिना उत्तर की प्रतीक्षा किए ही अपने काम में लग गया।

उसने न तो अनूपा की सुनी, न गांववालों की। खेत को औने-पौने पर पड़ोसी किसानों को देकर, घर में ताला बंद कर, वह एक दिन संध्या समय अनूपा को कंधे का सहारा दे और लल्लू को गोद में उठा खट से ऊंटगाड़ी में आ बैठा।

दिल्ली की पूरी बहार अनूपा नहीं देख सकी, क्योंकि वह चल-फिर सकती ही न थी। जिस मकान में रघुनाथ ने डेरा डाला था, वह मामूली दर्जे का था। उसपर उसमें सन्नाटा था। रघुनाथ नहीं चाहता था कि कोई उसके घर आए और अनूपा को देखे। इसलिए उसने ऐसा ही मकान पसंद किया था। उस सुनसान मकान में आकर अनूपा को कुछ भी अच्छा न लगा। रघुनाथ फौरन ही आकर भाई से कार-रोज़गार की बातों में उलझ गया था। वह धन्नासेठ बना था। इस तरह बातें करता था, मानों कारूं का खज़ाना उसीके पास है। भाई बेचारा चालीस-पचास रुपये का बैंक में क्लर्क था। रघुनाथ के रंग-ढंग और बातचीत से उसने समझा, मोटी मुर्गी है; फंसा भी अच्छी तरह। उसने खूब लच्छेदार बातें कीं, सब्ज़बाग दिखाए और वहीं खाना खिलाया। दिल्ली का तकल्लुफदार बढ़िया खाना–पूरी, कचौरी, समोसा, दालमोठ, मिठाई–खाकर रघुनाथ मानो आपे से बाहर हो गया। इसके बाद भाई उसे सिनेमा दिखाने ले गया। वहां से बहुत रात गए रघुनाथ लौटा। भूखी-प्यासी, अकेली रोगिणी अनूपा को वह बिलकुल ही भूल गया। अनूपा देर तक पड़ी रोती रही।

घर में आकर उसने दावत की, तमाशे की, कारबार की सबकी अनूपा

से चर्चा की। अनूपा ने सुनकर मुंह फेर लिया। उसकी आंखों से ढर-ढर आंसू ढरकने लगे। रघुनाथ ने पूछा–तुमने कुछ खाया-पिया भी है?

अनूपा ने कहा–सब खा लिया है।

रघुनाथ ने ज़्यादा मगज़पच्ची नहीं की। वह सो गया। नींद ठीक नहीं आई। सुबह नया काम किस तरह शुरू करना है, यही सोचता और उसी के सपने देखता रहा।

सुबह होते ही उसके भाई ने आवाज़ दी। रघुनाथ ने बाहर आकर उससे बातचीत की। बड़ी देर तक बातचीत होती रही। भाई ने फिर दफ़्तर जाने का समय निकट बतलाकर छुट्टी ली। रघुनाथ उत्साह और जोश में भरा अनूपा के पास आकर कहने लगा–धंधा तो ऐसा सोचा है कि पौबारह हैं, आगे ईश्वर के अधीन है।

अनूपा ने शून्यदृष्टि से देखकर कहा–धंधा तो सोच लिया है, पर पहले यह भी सोचा है, रुपये कहां से आएंगे? मैं तो अब एक उंगली भी न काटने दूंगी, यह समझ लो।

रघुनाथ ने क्रुद्ध होकर कहा–ऐसी बातें करोगी, तो बस हो चुका। इसी के पीछे तो घर-द्वार छोड़कर धूनी रमाई है। मेरे पास और कौन-सा खज़ाना धरा है!

'तुम ज़रा अपनी उंगली काटकर तो देखो, कितना दर्द होता है! मैं इतने में ही अधमरी हो गई। तुम्हें अपने रोज़गार-धंधे की सूझ रही है।'

'अरी, तो फिर सोने का होने ही से क्या फायदा हुआ–जब वह काम ही नहीं आया?'

'तो तुम्हारे सोने के पीछे मैं हाथ-पांव कटाऊं?'

'लोग तो रुपये के पीछे जान तक दे देते हैं। अच्छा, मान लो एक हाथ ही कट गया, या एक टांग ही कट गई और उसमें कोई नफे का काम मिल गया, तो क्या हर्ज है? सोने का महल खड़ा हो जाएगा।

'मैं तो अपाहिज हो जाऊंगी, तुम्हारे सोने के महल को क्या करूंगी?'

'अरी, मैं बीस नौकरानी लगा दूंगा। पलंग पर बैठी हुक्म चलाना।'

'चाहे जो कुछ हो, मैं तो हाथ-पांव कटवाने की नहीं।'

'सच कहते हैं, औरत की अक्ल खोपड़ी के पीछे रहती है।'

'तुम चाहे जितनी गालियां दो।'

'पर सोच तो सही, ज़रा-सी तकलीफ उठाने से सब काम बन जाते हैं।'

'हाय-हाय! मैं तो मर जाऊंगी। तुम मेरी टांग काट डालोगे!'

'टांग काटने से कौन मरता है? कितने आदमियों की टांग रेल में कट जाती है, वे मर जाते हैं? उस दिन देखा नहीं था, वह भिखारी लकड़ी की टांग खटखटाता क्या टैयां-सा फिरता था! अनूपा रोने लगी। उसे इस प्रकार बिलख-बिलखकर, सिसकी भरकर रोते देख रघुनाथ का हृदय हाहाकार करने लगा। अनूपा को इतने गहरे दुःख में रोते देखने का यह पहला अवसर था। उसने अपराधी की भांति पत्नी की ओर देखकर वाष्प-अवरुद्ध कंठ से कहा–तब रोती क्यों है? मैं तुमसे अब कभी कुछ न कहूंगा। चल, गांव को लौट चलें। इतना रंज करने की क्या आवश्यकता है?

रघुनाथ खुद भी रोने लगा। पति को रोते देख अनूपा ने रोना बंद कर दिया। वह करुण दृष्टि से पति की ओर देखने लगी। उस दृष्टि में वह प्यार और विश्वास था, जो पत्नी में पति के लिए निगूढ़ रहता है। उस मूक प्यार की धारा से ओतप्रोत होकर रघुनाथ विचलित हो गया। वह पत्नी की उन कटी हुई उंगलियों को देखने लगा। सुंदर और आज्ञाकारिणी पत्नी के उस अंग-भंग शरीर को देख वह तड़प उठा। उसने अपने कोट-बूट और रेशमी साफे पर दृष्टि डाली और फिर विचार किया, वह सब तो मैंने पत्नी के अंग काटकर प्राप्त किया है। जो मुझे इतना प्यार करती है कि चुपचाप अंग काट देती है; वह अंग सोने का हुआ तो क्या? और हाड़-मांस का हुआ तो क्या? वह अपने स्वार्थ, निर्दयता और पशुपन पर लज्जित हो पत्नी के उस भंजित चरण से लिपट गया। अनूपा ने घबराकर कहा–हटो-हटो, यह क्या करते हो? क्या नरक में भेजोगे? पैर मत छुओ।–परंतु रघुनाथ आपे में न था। वह पत्नी से लिपटकर फूट-फूटकर रोने लगा। अनूपा भी सांत्वना न दे सकी। दोनों प्राणी एकहृदय होकर रोने लगे। रोते-रोते ही वे सो गए–अबोध बालकों के समान।

दिन निकलते ही अनूपा ने कहा–टांग काट लो, पर ऐसे ढंग से काटो कि दर्द न हो।

रघुनाथ ने कहा–भाड़ में जाए रोज़गार। चलो गांव। हमें टांग नहीं चाहिए।

अनूपा ने करुणा और अनुनय से कहा–नाराज़ क्यों हो गए, मैंने तो दर्द के मारे कहा था। तुम्हारी तरक्की क्या मैं नहीं देख सकती? दुनिया में मेरे लिए तुमसे अधिक कौन है? तुम्हारे सुख के साथ मेरा सुख है।–उसकी आंखों में आंसू आ गए। रघुनाथ बोला नहीं। आत्मग्लानि और अनुताप से वह दबा जा रहा था। पत्नी को सांत्वना देने और समझाने की सामर्थ्य उसमें न रह गई थी।

उसे मौन देख अनूपा ने कहा–बोलो, तुम्हें लल्लू की कसम, गुस्सा थूक दो। रघुनाथ फिर भी न बोल सका। तब अनूपा अपने ज़ख्म का दर्द हृदय में दबाकर हंसती हुई पति के निकट आकर बोली–अच्छा, एक बात है, डॉक्टर लोग दवा सुंघाकर हाथ-पैर काट डालते हैं, तनिक भी दुःख नहीं होता, ऐसे ही किसी डॉक्टर से टांग कटवा दो।

'अब ऐसी बातें न कर।'

अनूपा बैठकर रोने लगी। रघुनाथ ने कहा–कसम खाकर कहता हूं, अब मैं टांग की बात भी न करूंगा।

'और मैं भी कसम खाकर कहती हूं कि जब तक तुम टांग न काट लोगे, मैं अन्न-जल न ग्रहण करूंगी।'

'वाह! यह भी कोई बात है!'

'बस, यही बात है?'

'मैंने वह इरादा ही छोड़ दिया।'

'मैंने इरादा पक्का कर लिया।'

'सोच तो सही।'

'सोच चुकी।' बड़ी देर तक पति-पत्नी में हठ होता रहा। अंत में रघुनाथ ने अछता-पछताकर कहा–पर मैं तो किसी डॉक्टर को जानता भी नहीं। यह काम होगा कैसे?

'तुम्हारे भाई तो सब जानते होंगे, उनसे कहो।'

'तब उनसे भी यह भेद कहना होगा!'

'फिर भेद तो खुलेगा ही।'

रघुनाथ चुप हो गया। अनूपा ने पति को सहमत करके संतोष की सांस ली। दोनों अपने-अपने विचारों में डूब गए। आंधी आने से प्रथम जैसी गंभीरता प्रकृति में होती है, दोनों के मुख पर वैसी ही गंभीरता छा रही थी।

टांग कट जाने पर अनूपा की हालत बहुत नाज़ुक हो गई। वह बहुत कमजोर और दुबली हो गई थी। घर में अब कोई खाना-पकानेवाला न था। रघुनाथ अपने रोज़गार के फेर में पड़ा था। रुपये हाथ में आते ही उसके बहुत-से यार-दोस्त उसके चारों ओर आ जुटे थे। उसे शराब और वेश्यागमन की भी लत पड़ गई थी। रोज़गार-धंधा क्या था, धूर्तों का छलछंद था। दोनों हाथों से रुपया लूटते थे। वह दिन-भर तो इनके बीच में और शाम से आधी रात तक शराब तथा वेश्याओं के चक्कर में रहता। आधी रात को वह शराब के नशे में झूमता-झामता घर आकर एक ओर पड़ा रहता। अनूपा बेचारी असहाय, अपाहिज पड़ी-पड़ी रोती रहती थी। प्रातःकाल उठने पर जब रघुनाथ का नशा उतरता और उसमें कुछ मनुष्यता आती तो वह उठकर कुछ खाना बनाता; बचा हुआ अनूपा को देता। लल्लू भी सूख गया था। वह प्रायः दिन-भर रोता रहता। रघुनाथ के सोने का भेद औरों पर खुल गया था। इस चांडाल-चौकड़ी में एक ठाकुर भी शरीक हो गया था। रुपया कम होता ही गया और एक-एक करके दुष्टों की सहायता से रघुनाथ ने अनूपा की दूसरी टांग और दोनों बांहें भी काट डालीं। इसमें अनूपा की सम्मति भी नहीं ली गई। डॉक्टर ने यह युक्ति निकाली थी कि वह खाने-पीने में बेहोशी की दवा दे देते थे और बेहोश होने पर अंग काट ले जाते थे। अब अनूपा वह सुंदरी युवती न थी। वह एक अंगहीन धड़ था, जो सोने का था, पर जिसमें प्राण था, प्यार था, वेदना थी, दर्द था, निराशा थी और दुःख था। वह अब कुछ नहीं बोलती थी। हाय भी नहीं निकालती थी। जीवन उसके लिए अंधकारपूर्ण था। मृत्यु उसे देख-देखकर हंस रही थी।

देखते ही देखते उसका लल्लू भी चल बसा। अंतिम बार अनूपा ने अपने आंसुओं को बहा दिया। उसमें असीम धीरज और साहस उदय हो गया था। वह पति को क्रोध की दृष्टि से नहीं, करुणा की दृष्टि से देखती थी। वह उन दिनों को याद करती थी, जब तीनों प्राणी वसंती फूलों की भांति सुखी और आनंदित थे। तीनों के प्राण परस्पर उलझे थे। वे जितना सुलझना चाहते थे,

उतना ही उलझते थे। उनके लिए संसार स्वर्ग था। उनकी हंसती हुई दुनिया थी। परंतु अब क्या? वह सपना था, सो बीत गया।

होटल के कमरे में पांच-छः आदमियों के साथ रघुनाथ बैठा था। सामने शराब के गिलास भरे थे।

एक ने कहा–अब बिना और रुपये के तो काम नहीं चलेगा।

दूसरा बोला–कितना रुपया होने से काम चल जाएगा?

रघुनाथ ने कहा–पर मैं अब एक कौड़ी भी नहीं दे सकता।

तीसरे ने कहा–तो समझ लो, सब किया-कराया गया। दीवालिये की दरखास्त देनी होगी। सबको जेल जाना पड़ेगा।

रघुनाथ ने कहा–आखिर इतना रुपया दिया था, वह कहां गया?

दूसरे ने कहा–हमने खा तो नहीं लिया। सब कारबार में फंसा है। सबका हिसाब पाई-पाई का है।

तीसरे ने कहा–रुपया ही को रुपया तो कमाता है। तुम तो समझते ही नहीं, पतंग को ढील भी देनी पड़ती है, खींचना भी पड़ता है। बेवक्त खींचने से हत्थे पर से कटती है। समझे तुम?

रघुनाथ ने कहा–पर मेरे पास तो अब कौड़ी भी नहीं।

तीसरे आदमी ने कहा–भाई रघुनाथ, सुनो, रुपये बिना तो काम चलेगा नहीं। जेल न तुम जाना चाहते हो, न हम। फिर अब भी काम बनने में थोड़ी ही कसर है। लाखों के वारे-न्यारे हैं। एक बार और सहारा लगा दो।

रघुनाथ–हाथ-पांव तो सब कट गए, अब क्या उसे मार ही डालूं? हाय भगवान! मुझे यह क्या दुर्बुद्धि सूझी थी!–वह दोनों हाथों से मुंह ढांप फूट-फूटककर रोने लगा।

तीसरे व्यक्ति ने उसे ढाढ़स बंधाते हुए कहा–भाई, सुनो, रोने-धोने में क्या रखा है, सच्ची बात तो यह है कि अब उसकी ज़िंदगी की मिट्टी खराब है। बेबस अपाहिज है, बच्चा मर ही गया। तुम, ईश्वर ने चाहा तो, इस बार लखपती बने-बनाए हो। फिर इस लोथड़े को लेकर क्या करोगे? क्या सुख पाओगे? और, जो पुलिस को पता लग गया तो फांसी मिली धरी है। सो भाई, हमारी राय तो यह है कि जो होना था, हो गया। उसका मामला पाक-साफ

कर दो। वह भी दुःख से छूटे और तुम्हें ज़्यादा नहीं, तो बीस हज़ार रुपये और मिल जाएंगे। इससे तो एक से एक बढ़कर दस सुंदर औरतें नई ले आना।

दूसरे ने कहा–मैंने तो एक जगह बात भी पक्की कर रखी है। ऐसी लड़की है गोरी-चिट्टी, हज़ारों में एक, जैसे तसवीर हो। बाप है उसका डिप्टी, इकलौती बेटी है, सब जायदाद की मालकिन वही है। ऐसी जगह रिश्ता होगा कि सब इज़्ज़त करें। अब तुम भी तो लखपति हो भई!

रघुनाथ कुछ भी न बोला। चुपचाप सुनता रहा। तीसरा व्यक्ति फिर कहने लगा–हम लोग भट्ठी और धौंकनी वहीं ले चलेंगे। गला-गलूकर सब सोने का एक थक्का बना लाएंगे। झगड़ा जड़-मूल से मिट जाएगा।

रघुनाथ ने कहा–हाय, यह मैं कैसे देख सकूंगा?

तीसरा बोला–पर उसका यह दुःख भी तुम किसी तरह देख सकते हो? फिर जब जेल जाना पड़ेगा, तब? और दीवाला निकलेगा, तब?

रघुनाथ ने अछता-पछताकर कहा–फिर तुम लोग क्या चाहते हो?

'बस, सब बात तो ठीक हो गई। हम सब निबट लेंगे। तुम्हें कुछ काम नहीं।'

'मैं कैसे देख सकूंगा?'

'तुम्हारा वहां क्या काम है जी! हम तो कल ही सगाई कर देंगे।'

'तुम्हारे जो जी में आए, सो करो।' रघुनाथ इतना कह दोनों हाथों से मुंह ढांपकर रोने लगा।

उस दिन रघुनाथ कुछ जल्दी घर लौट आया। वह शराब के नशे में भी न था। आकर अनूपा के पलंग के पास बैठ गया। अनूपा के घाव सड़ गए थे। उनका कुछ भी यत्न न किया गया था। उसे अपार वेदना थी। वह भूखी-प्यासी घायल पड़ी कराह रही थी। भयानक दुर्गंध से कमरा भरा था। रघुनाथ कई दिन से उसके निकट नहीं जाता था। मल-मूत्र भी वह वस्त्रों ही में करती थी। उस दिन रघुनाथ को अपने निकट बैठा देख अनूपा ने अपना सारा बल खर्च करके पति के मुख की ओर देखा। रघुनाथ की आंखें ऊपर नहीं उठती थीं। अनूपा ने क्षीण स्वर से कहा :

'इतने उदास क्यों हो? कुछ खाया या नहीं?'

रघुनाथ बोला–नहीं।–उसकी आंखों से टपाटप आंसू टपकने लगे।

अनूपा ने कंपित स्वर से कहा–रोते क्यों हो प्राणेश्वर?

रघुनाथ पट्टी पर सिर मारकर ज़ोर से रो पड़ा। अनूपा क्या करे? उसके न हाथ, न पैर, शरीर घावों और दुर्गंध से भरा, कंठ में प्राण। उसने आंसू बहाकर कहा–इतना दुखी मत होओ। क्या लल्लू याद आता है?

रघुनाथ ने आंसू-भरी आंखों से मुमूर्षु पत्नी को देखकर कहा–अनूपा, मेरी कैसी गति होगी? मेरे पाप का अंत नहीं है।

अनूपा में बोलने की शक्ति नहीं थी, फिर भी वह बोली–स्वामी, बीती बातों को सोचने में क्या है? तुम सुखी रहो, यही मेरा सबसे बड़ा सुख है।

रघुनाथ की आंखों में एक बार अपना जीवन घूम गया। वह तड़पकर बोला–अनूपा, एक बार फिर वह खेत, लल्लू और तुम्हारे हाथ की ताज़ी गर्म रोटियां मिलें तो...

अनूपा के भी आंसू ढरक आए। वह कुछ भी न बोल सकी। एकाएक उसके मुंह से चीख निकल गई। रघुनाथ ने पीछे सिर घुमाकर देखा, पांचों शैतान द्वार पर खड़े हैं। एक के हाथ में बड़ा-सा बर्छा है, दूसरे के हाथ में कोयला और भट्ठी, तीसरे के हाथ में एक बड़ा-सा गंड़ासा। उन्हीं को देखकर अनूपा चीख उठी थी। रघुनाथ ने उन्हें देखकर गरजकर कहा–खबरदार, चले जाओ यहां से।

एक ने कहा–तुम हट जाओ रघुनाथ! हमें अपना काम करने दो।

वे आगे बढ़े। रघुनाथ ने आगे बढ़कर उन्हें रोकना चाहा। दो आदमियों ने कसकर उसे पकड़ लिया। उन्होंने साथियों से कहा–तुम अपना काम करो।–दो बर्छा और गंड़ासा लिए बढ़े। अनूपा बिलबिला उठी। उसके हाथ-पांव भी नहीं थे। बचाव का चारा न था। बर्छा अपना काम करने लगा और गंड़ासा भी। अनूपा की हृदयविदारक करुण पुकार सुन-सुनकर रघुनाथ स्वतंत्र होने को जान पर खेलकर ज़ोर लगाने लगा। उसे ज़ोर करता देख दोनों ने ढकेल दिया। रघुनाथ लुढ़कता हुआ सीढ़ियों से नीचे आ गिरा। आंख खुलने पर देखा, अनूपा उसे हिला-हिलाकर जगा रही है। उसकी गोद में लल्लू हंस-हंसकर किलकारी भर रहा है। रघुनाथ चारपाई के नीचे पड़ा है। उसने अपनी आंखें मलीं। आंखें फाड़-फाड़कर देखा, वही अनूपा हट्टी-कट्टी, वही

लल्लू, वही घर-छप्पर गाय, बैल, सब कुछ।

पति को इस भांति आंखें फाड़-फाड़कर देखते देखकर अनूपा ने हंसकर कहा–पागल हो गए हो क्या? अभी दिल्ली का सपना ही देख रहे हो? दुपहर हो गई, न गाय दुही, न सानी दी; लल्लू भूखा है। बड़बड़ाते-बड़बड़ाते खाट पर से भी गिर गए। अनूपा फिर हंस दी।

रघुनाथ अब चैतन्य हो गया। पर अभी तक उसका दिमाग ठीक ठिकाने पर न था। उसे एक-एक करके भयानक स्वप्न की सब बातें याद आने लगीं। वह फिर एक बार चिल्लाकर पत्नी और पुत्र से लिपट गया। अनूपा रिस भरकर उसे ढकेलकर बोली–जाओ हटो, बुढ़ापे में यह क्या दिन दहाड़े कर रहे हो? दिल्ली से यही सीख आए हो?

रघुनाथ अब पूरे होश में था। वह रो रहा था। उसका नष्ट हुआ संसार फिर से बन गया था। उसका लुटा हुआ खज़ाना मिल गया था। वह पत्नी की डांट की परवाह न कर फिर से पुत्र-पत्नी का आलिंगन करके खूब फूट-फूटकर रो रहा था। इस रुदन में उसका वह अटूट सुख था, जो शायद ही किसी पुरुष ने कभी पाया हो।

मंदिर का रखवाला

ओरछे के विशाल चतुर्भुज के मंदिर के भीतरी प्रांगण में कुछ वीर पुरुष बैठे थे। फाटक के भारी-भारी किवाड़ बंद थे और द्वार पर पहरे लगे थे। किसी भी व्यक्ति को भीतर आने की आज्ञा न थी।

ओरछे में बादशाह आलमगीर के सेनापति रणदूलहखां आकर ठहरे हुए थे। उन्होंने रियासत का प्रबंध हाल ही में अपने हाथों में ले लिया था। ओरछे के वीर राणा चम्पतराय के वीरगति प्राप्त होने के बाद उनका अति अल्पवयस युवक पुत्र अज्ञातवास कर रहा था। फलतः ओरछा शाही अमलदारी में था।

रणदूलहखां की आज्ञा हुई थी कि आज तीसरे पहर चतर्भुजजी का मंदिर तोड़कर उसके स्थान पर एक मस्जिद बना दी जाए।

नगर में इस खबर से बड़ी बेचैनी फैली हुई थी। लोग दुःख और क्रोध में भरे थे, परंतु शाही सेना के निर्दय अत्याचार का प्रतिवाद करने की शक्ति उनमें न थी। वे अपना शोक मन-ही-मन में दबाए लहू का घूंट पी रहे थे।

इस मंदिर में जो वीर एकत्रित थे, उनके बीचोबीच एक तेजस्वी साधुमूर्ति थी। इनके प्रशांत और तेजस्वी मुख पर एक अलौकिक प्रभा थी। वे थे 'प्राणनाथ प्रभु'। ये बुंदेलखंड के एक महाप्रतापी और महामान्य देशभक्त साधु एवं चमत्कारिक पुरुष थे। शेष व्यक्ति ओरछे के प्रमुख सरदार और प्रधान धनपति थे। यह इनकी अत्यंत गोपनीय सभा थी।

ओरछे के सभी मंदिर ढहा दिए गए थे। पर सबको आशा थी कि वह मंदिर न ढहाया जाएगा। पर जब यह खबर लोगों ने सुनी तो उनपर वज्रपात

हुआ। मंदिर की रक्षा का कुछ भी उपाय न था। सूर्योदय ही से झुंड-के-झुंड नागरिक चतुर्भुज के अंतिम दर्शन करने के लिए एकत्रित होने लगे थे। सारे नगर में दुःख का रोना, शोक की ध्वनि और आत्मनिंदा के वाक्य सुनाई दे रहे थे।

उस दिन नगरवासियों ने अन्न-जल त्याग दिया था।

लोगों में छिपे-छिपे यह चर्चा भी चल रही थी कि 'प्राणनाथ प्रभु' आ गए हैं। इस खबर से लोगों के हृदयों में आशा का संचार हो रहा था।

परंतु मंदिर के पट प्रातःकाल ही से बंद थे और आज चतुर्भुज भगवान को भोग नहीं लगा था।

यद्यपि लोगों को यह गुमान न था कि प्राणनाथ प्रभु भीतर बैठे परामर्श कर रहे हैं, फिर भी झुंड-के-झुंड लोग मंदिर के चारों ओर खड़े थे।

भीतर जो लोग एकत्रित थे उनमें से एक ने कहा :

'देखिए, अब मामला यहां तक पहुंच गया है कि हमें कुछ-न-कुछ कर ही डालना चाहिए।' यह व्यक्ति बड़े डीलडौल का बदसूरत और भयानक चेष्टावाला था। उसकी आकृति बाज़ पक्षी के समान थी। उसकी आंखें गहरी और डरावनी थीं। उसके शरीर पर युद्ध के पूरे सामान थे।

जो लोग वहां बैठे थे। उनके चेहरे क्रोध से तमतमा रहे थे। उनपर दृष्टि डालकर उसने भयानक दृष्टि से सबको घूरते हुए कहा :

'सरदारो! क्या बुंदेलखंड हम बुंदेलों का नहीं है? और यह मंदिर क्या स्वर्गीय राजा चम्पतराय की विजयकामनाओं का केंद्र नहीं रहा? क्या आप भूल गए कि उस वीर ने विजयों पर विजय करके किस प्रकार इसकी देहली पर मस्तक टेका था? भाग्यवान तो वीरगति को प्राप्त हुए और हम उनके दरबारी और सरदार हैं, सो क्या इसलिए कि चुपचाप उनकी दी हुई जागीर को खाते रहें? क्या हमने कभी यह भी विचारा है कि हमारी पीढ़ियों से चली आती हुई अजेय शक्ति कहां चली गई है, और हम उसे खोकर किस उद्देश्य से जी रहे हैं और जागीर भोग रहे हैं?'

श्रोतागण सिर नीचा किए चुप बैठे थे। उन्होंने फिर कहा—और आपको मालूम है कि आपके, हमारे और ओरछे के और समस्त बुंदेलखंड के सिर पर लात मारकर जो अधिपति बनकर आए हैं, वह कौन हैं? मुझे

कहते घृणा होती है वह न उच्चकुलीन हैं और न कोई सज्जन या वीरपुरुष हैं। वह एक पतित और दुष्ट प्रकृति के व्यक्ति हैं, परंतु उनकी विशेषता यही है कि उनकी पुत्री को शाही खिदमत बजा लाने का सौभाग्य प्राप्त हुआ है। बस, यही उनकी योग्यता है। यह सारंगी बजाने का काम करते थे–समझे आप! सारंगी बजाने का। आप क्या कहते हैं, क्या आप लोग उस अधम पुरुष की प्रजा बनकर रहेंगे?

'सरदारो!' उसने अपने लोहे के दस्ताने पहने हुए एक हाथ को दूसरे पर रखते हुए कहा–इस कमीने आदमी के अधीन, जो न प्रतिष्ठित है और न योग्य, किंतु बादशाह की कृपा से वह हमें अपनी स्वेच्छाचारिता से ज़ेर करना चाहता है, क्या हमें सब सहते रहना उचित है? इस गंदे घास-फूस को क्या हम उखाड़कर न फेंक दें और अपना मार्ग साफ न करें? सज्जनो! मैं आप सबसे पूछता हूं, आपका क्या उत्तर है?

एक स्वर से सब चिल्ला उठे–अवश्य, भले ही हमें प्राणों की बाज़ी लगानी पड़े। प्रत्येक पुरुष क्रोध और आवेश में बोल रहा था और गुम्बज में उनकी ध्वनि प्रतिध्वनित हो रही थी। एकमात्र प्राणनाथ प्रभु शांत बैठे थे।

अब वे बोले। उन्हें बोलने का उपक्रम करते देख सभी चुप हो गए। प्राणनाथ ने हंसकर कहा :

'यह सब तो ठीक है, पर म्याऊं का ठौर कौन पकड़ेगा? कहो, किसमें इतना साहस है?'

सर्वत्र सन्नाटा हो गया। इस मंडली में एक कोने में एक अल्पवयस्क बालक बैठा था। यह अपरिचित एवं विदेशी था। इसे प्राणनाथ प्रभु की सिफारिश पर इस गुप्त सभा में सम्मिलित किया गया था।

उसने धीरे से खड़े हो मुस्कराकर कहा :

'यदि प्रभु का हुक्म हो, तो यह सेवा यह तुच्छ सेवक करेगा।'

प्राणनाथ प्रभु हंस दिए। सभा ने विस्मित होकर देखा–यह अद्भुत और मृदुल बालक कौन है?

एक व्यक्ति ने झरोखे में से झांककर देखा और चिल्लाकर कहा–देखो, वह आ रहा है।

सब लोगों ने झरोखे में से देखा–सवारों का एक दल हथियारों से

सुसज्जित आ रहा है। एक तुच्छ आदमी बहुमूल्य और भड़कीले वस्त्र पहने एक अरबी घोड़े पर सवार सबके आगे चला आ रहा है। एक प्यादा उस रकाब के साथ हुक्का लिए और दूसरा पायदान लिए आगे बढ़ रहा है। उसके पीछे पांच सौ सवार हथियारों से लैस आ रहे हैं।

इस गर्वीले दल को देख यह छोटी-सी मंडली दांत पीसने लगी।

बाहर कोलाहल होने लगा। सहस्राधिक मनुष्य चीत्कार कर उठे।

मंदिर के सिंहद्वार पर भारी-भारी चोटें पड़ने लगीं। सभी लोग द्वार पर आकर एकत्र हो गए। प्राणनाथ प्रभु ने कहा :

'देखो, सभी लोग संयम में रहना, शीघ्रता न करना। मैं और यह सुंदर युवक सब कुछ ठीक कर लेंगे। अभी तुम सब लोग भीतर ही रहो।'

यह कहकर प्राणनाथ प्रभु सिंहद्वार पर आकर बोले :

'तुम कौन हो?'

'मैं सिपहसालार रणदूलहखां हूं, द्वार खोल दो।'

'द्वार खुलवाने का उद्देश्य क्या है?'

'मैं भीतर जाऊंगा।'

'किसलिए?'

'मैं बुतशिकन हूं। मैं मंदिर को ढहा दूंगा, मूर्ति को तोडूंगा।'

'यह काम तुम किसकी आज्ञा से करते हो?'

'अपनी आज्ञा से।'

'और यदि द्वार न खोले जाएं?'

'तो ज़बरदस्ती दरवाज़ा तोड़ दिया जाएगा।'

'बल-प्रयोग का प्रयोजन नहीं, मैं द्वार खोलता हूं।'

इसके बाद प्राणनाथ प्रभु ने फाटक की भारी सांकल पर हाथ डाला–एक भयानक चीत्कार करके द्वार खुल गया। प्राणनाथ प्रभु अपना भगवा परिधान पहने बाहर निकल आए।

तत्क्षण एक प्रचंड जयघोष हुआ। सहस्रों नर-नारी चिल्ला उठे :

'प्राणनाथ प्रभु की जय!'

रणदूलहखां उस सतेज मूर्ति को आगे बढ़ते देख पीछे हट गया। प्रचंड जयघोष ने उसे घबरा दिया। परंतु तुरंत उसने साहस संचय करके कहा :

‘बागी, तू कौन है, और क्यों तूने इतनी भीड़ लगा रखी है?’

प्राणनाथ प्रभु एक शब्द भी न बोले। वे चुपचाप खड़े रहे। रणदूलहखां ने क्रोध में पागल होकर कहा :

‘अरे गुस्ताख, पूछता हूं और तू जवाब नहीं देता! ठहर, मैं अभी तेरा सिर भुट्टे-सा उड़ाता हूं।’ यह कहकर और तलवार खींचकर वह आगे बढ़ा।

प्राणनाथ ने वज्रगर्जन करके कहा :

‘वहीं खड़ा रह!’

दूसरे ही क्षण मंदिर में से अनेक वीर निकलकर प्राणनाथ प्रभु के पीछे आ खड़े हुए। उन्होंने तलवारें सूत लीं।

रणदूलहखां ने फिर साहस संग्रह किया। उसने कहा :

‘समझ गया। तू प्राणनाथ गुसाईं है, जो तमाम मुल्क में बगावत फैलाता फिरता है।’

प्राणनाथ प्रभु बोले नहीं, वज्रदृष्टि से उसे देखते रहे।

रणदूलहखां ने फिदाईखां फौजदार को हुक्म दिया :

‘क्या देखते हो, इस बागी की गर्दन एक ही हाथ में उड़ा दो।’ परन्तु फिदाईखां की हिम्मत न हुई। उसने अपने एक हवलदार से कहा–हैदरखां, तलवार के एक ही हाथ से इस गुसाईं का सिर धड़ से अलग कर।

रणदूलहखां ने जो काम फिदाईखां को सौंपा था, फिदाईखां ने वह हैदरखां को सौंप दिया। यह देखकर प्राणनाथ प्रभु मुस्करा दिए।

उन्हें मुस्कराता देख हैदरखां ने एक सिपाही से कहा :

‘मुहम्मदखां, खां साहेब का हुक्म बजा लाओ, और एक ही हाथ में इसका सिर भुट्टे की भांति उड़ा दो।’

मुहम्मदखां ने तपाक से कहा–वल्लाह, हुज़ूर की मौजूदगी में एक क़ाफिर को कत्ल करूं? मुझसे हरगिज़ यह गुस्ताखी न होगी। जनाब के एक ही हाथ में इस बदनसीब का सिर कलामुंडी खा जाएगा।

रणदूलहखां यह देखकर कुढ़ गया। पर यह समझ गया कि इस गुसाईं पर हाथ डालना साधारण आदमी का काम नहीं है। उसने होंठों को दांतों से दबाकर तलवार सूत ली और आगे को बढ़ा।

हज़ारों की संख्या में खड़े नर-नारी विचलित और उत्तेजित हो उठे।

प्राणनाथ प्रभु ने फिर गर्जन से कहा :

'खबरदार, सब लोग शांत खड़े रहें।' रणदूलहखां थर-थर कांपने लगा। पर उसने आगे बढ़कर कहा :

'गुसाईं, मरने को तैयार हो जा!'

'मूर्ख, मैं अभी नहीं मरूंगा।'

'रणदूलहखां ने तलवार ऊपर उठाई। प्राणनाथ प्रभु वज्र की भांति खड़े थे।

अब वह युवक तेज़ी से मंदिर के कक्ष से निकला और प्राणनाथ प्रभु के सामने खड़े होकर महीन किंतु तीव्र स्वर में बोला :

'खामोश रणदूलहखां, तलवार ज़मीन पर रख दो और इस बुजुर्ग से दस्तबस्ता माफी मांगो।'

'तू कौन है, तेरी हिम्मत पर आफरीन है! हट जा बच्चे, वरना यह तलवार तेरे खून से ही पहले सुर्ख होगी; क्या तू सिपहसालार रणदूलहखां के गुस्से को नहीं जानता?'

युवक ज़ोर से खिलखिलाकर हंस पड़ा। इसके बाद उसने अपने सिर की पगड़ी उतारकर फेंक दी। एड़ी तक लटकनेवाली सघन काली घूंघरवाली केशराशि बिखर गई। उसने दर्प से कहा :

'पीछे हट जा, शाहज़ादी बदरुन्निसा तुझे हुक्म देती है कि अपनी तलवार ज़मीन पर रखकर झटपट इस बुजुर्ग से माफी मांग।'

रणदूलहखां का चेहरा पीला पड़ गया। वह थर-थर कांपने लगा। उसने तलवार शाहज़ादी के चरणों पर रख दी और कहा :

'हुज़ूर, गुलाम की गुस्ताखी माफ फरमाई जाए, हुज़ूर को मैं पहिचान...'

'इस तरह तुम डाकू और बदमाशों की तरह शाहंशाह की रिआया पर जुल्म करते हो?'

'हुज़ूर...'

'पहले उस बुजुर्ग से माफी मांग।'

रणदूलहखां घुटनों के बल प्राणनाथ प्रभु के चरणों पर गिर गया। प्राणनाथ हंस पड़े और हाथ उठाकर उसे अभय किया।

फिर प्रचंड जयघोष हुआ–

'प्राणनाथ प्रभु की जय!'

प्राणनाथ प्रभु ने कहा :

'रणदूलहखां, तुम यदि बादशाह के सच्चे सेवक हो, तो तुम्हें कोई ऐसा काम न करना चाहिए जिससे प्रजा के मन में शाहंशाह के प्रति क्रोध या घृणा उत्पन्न हो। तुम्हारी नमकहलाली शान गांठने और अत्याचार करने में नहीं, शाहंशाह के प्रति प्रजा के हृदय में प्रेम पैदा करने में है। कोई राजा बल से देर तक प्रजा पर हुकूमत नहीं कर सकता, जब तक कि वह उसका दिल न जीत ले। जाओ, भविष्य में ऐसी चेष्टा करना कि शांहशाह और ईश्वर दोनों की नज़र में तुम गुनहगार न बनो।'

रणदूलहखां जल्दी-जल्दी शाहज़ादी और प्राणनाथ प्रभु को बार-बार सलाम कर अपनी फौज-सहित चला गया और इस अतर्कित रीति से मंदिर की रक्षा होते देख लोग बारम्बार हर्षनाद करने लगे। अब भी ओरछा के वृद्ध इस तरह मंदिर रखवाले की कहानी बड़े चाव से कहा करते हैं।

चौथी भांवर

गुर्जराधिपति श्री वीरपालदेव महाराज का विवाहोत्सव था। प्रभासपट्टन के गली, कूंचे, बाज़ार और घर-बार तोरण और पताकाओं से सजाए गए थे। राजप्रासाद के गगन-चुंबी स्वर्ण-कलशों पर नया निखार था। वसंत की कंपित वायु उन्मत्त प्राणों को झकझोरती हुई प्रकृति की ओर से उस राज्यश्री की वृद्धि कर रही थी। सब सैनिकों को और राज्य-वर्गीयों को नये वस्त्र बांटे गए थे। राजप्रासाद के तोरण पर अनेक प्रकार के बाजे बज रहे थे और सब कार्य विधिविधान से संपन्न हो रहे थे।

गुर्जराधिपति महाराज वीरपालदेव साठ को पार कर गए थे और यह उनका ग्यारहवां विवाह था। पट्ट महारानी लीलावतीदेवी जो महाराज की सबसे पहली राजमहिषी थीं, उनकी अवस्था अब पचास को पार कर चुकी थी। यह नया विवाह महाराज का राजनीतिक विवाह था। वधू गहलौत-कन्या थी, जिसे प्रतापी गुर्जराधिपति ने अपने पराक्रमी भाई श्री भीमसिंहदेव की सहायता से युद्ध में विजय किया था और संधि की शर्तों में राज्य के नगर, गांव और धन, रत्नों के साथ गहलौत राज की सुकुमारी राजकुमारी भी मांग ली गई थी।

दक्षिण और मध्य भारत के सभी राजे-महाराजे, मंडलीक और सामंत अपनी-अपनी पद-मर्यादा के अनुसार भेंट लेकर विवाह में सम्मिलित हुए थे। आबू के पंवार राजा विजयपालसिंह भी इस समारोह में भाग लेने के लिए सपरिवार उपस्थित हुए थे। विजयपालसिंह गुर्जराधिपति के विशेष कृपा-पात्र थे; इसलिए उनके आतिथ्य का भार महाराज ने अपने छोटे भाई श्री भीमसिंहदेव

को खास तौर से सौंपा था।

दरबार जुड़ा हुआ था। गुर्जराधिपति पीली फूलदार रेशम की पोशाक पहनकर रत्न-जटित सिंहासन पर विराजमान थे। सब शूर-सामन्त अपनी-अपनी जगह बैठे थे। बंदीगण बधाइयां और विरद गा रहे थे और सामन्त और मित्र राजगण अपनी-अपनी भेंट महाराज के सामने उपस्थित करते जाते थे और महाराज मुसकराकर भेंट को स्वीकार कर रहे थे। बीच-बीच में अपने विशेष कृपा-पात्रों के प्रति वे तनिक मुसकराकर अपना अनुग्रह प्रकट कर रहे थे। एकाएक पंवार-राज ने घबराकर पास बैठे हुए श्री भीमसिंहदेव से धीरे से कहा–कुंवरजी, बड़ा ही अनर्थ हो गया! अब मैं क्या करूं?

श्री भीमसिंहदेव ने अर्थपूर्ण दृष्टि से विजयपालसिंह की तरफ देखा और कहा–क्या हुआ महाराज?

'अपनी वह हीरे की कलगी तो मैं घर ही भूल आया जो मुझे गुर्जराधिपति को अभी भेंट देनी है! कोई विश्वस्त आदमी भी यहां उपस्थित नहीं है और मेरा उठकर जाना नितांत अशिष्ट व्यवहार होगा!'

पंवार-राज कुछ रुके फिर अस्थिर स्वर में बोले–परंतु...किंतु नहीं, मैं जाता हूं और क्षण-भर ही में लौट आता हूं।–उन्होंने उठने का उपक्रम किया। परंतु भीमसिंहदेव ने उन्हें रोक दिया और खड़े होकर कहा–आप बैठिए, मैं अभी उसे लिए आता हूं, आप केवल यह बता दीजिए कि वह कहां रखी है।

'ओह! राजकुमारी आपको बता देगी। वह बक्स में है।

भीमसिंहदेव फिर और नहीं रुके; बिजली की भांति दरबार से चल दिए।

'मैं भीमसिंहदेव हूं। महाराज विजयपालसिंह ने मुझे भेजा है, बक्स में हीरों की कलगी रखी है, उसे दे दीजिए।'

दासी ने सुना, भीतर गई और लौटकर कहा–आप भीतर पधारिए!

भीमसिंहदेव घर के भीतर आकर एक बहुमूल्य आसन पर बैठ गए। दासी फिर भीतर चली गई, परंतु थोड़ी देर में उसने लौटकर कहा–आप चाभी लाए हैं? चाभी तो महाराज के पास ही है।

'चाभी मैं नहीं लाया हूं। और अब जाकर चाभी लाना संभव भी नहीं

है! कुमारीजी से कहिए कि वे ताले को तोड़ डालें। कलगी अविलंब मिलनी चाहिए। नहीं तो अनर्थ हो जाएगा!–और वे उठकर बेचैनी से टहलने लगे।

दासी ने भीतर जा और फिर बाहर आकर कहा–कुमारी जी आपको भीतर कक्ष में बुला रही हैं।

भीमसिंहदेव ने धड़कते हुए हृदय से भीतर कक्ष में प्रवेश करके देखा–चौकी पर बक्स रखे हुए राजकुमारी इच्छनी नीचा सिर किए अस्त-व्यस्त खड़ी है। उसका नवीन केले के पत्ते के समान रंग था, उज्ज्वल-अलौकिक देह-यष्टि, पुष्पभार से झुकी हुई लता की एक टहनी के समान कक्ष में वह शोभा बिखेर रही थी। उस अलौकिक रूप-राशि को देखकर भीमसिंहदेव स्तम्भित रह गए।

कुमारी ने नीचा सिर किए हुए मृदु मन्द स्वर से कहा–ताला और बक्स बहुत ही मज़बूत हैं, बिना कारीगर और औजारों के तोड़ना सम्भव नहीं है!

पर एक-एक क्षण बहुमूल्य था; भीमसिंहदेव ने आगे बढ़ एक दृष्टि चौकी पर रखे हुए बक्स पर फेंकी और हठात् वज्र-मुष्टि का प्रहार किया। बक्स टूटकर खंड-खंड हो गया! और बक्स के अंदर से हीरों की कलगी लेकर भीमसिंहदेव जल्दी में कुमारी को बिना ही अभिवादन किए चल खड़े हुए। राजकुमारी ठगी-सी खड़ी देखती रह गई। बक्स के टूटे हुए खंड को वह निर्निमेष दृष्टि से देख रही थी और कुमार भीमसिंहदेव की उस वज्र-मुष्टि की सामर्थ्य को तोल रही थी।

विजयपालसिंह उत्सव की समाप्ति पर आबू लौट रहे थे और उनको विदाई की एक मुलाकात देने श्री भीमसिंहदेव उनके डेरे पर गए थे। उनके हृदय में एक प्रच्छन्न-लालसा भी थी। संध्या का समय था वह आबू-राज से मिलकर लौटने लगे। दहलीज़ में अंधेरा था। प्रकाश से अंधेरे में आने पर आदमी थोड़ा अंधा हो जाता है। श्री भीमसिंहदेव की यही अवस्था थी; दहलीज़ के उसी अंधकार में वे किसी वस्तु से टकरा गए, बाद में देखा–कुमारी थीं जो बाहर से आ रही थीं। कुमारी ने उन्हें पहचाना नहीं; वे टक्कर खाकर गिर गईं और उन्होंने रोष-भरे स्वर से कहा–क्या अंधे हो?

'मैं गुर्जर राजकुमार श्री भीमसिंहदेव हूं!'

'ओह, कुमार, आप हैं? क्षमा कीजिए; मैंने पहचाना नहीं!'

'तो आप राजकुमारी इच्छनी देवी हैं? मैं बहुत लज्जित हूं!'

'लज्जित किसलिए कुमार?'

'मुझसे बहुत भारी धृष्टता हो गई, मुझे क्षमा कीजिए!'

'नहीं-नहीं! मुझे कुछ चोट थोड़े ही लगी!'

'तो फिर कहिए–क्षमा किया!'

'राजकुमार! क्या आपको ऐसा शिष्टाचार शोभा देता है?'

'वास्तव में राजकुमारी, मैं क्षमा के योग्य नहीं हूं! मैं बहुत अशिष्ट हूं!'

'अशिष्ट क्यों?'

'उस दिन भी मैं बिना प्रणाम किए ही एक गंवार की तरह भाग गया था।'

'तो क्या हुआ? आपको जल्दी भी तो थी!'

'फिर भी कुमारी, मुझे आपकी पूजा करनी चाहिए थी!'

'अब आप जाइए राजकुमार!'

'परंतु...'

'क्या?'

'मुझे कुछ निवेदन करने दीजिए!'

'कहिए!'

'मैं आपको प्यार करता हूं, क्या मुझे एक भीख देंगी?'

'भीख? आप राजपूत हैं ना! जाइए राजकुमार, आप एक अतिथि का अपमान कर रहे हैं!'

'मैं आपको प्राणों से अधिक सम्मान करता हूं! मैं आपको प्यार करता हूं! मैं घुटनों के बल बैठकर यह प्रार्थना करता हूं कि...'

'परंतु राजकुमार, आपके लिए अधिक यह शोभनीय है कि आप अपना भी कुछ सम्मान करें!'

'राजकुमारी, आप गुजरात के भावी उत्तराधिकारी से बातें कर रही हैं!'

'और आप गुर्जराधिपति के मेहमान की कन्या से!'

'तो क्या मैं आपके योग्य नहीं हूं?'

'आपकी बातें आपके योग्य नहीं हैं।'

'क्या मेरा प्रस्ताव अनुचित है?'

'निःसंदेह!'

'कैसे?'

'राजपूत-कन्याओं से इस प्रकार प्रेम की भिक्षा नहीं मांगी जाती!'

'समझ गया राजकुमारी! मैं अभी पंवार-महाराज के पास जाकर उनसे आपकी याचना करता हूं!'

'कैसी धिक्कार के योग्य बात है कुमार!'

'क्या कहा? धिक्कार के योग्य?'

'क्या आप गुर्जराधिपति के भाई हैं?'

'हूं तो...'

'और गुजरात महाराज के उत्तराधिकारी भी?'

'निःसंदेह!'

'और उस तलवार के धनी भी, जिसका यश देश-भर में विख्यात हो रहा है?'

'मैं वही हूं!'

'और आप भिक्षा मांगेंगे एक कुमारी की? आपको एक बात मालूम है राजकुमार?'

'कौन बात?'

'वीर नर जो विशुद्ध क्षत्रिय होते हैं वे कन्या मांगते नहीं हैं–हरण करते हैं!'

भीमसिंहदेव ने तलवार की मूठ पर हाथ रखा और मेघ गर्जन की भांति कहा–पंवार राजकुमारी! मैं तुम्हारा हरण करता हूं, रक्षा के लिए पुकारो!–उन्होंने तलवार म्यान से सूत ली! राजकुमारी अविचलित रूप से खड़ी रही। एक कुटिल हास्य उसके होंठों में बिखर गया! उसे स्मरण हुआ कुमार की उस वज्र-मुष्टि का, जिसने बक्स को चूर-चूर कर दिया था। उसने धीमे स्वर से कहा–कुमार, निरीह अबला के सामने इस प्रकार बातें न बघारो! कैसी विडम्बना की बात है कि अपने घर आए हुए मेहमान की असहाय कुमारी

को तुम हरण करना चाहते हो! ऐसा ही तुम्हारा शौर्य है?

भीमसिंहदेव कुछ भी न बोल सके, वह एकटक खड़े राजकुमारी की ओर देखते रहे। कुमारी दो कदम आगे बढ़ी, जैसे वह भीमसिंह को छूना चाहती हो। उसने स्थिर गंभीर स्वर से कहा–जो हरण करना हो तो आबू आना!– और उसने दोनों हाथ जोड़कर तनिक सिर झुकाया और भीतर को चली गई।

भीमसिंह उसी भांति खड़े रहे। उनकी कसी हुई मुट्ठी में तलवार की मूठ थी। उन्होंने अंतरिक्ष के देवताओं को साक्षी करके कहा–तो देवगण, तुम साक्षी रहो, मैं आबू की राजकुमारी का इसी तलवार के बल से हरण करूंगा!

तीन वर्ष बीत गए। इस बीच में भीमसिंहदेव राजकुमारी को क्षण-भर को भी न भूले। एक दिन, चुने हुए विश्वस्त वीरों को लेकर भीमसिंहदेव वसंत के प्रारम्भ ही में आबू जा धमके। एक धर्मशाला में उन्होंने डेरा दिया। और अवसर की ताक में बैठ गए। राजमहल में उन्होंने अपने गुप्तचर नियत कर दिए। एक-एक क्षण दूभर हो रहा था। दिन पर दिन बीतते जाते थे।

अनंत चतुर्थी का व्रत था। गुप्तचर ने आकर संदेश दिया कि आज राजकुमारी सौ ब्राह्मणों को भोजन कराएंगी और प्रत्येक को एक-एक मोहर दक्षिणा देंगी। श्री भीमसिंहदेव ने ब्राह्मण का वेश बनाया और धन देकर एक ब्राह्मण-मंडली के साथ आसन पर जा बैठे। भोजन की जिन्सें परस दी गईं। ब्राह्मणों ने मंत्रोच्चार किया, देवताओं को भोग लगाया और भोजन करना प्रारम्भ किया। परंतु श्री भीमसिंहदेव वैसे ही अविचल बैठे रहे; उन्होंने भोजन को छुआ भी नहीं।

शीघ्र ही सबका ध्यान उनकी ओर गया। अभी तक किसीने उन्हें भली भांति देखा भी न था। परसनेवाले ने कहा–ब्राह्मण देवता, आप भोजन क्यों नहीं करते?

भीमसिंहदेव मौन रहे। उनके रक्त नेत्र, सम्पुटित ओष्ठ, प्रशस्त ललाट और विशाल वक्ष सभी को आकर्षित करने लगा। सभी ब्राह्मणों ने हाथ रोककर कहा–आप भोजन क्यों नहीं करते ब्राह्मण!

जलद-गंभीर स्वर में भीमसिंहदेव ने कहा–जिसने निमंत्रण दिया है, वही आकर हमें भोजन को कहेगा तभी हम आशीर्वाद देकर भोजन ग्रहण करेंगे!

ब्राह्मणों ने भी इस मांग का समर्थन किया। परंतु अधिकारी-वर्ग ने कहा–यह संभव नहीं है। कुमारी सबके सम्मुख नहीं आ सकतीं!

'ब्राह्मण के सम्मुख आने में हानि नहीं है, कुमारी को आना चाहिए।'

'कुमारी नहीं आएंगी।'

'तो मैं भोजन नहीं करूंगा!' भीमसिंहदेव ने गंभीर मुद्रा से कहा।

ब्राह्मण-मंडली ने एक स्वर से कहा–यह तो सचमुच हमारा अपमान है, हम सभी बिना भोजन किए उठ जाएंगे।

गड़बड़ देखकर कुमारी को सूचना दी गई। कुछ ही क्षण में महल के एक अधिकारी ने आकर कहा–आप लोग शांत हूजिए; राजकुमारी आ रही हैं।–और क्षण-भर बाद रूप और तेज की अधिष्ठात्री इच्छनी कुमारी आ उपस्थित हुईं। उन्होंने हाथ जोड़कर ब्राह्मणों को प्रणाम किया और मृदु-मंदस्वर में कहा–आप भोजन कीजिए विप्रदेव!

परंतु कुछ रुककर एक वृद्ध ब्राह्मण ने भीमसिंहदेव की ओर संकेत करके कहा–राजकुमारी की जय हो! प्रथम यह ब्राह्मण भोजन करें तो हम भी करें।

राजकुमारी ने अपनी बड़ी-बड़ी आंखें उठाकर दूर बैठे श्री भीमसिंहदेव को देखा, भीमसिंहदेव अचल बैठे थे। राजकुमारी आगे बढ़ी, उसके मुंह से निकला, 'आप...'

परंतु दूसरे ही क्षण वह थरथर कांपने लगी।

श्री भीमसिंहदेव उसी भांति अचल बैठे रहे, कुमारी तीव्र गति से भीतर चली गई। एक राजकर्मचारी ने ब्राह्मणों से आकर कहा–उनके भोजन का प्रबंध अन्यत्र कर दिया जाएगा। आप लोग भोजन कीजिए।–और उसने श्री भीमसिंहदेव से कहा–आइए देवता; राजकुमारी की आज्ञा से आपके भोजन की अन्यत्र व्यवस्था की जाएगी।

श्री भीमसिंहदेव चुपचाप उठकर अनुचर के पीछे-पीछे दूसरे कक्ष में चले गए।

'तो तुमने पहचान लिया राजकुमारी?'

'पहचान लिया...'

'तुमने मुझे आबू बुलाया था, याद है?'

'याद है, पर अब बीती को बिसार दीजिए!'

'तुम क्या कहना चाहती हो राजकुमारी?'

'वह समय बीत गया, परिस्थिति भी बदल गई।'

'मुझे चिंता नहीं, मैं तुम्हें हरण करने आया हूं। तुम राज़ी से प्रभासपट्टन चलोगी या बल से?'

'मैं पट्टन नहीं जाऊंगी!'

'क्यों? यह मेरा अधिकार है!'

'आपका अधिकार नहीं है कुमार!'

'कैसे नहीं है?'

'मैं वाग्दत्ता हूं!'

'वाग्दत्ता!'– श्रीभीमसिंहदेव ने कठोरता से कहा।

'शांत हो जाइए, वरना सब जान जाएंगे!'

'सब कोई जाने, मैं...'

'चुप रहिए! आपके प्राण संकट में पड़ जाएंगे!'

'मेरे प्राण इतने सस्ते नहीं हैं!' उन्होंने तलवार वस्त्रों में से निकाल ली।

'कुमार! अनाचार न करो!'

'तब अभी चलो मेरे साथ!'

'मैं पर-स्त्री हूं!'

'पर-स्त्री कैसी?'

'वाग्दत्ता...'

'किसीकी वाग्दत्ता?'

'चौहान-राज दिल्लीपति पृथ्वीराज की...'

'यह किसने दुस्साहस किया कुमारी? मैं दिल्ली और आबू दोनों को धूल में मिला दूंगा!'

'कुमार, आप अपने को नष्ट कर लेंगे। जाइए, अनाचार मत कीजिए!'

'तो आप राज़ी से नहीं चलेंगी?'

'नहीं!'

'बल से भी नहीं?'

'वश रहते नहीं!'

'तो फिर अर्बुद गिरि पर लोहा बजे!'

'मैं आपको रोक नहीं सकती!'

वह तेज़ी से चल दी। कुमार ने उसे रोककर कहा—एक बात सुनती जाओ कुमारी!

कुमारी ने रुककर कहा—कहिए!

'क्या तुम मेरे प्रेम को स्वीकार करोगी?'

'नहीं; जाइए आप...'

'अच्छी बात है; पंवार-राज से जाकर कह दो कि मैं तुम्हें हरण करता हूं, जो वीर हो वह रोके!'

'कुमार, यदि शौर्य दिखाने की इच्छा है तो जाकर पिताजी के पास संदेश भेज दीजिए, फिर जो दीखे वही कीजिए। मेरा आपसे यही अनुरोध है कि मेरे शील पर कलुष मत लगाइए आप!'

'जाता हूं, तुम्हारे शील को कलुष से बचाने के लिए। परंतु आबू के इस राज्य को मैं ध्वंस कर दूंगा!'

'आबू राज्य इतना अपदार्थ नहीं है कुमार! जाओ अब।'

कुमारी चली गई और कुमार भी तीर की भांति चल दिए।

दूत का संदेश सुनकर वीरपाल सिंह ने क्रोध से लाल-लाल आंखें करके कहा—क्या गुर्जराधिपति को इतना घमंड है? वे वाग्दत्ता कन्या को बलात् मांगते हैं!

'मांगते नहीं हैं महाराज, हरण किया चाहते हैं, मैं उसकी सूचना देने आया हूं। आप सावधान हो जाएं!'

'दूत अवध्य होता है इसीसे तुम्हें छोड़ता हूं। कुमार भीमसिंहदेव से कह देना—यह असंभव है; कुमारी का वाग्दान चौहान-राज को किया जा चुका है।'

'परंतु महाराज, क्या हमारे कुमार चौहानों से जाति-वंश में हीन हैं?'

'इस बात को विचारने का समय नहीं है!'

'तो सुनिए महाराज, कुमारी का हरण किया जाएगा। आप अपना बंदोबस्त कर लें!'

'आगामी चतुर्दशी को कुमारी का ब्याह है। इसके बाद मैं कुमार की

धृष्टता का उन्हें दंड दूंगा।'

'उससे प्रथम ही कुमारी का हरण हो जाएगा महाराज!' इतना कहकर दूत तेज़ी से चल दिया।

अर्बुद की उपत्यकाओं में तीन ओर से वीर-वाहिनी चढ़ी चली आ रही थी। अजमेर के नौ लाख अश्वों से अधिपति की चौहान-चमू प्रचंड कान्ह की कमान में थी। गुर्ज़र नरवरों की अथाह सेना ले श्रीभीमसिंहदेव दक्षिण की ओर से दाबे आ रहे थे। अर्बुद गिरि के दुर्ग पर पंवारों की सेना मोर्चा बांध सन्नद्ध थी।

युद्ध का प्रारम्भ हुआ। भीमसिंहदेव का प्रबल युद्ध का सूत्रपात्र आरम्भ हुआ। तीनों सेनाओं में घमासान मच गया। वीर रण में जूझने लगे। भीमसिंहदेव प्रबल पराक्रम से किले में घुसना चाहते थे। पंवार और चौहान उन्हें रोक रहे थे। पृथ्वीराज किले में जाकर कुमारी की लग्न करने को अग्रसर हो रहे थे; पद-पद पर उन्हें बाधा दी जा रही थी।

किले में विवाह-मंडप सजा था और उसके आसपास चौधारी तलवार बज रही थी। रुंड-मुंड लोट रहे थे। कान्ह का दुधारा चौमुहरी मार कर रहा था। जीवन और मृत्यु खुला खेल खेल रहे थे। मंगल-वाद्य उन्मुख तैयार थे। वधू विवाह-वस्त्र पहने तैयार थी; परंतु कौन वर इसे प्राप्त होगा, यह कहा नहीं जा सकता था।

देखते-देखते लाशों का तूमार बंध गया। एक बार भीमसिंहदेव किले के पौर तक जा पहुंचे। पर कान्ह ने बलपूर्वक उन्हें वहां से ढकेल दिया। अब अवसर पाकर पृथ्वीराज शत्रुवाहिनी को चीरकर सुयोग से किले की बुर्ज़ी तक जा पहुंचे। और किले में कूद गए। एक जय-निनाद हुआ, 'जय पृथ्वीराज दिल्लीपति!' मंगल-वाद्य बज उठे। और साथ ही मंत्रोच्चार का घोष भी। विवाह-पीठिका पर विवाह-कार्य होने लगा। चारों ओर से शत्रु ने विवाह-वेदिका घेर ली। वीरों ने नंगी तलवारों से मंडप पर छाया की। दुधारा चलने लगा। मरनेवालों की चीत्कार ने बीभत्स दृश्य उपस्थित किया। भीमसिंह ने पराक्रम से चौहान-चमू को चीरकर मंडप पर आक्रमण किया। मंडप में फेरे फिर रहे थे। तलवारें बिजली की भांति चमक रही थीं। भीमसिंह ने मंडप में प्रविष्ट

होकर कहा–'ठहरो पृथ्वीराज!' और तलवार का एक भरपूर हाथ मारा। पृथ्वीराज ने भांवर से घूमकर पैंतरा बदल हाथ मारा तो भीमसिंह की तलवार झन्नाकर टूट गई। इसी बीच कान्ह ने आकर उसे पगड़ी से बांध लिया। ब्राह्मण उच्चस्वर से वेद-पाठ करने लगे। और चौथा भांवर समाप्त हुआ। पंवार-राजकन्या पृथ्वीराज की पत्नी हो गई।

अब्बाजान

छुट्टी का दिन था। तीसरे पहर चाय पीकर गप्पें हांकने को मास्टरजी के पास जा बैठा।

मास्टरजी बरामदे में बैठे मज़े में गुड़गुड़ी पी रहे थे। मुश्की तम्बाकू की ख़ुशबू चारों ओर फैल रही थी। मुझे देखा तो ख़ुश हो गए। उनका लड़का मैट्रिक में पास हुआ था। उसी दिन नतीजा निकला था। मास्टरजी ने छूटते ही उसकी चर्चा शुरू कर दी। और आगे उसकी तालीम कैसे चलाई जाए, इस पर मेरी सलाह मांगने के बहाने अपने दिल के तमाम मंसूबे बयान कर डाले। मास्टरजी की इस ख़ुशी में मैंने पूरा योग दिया और यह स्वीकार कर लिया कि उनका लड़का बड़ा योग्य है, प्रतिभाशाली है। और उनकी तमाम योजनाओं को बिना मीन-मेष के पास कर दिया।

'लीजिए आ गया चंडूल!'–एकाएक अमज़द को सामने देखकर मास्टरजी की भौंहों में बल पड़ गए। धीरे से कहा–अब घंटों तक मगज़ चाटेगा!

मैंने देखा–वह एक बूढ़ा मुसलमान था। दुबला-पतला, पुरानी शेरवानी पहने, सिर पर दुपल्ली हल्की टोपी, खिचड़ी दाढ़ी और मोटे-मोटे काले होंठ, उनके भीतर तम्बाकू और पान से बिल्कुल सुरमई रंग के चितकबरे बेतरतीब टूटे-फूटे दांत, पैरों में एक मैला पाजामा। दूर से ही उसने झुककर बार-बार सलामें झुकाईं। मास्टरजी सिर्फ मुस्करा कर ही रह गए। पास आने पर उसने फिर

झुककर सलाम किया।

मास्टरजी ने कहा–कहो अमज़द, आखिर तुम्हारा लड़का मैट्रिक में रह गया, सुनकर बहुत अफसोस हुआ!

'रह ही गया हुज़ूर! मगर अफसोस काहे का? गिरते हैं शहसवार ही मैदाने जंग में, वह तिफ्ल क्या गिरे जो घुटनों के बल चले-मियां अमज़द ने एक फीकी हंसी हंसी और फिर एक सांस खींचकर अपनी दो अंगुलियों से माथा ठोककर कहा–यह सब किस्मत का खेल है हुज़ूर, मैं आपको इसका ज़िम्मेदार नहीं ठहरा सकता। हुज़ूर ने तो वह मेहनत की, वह गुर सिखाए कि जिसका नाम। कलेजा निकालकर रख दिया हुज़ूर ने, मानता हूं। मगर किस्मत! कुछ लड़का भी कुंद ज़हन नहीं। और यह तो देखिए, जो लड़के उसके पास आकर पढ़ जाते थे, सवालात हल करते थे, वे पास हो गए। मगर यह फेल।–अमज़द मियां एकदम ही हंस दिए। पर तुरंत ही उन्होंने भौंहों में बल डालकर कहा–मगर हुज़ूर, मेरे दिल में चोर है, नाख्वादा हूं तो क्या, जूतियां आप ही लोगों की सीधी करता हूं, धूप में बाल नहीं सुखाए हैं। कुछ गलती या बेईमानी ज़रूर हुई है, मेरा दिल कहता है हुज़ूर।

मास्टर साहब ने उसकी ओर देखते हुए कहा–गलती और बेईमानी कैसी भाई!

'हुज़ूर, सब जगह चोरबाज़ार का ज़ोर है। पैसे की मार से बड़े-बड़े नालायक पास हो जाते हैं। सरकार, गरीब की सब जगह मौत है। अहमद कहता था, उसने पर्चे अच्छे किए थे। क्या उनकी फिर से जांच नहीं हो सकती? मैं फीस दाखिल कर सकता हूं। मैं रियायत नहीं चाहता हूं हुज़ूर!'

मास्टरजी ने मेरी तरफ क्षण-भर देखकर अपनी मुस्कराहट को छिपाया और फिर गंभीर बनकर कहा–यह तो बहुत मुश्किल है भाई, अब तो सब्र ही करना होगा!

'तो मैं सब्र ही करूंगा हुज़ूर! मैंने तमाम उम्र सब्र ही किया है। ज़ब अहमद की मां मरी, तब मैंने सब्र किया। बहुतों ने कहा, निकाह कर लो। एक से एक बढ़कर पैगाम आए। मगर मैंने सोचा, जो मेरी इस कदर दिलजोई करती थी, वह अस्मतवाली बीवी ही जब न रही तो निकाह करके क्या करूंगा! खुदा उसे जन्नत दे! उसने मुझे पांच बेटे दिए। रहीम को मेरी

गोद में देकर वह चली गई, तो मैंने उस पाक परवर-दिगार का शुक्रिया अदा किया, और कहा, ऐ खुदा, तेरी रहमत बड़ी है। बीवी चली गई तो मां और बाप दोनों ही बनकर बच्चों को पालूंगा। सो हुज़ूर, मैंने इस तरह छोटे-छोटे यतीम बच्चों को पाला, जैसे चिड़ियां चुग्गा दे-देकर बच्चों की परवरिश करती हैं। मैंने कभी उन्हें यह महसूस होने न दिया कि वे यतीम हैं और उनकी मां मर गई है!' बूढ़े अमज़द के मोटे-मोटे होंठ कांपने लगे और उसकी चुंधी आंखें गीली हो गईं।

पर वह कहता ही गया। उसने कहा–हुज़ूर, जब मेरी कसाले की कमाई से हमीद मियां पढ़-लिखकर पास हुए, और बड़े साहब ने ख़ुश होकर उनपर रहमत बख्शी, अपनी ही मातहती में चालीस की नौकरी फट से दे दी, तब मैंने हौसला करके उसकी शादी भी लखनऊ के एक मातबर घराने में कर दी, अल्लाह का फजल हुज़ूर, बीवी उसे वह मिली कि क्या कहूं! उम्मीद थी, अब आराम से रोटियां खाने को मिलेंगी। हमीद और उसकी बीवी इन यतीम बच्चों को पाल लेंगे, मुझे छुट्टी मिलेगी; मगर नहीं, खुदा को कहां मंजूर था कि इस गुलाम को आराम मिले। सो हमीद मियां बीवी को लेकर दूसरे ही महीने अलग हो गए। एक महीने की भी तनख्वाह मेरी हथेली पर न रखी। खून का घूंट पीकर रह गया हुज़ूर, मगर मैंने हिम्मत न हारी, बच्चों को छाती से लगाकर अल्लाहताला का शुक्रिया अदा किया और रशीद मियां को जी-जान से पढ़ाना शुरू किया।

'उन दिनों रशीद आठवीं में था। पासकर नौवीं में आया तो रिश्ते आने लगे। एक ही ज़हीन था हुज़ूर, और शक्ल-सूरत से तो वह नवाबज़ादा लगता था। मगर अफसोस! दो दिन में मौत ने अपना हाथ साफ कर लिया। दिल के अरमान दिल ही में रह गए। ख़ुदा उसे जन्नत दे। रशीद दिल पर दाग दे गया। बहुत आंसू बहाए हुज़ूर, आंखें भी जाती रहीं। पर रशीद मियां तो गए सो गए। लाचार सब्र किया। हिम्मत बांधी, और अपनी तमाम उम्मीदें बशीर पर बांधी!

'आपकी दुआ से गरीब हूं, महज़ दफ़्तरी–मगर किस्मत का धनी हूं। औलाद जो मैंने पाई वह किसी नवाब को नसीब होना भी मुमकिन नहीं। बशीर बहुत ज़हीन था, हर साल डबल इम्तिहान पास करता गया। वह दिन

भी आया कि उसने शान से मैट्रिक पास किया और फौरन ही हमीद के दफ़्तर में नौकरी लग गई शादी भी अगले साल हो गई उस वक्त हुज़ूर, गुलाम ने दिल खोलकर खर्च किया। बड़े घर की बेटी थी। आप जानते हैं हुज़ूर, गरीब हूं, मगर इज़्ज़त रखता हूं। बड़े-बड़े हाकिम-हुक्काम दावत में आए। हुज़ूर ने भी इस गुलाम की इज़्ज़त बढ़ाई थी। वाह, कैसा ख़ुशी का दिन था। पर, हुज़ूर, उसी दिन वह ख़ुशी भी खत्म हो गई। बशीर ने भी भाई का रास्ता अख्तियार किया, और बूढ़े बाप और यतीम भाइयों को छोड़, बीवी को लेकर अलहदा हो गया। अब्बा जैसे कोई चीज़ ही नहीं हैं। सब कुछ बीवी है।

'माना कि जवानी दीवानी होती है। मगर हुज़ूर, मैं भी अपने बाप का बेटा था। अब्बा जब तक ज़िंदा रहे, कभी बीवी की शक्ल दिन में नहीं देखी। हालांकि वह तीन बच्चों की मां हो चुकी थी। तनख्वाह जो पाता था, अब्बा के हाथ में रखता था। मुझे मतलब दो रोटियों से था। उनके मरने पर मैंने दुनिया को सूना समझा। मगर हुज़ूर, वे दिन ही और थे। क्या किया जाए। सो बशीर मियां भी बीवी को लेकर अलहदा हो गए। और मेरा वही ढर्रा चलता रहा। दोनों वक्त पकाता, बच्चों को खिलाता और दफ़्तर का रास्ता नापता। हां, हफ्ते में दो बार बशीर और हमीद के घर हो आता हूं। उनके बच्चों को दो घड़ी खिला आता हूं। न मानें वे, पर हूं तो उनका अब्बा। बच्चे बड़े सुशील हैं, देखते हैं तो किलकारी मार कर लिपट जाते हैं, खून का जोश है हुज़ूर, आप देख लेना–ये बच्चे एक दिन इस बूढ़े के नाम को रोशन करेंगे।

मास्टर साहब ऊब रहे थे। तम्बाकू उनका जल चुका था। उन्होंने अमज़द मियां से पीछा छुड़ाने के लिए थोड़ा गंभीर बनकर कहा–क्या किया जाए अमज़द, सब खुदा की मरज़ी है। मगर भाई, मानता हूं तुम्हें। खैर, अब फिक्र न करो, अगले साल अहमद ज़रूर पास होगा। और वह तुम्हारी खिदमत भी करेगा। बड़ा शरीफ और फर्माबर्दार लड़का है।

'और ज़हीन भी एक ही है हुज़ूर?' अमज़द ने जोश में दाढ़ी पर हाथ फेरते हुए कहा–अब तो सब उम्मीद अहमद पर ही है। नज़ीर तो अभी बहुत छोटा है। मगर वह सब संभाल लेगा। चालीस पाता हूं हुज़ूर, उसमें से दस आपकी नज़र करता रहूंगा। आपका पल्ला पकड़ा है, बस इस बार बेड़ा पार कर दीजिए। साहब ने ज़बान दे रखी है कि पास होते ही वह दफ़्तर

में नौकरी देंगे। और हां, कई अच्छे पैगाम भी आ रहे हैं। सोचता हूं निबट लूं इस काम से भी। बूढ़ा हूं हुज़ूर, न जाने कब हुक्म आ जाए। अहमद मियां का घर बस जाए तो नज़ीर भी पल जाएगा। खुदा के फ़ज़ल से दोनों भाइयों में बड़ा मेल है। कहे देता हूं हुज़ूर, नज़ीर भी एक ही निकलेगा। किसी दिन लाऊंगा खिदमत में। ऐसा ज़हीन है कि हर बात में सवाल डालता है। खुदा उसकी उम्र दराज़ करे; वह अपने अब्बाजान का नाम ऊंचा करेगा। सरकार, सौ बात की एक बात तो यह है कि मीर की बेटी की बरकत है। खानदानी बाप की बेटी थी। एक से बढ़कर एक पांच बेटे दिए। मझे आराम नहीं मिला यह मेरी किस्मत, मगर वे सब तो मज़े में हैं, ख़ुश हैं। मुझे और क्या चाहिए। हाथ-पैर चलते हैं, कमा कर खाता हूं। कुछ उनकी कमाई का मुहताज नहीं। पर वे ख़ुश रहें इसी में मैं भी ख़ुश हूं।'

मास्टर साहब ऊबकर खड़े हो गए। अमज़द सब कुछ कह नहीं सका। बहुत कुछ कहना चाहता था, परंतु मास्टर साहब अब सुनने को तैयार न थे। उन्होंने कहा–तो अमज़द, हौसला रखो, अगले साल।

'जी हां, हुज़ूर अगले साल। दिन जाते क्या देर लगती है। लड़का ज़हीन है, साहब ख़ुश हैं। अगले साल...'

उसके काले-काले मोटे होंठों में अगले साल की आशा में हास्य फैल गया। दोनों हाथ उठाकर उसने मास्टर साहब को और मुझे सलाम किया और दाढ़ी और होंठों में कुछ कहता हुआ चला गया।

शराबी की बात

सम्राट जहांगीर मुगल वंश का एक निराला बादशाह था। वह दौला-मौला स्वभाव का आदमी था। वह शराबी, अफीमची, अय्यास और निष्ठुर था, परंतु हद दर्जे का ख़ुशमिज़ाज। उसे मज़हब से चिढ़ थी। जब वह युवराज था, तो अपने पिता सम्राट अकबर की विद्वानों की सोहबत और धर्म-चर्चा का मज़ाक उड़ाया करता था। उसे मौलवियों से बड़ी चिढ़ थी। रमज़ान के दिनों में बादशाह हाथी पर बैठकर बाज़ार में निकला करता था। खाना हाथियों पर पकता रहता और बादशाह खाता जाता था। वह मुल्लाओं को तंग करने के लिए उन्हें अपने हाथ से खाना देता था और दरबारी कायदे के अनुसार उन्हें खाना पड़ता था, वरना शेरों से फड़वा डालने का भय था, जो पास ही दरबार में बंधे रहते थे। बादशाह बड़ा दाता था। यदि किसी को कुछ देता तो एक लाख से कम न देता था। वह बहुधा मौज में आकर खलीफा हारू-अल-रशीद की भांति वेश बदलकर रात में शहर में घूमा करता था। वह सब श्रेणियों के लोगों में जाता, उनके साथ खाता-पीता, हंसी-मज़ाक करता और कभी-कभी बड़े मार्के के काम भी कर गुज़रता था।

सर्दी के दिन थे। बहुत कम लोग उस रात को बाहर निकलने का साहस कर सकते थे। वह आज की शानदार महानगरी दिल्ली न थी। पश्चिम की ओर लाहौरी दरवाज़े तक छोटी-छोटी बस्तियां थीं, बीच में बाग थे। शहर प्रायः उस स्थान पर खत्म हो जाता था, जिसे इस समय फतहपुरी कहते हैं और जो दिल्ली का सबसे ज़्यादा गुलज़ार हिस्सा है। उस समय दिल्ली की सबसे

शानदार इमारत लालकिला थी। तब के और अब के लालकिले में बहुत फर्क है। अब खाइयां भर दी गई हैं। जहां यमुना किले के चरण चूमती थी, वहां अब बेला रोड बन गई है। जहां आज संध्या समय गोरी बीबियां अभिसार किया करती हैं, उस समय किले की खाई में अगम जल भरा रहता था। खाई के पास एक बाग था, जिस स्थान पर अब कुछ वृक्षों के नीचे साईसों के कुछ तबेले बन गए हैं। किले की लाल रंग की दीवार के सामने वह बाग अत्यंत शोभनीय प्रतीत होता था, उसमें बहुत-सी जातियों के फूल-बूटे थे। इसी के सामने चौक सादुल्ला खां था, जिसे आज चांदनी चौक कहते हैं। इसी के सामने किले का दरवाज़ा था, जिसपर संगीन चौकी पहरा पड़ा रहता था। ये पहरेदार ऐसे-वैसे नहीं, बड़े-बड़े अमीर-उमरा होते थे। इसके बाद ही बड़ा मैदान था, जो आज भी परेड का मैदान कहलाता है। यहां मीर बख्शी बड़े-बड़े, नये-नये घोड़ों का मुलाहिज़ा किया करता था और अच्छे मज़बूत घोड़ों की रान पर शाही या अमीरों के निशान कर दिया करता था। बाज़ार में ज्योतिषी-नजूमी मैले कालीन का एक टुकड़ा बिछाए बैठे रहते थे, जिनके सामने एक बड़ी-सी किताब खुली पड़ी रहती थी, जिसमें ग्रहों के चित्र बने रहते थे। सामने रमल फेंकने के पासे होते थे। बुर्का ओढ़े स्त्रियां इनके पास पतियों को वश में करने की या युद्ध से लौटाने की अथवा पुत्र होने की विधियां बहुधा पूछने को ठठ की ठठ जुटी रहती थीं।

बाज़ार के बरामदों में दिन-भर माल सजा रहता था। यहीं बैठकर दुकानदार ग्राहकों को पटाते थे। इनके पीछे कोठरियां होती थीं, जहां रात को माल रखकर ताला बंद कर दिया जाता था। ऊपर उन व्यापारियों के रहने के मकान होते थे। परंतु बाज़ार को छोड़कर शेष मकान बहुधा कच्चे, घास-फूस के ही होते थे। ऐसी ही उस समय की दिल्ली नगरी थी।

आधी रात बीत रही थी, बाज़ार में सन्नाटा था, बादशाह सलामत और उनके साले तथा वज़ीरे-आज़म आसफअली चुपचाप एक गली में मकानों की परछाईं में चल रहे थे। एक मकान में शोर-गुल होता देख बादशाह ने पूछा :

'आसफ, यहां क्या है?'

'जहांपनाह, कोई शराब का अड्डा मालूम होता है।'

'ये बदनसीब इतनी रात तक यहां बैठे शराब पिया करते हैं, और

इनके बाल-बच्चे?'

'जहांपनाह, वे अपना खून पीते, बाट देखते रहते होंगे।'

'भीतर चलो, मैं देखूंगा, यहां किस किस्म के लोग हैं।'

आसफ चुपचाप सिर झुकाकर आगे-आगे हो लिया, पीछे-पीछे बादशाह भी चला। दोनों एक रुई का साधारण लबादा ओढ़े थे। इनकी तरफ किसी ने भी ध्यान न दिया। सब अपनी धुन में मस्त थे। दोनों कनखियों से शराबियों को देखते हुए आगे बढ़ रहे थे। इन्हें देखकर कोई हंस देता, कोई रो देता, कोई बोतल और चुक्कड़ सामने करता, कोई मुंह ही बना देता।

एक जुलाहा अकेला बैठा ठर्रे के चुक्कड़ पर चुक्कड़ चढ़ा रहा था। बादशाह ने उसके पास बैठकर कहा :

'कहो दोस्त, खूब उड़ रही है!'

'मज़े में पिओ यार, अभी आधी बोतल भरी है, जेब में खनाखन हैं। आज ही एक अद्धी बेची थी–खूब पिओ।' कहकर उसने खूब खिलखिलाकर हंसने के बाद चुक्कड़ भरकर बादशाह के हाथ में दिया।

बादशाह ने चुक्कड़ लेकर कहा–यार, बड़े मालदार मालूम पड़ते हो! काम क्या करते हो?

'जुलाहा हूं भाई, मालदार वह जो बे-गम हो। मनहूस मक्खीचूस कितना ही मालदार हो तो क्या? यहां तो यार दिन-भर कमाना, रात को उड़ाना। पिओ दोस्त, जी चाहे जितनी पिओ।'

बादशाह ने चुक्कड़ पीकर कहा :

'सच कहो दोस्त, घर में बीवी-बच्चे भी हैं या फकत दम ही?'

जुलाहा जोर से हंसा। फिर बोला–बीवी-बच्चे तो बाप के भी नहीं थे यार, यहां तो जोरू न जाता, अल्ला मियां से नाता। पिओ दोस्त, तुम तो तकल्लुफ करते हो।

'नहीं दोस्त! बादशाह ने कहा–तुम दर हकीकत बड़े ज़िंदादिल हो। यार, हमारी-तुम्हारी दोस्ती पक्की होनी चाहिए, यह नहीं कि यहां से निकले और भूल गए।

'मंजूर है, तब कल घर आओ तो वह दावत दूं कि जिसका नाम। वह खाना खिलाऊं कि तुम्हारे फरिश्तों ने भी न देखा हो, बोलो मंजूर?'

'मंजूर।

जुलाहे ने बादशाह के हाथ पर हाथ मारकर कहा–देखना, वादाखिलाफी न करना।

'वाह यह भी कोई बात है! हां दोस्त, तुम्हारा नाम क्या है?'

'सिकंदर जुलाहा, तमाम विलायत में नाम मशहूर है। ज़रूर आना यार, वह दावत दूंगा और वह शराब पिलाऊंगा कि ख़ुश हो जाओगे।'

बादशाह हंसकर उठ खड़े हुए, सिकंदर भी उठा। बादशाह के हाथों में हाथ दिए, झूमता-झामता शराबखाने से बाहर निकला। चलती बार उसने फिर बादशाह की पीठ पर धौल जमाकर कहा–देखना यार, दंगा न करना।–बादशाह ने फिर वचन दिया और दोनों दो ओर रवाना हुए।

तीसरा पहर था। सिकंदर सिरकी के नीचे ताना-बाना बुनने की तैयारी में ज़मीन में कीलें गाड़ रहा था कि तंग गली में बादशाह की सवारी घुसी। गली-भर में दौड़-धूप मच गई। लोग घर से बाहर निकलकर खड़े हो गए। सवार, प्यादे, हाथी और बरकंदाज़ों से गली भर गई। नकीब ज़ोर से आवाज़ें लगाने लगे। आसाबर्दार चिल्लाकर रास्ता साफ करने लगे। बादशाह हाथी पर था। सेवकगण दायें-बायें थे। गुलाम लोग सिकंदर जुलाहे का घर पूछते हुए सवारी के आगे-आगे चल रहे थे।

सिकंदर कोलाहल सुनकर द्वार पर आ खड़ा हुआ। उसकी कमर में तहमद बंधा था, बदन पर एक रूई की मिर्जई थी, हाथ में हथौड़ी थी।

ख्वाजा ने पूछा–सिकंदर जुलाहे का कौन-सा घर है?

'यही है।' सिकंदर ने अचकचाकर कहा।

'और सिकंदर कहां है?'

'मैं ही सिकंदर हूं।'

'तब होश करो म्यां! बादशाह सलामत तुम्हारे घर दावत खाने आ रहे हैं।'

सिकंदर की आंखें फटी की फटी रह गईं। कुछ देर उसके मुंह से आवाज़ नहीं निकली। वह चुपचाप घर के भीतर चला गया।

दरवाज़े पर बादशाह का हाथी बैठाया गया। बादशाह अपने अनुचरों

के साथ उस छोटे-से छप्पर के घर में घुस गया। सिकंदर ने आंख उठाकर भी बादशाह को न देखा। वह समझ गया था कि रात का मेहमान कौन था। वह धड़ाधड़ हथौड़ी को कीलों पर ठोंकने लगा और चिल्लाकर कहने लगा–जो शराबी की बात का एतबार करे, वह इस हथौड़ी से पीटने के काबिल है।

बादशाह यह सुनकर ठहाका मारकर हंस दिया। उसने उसका हाथ पकड़कर कहा :

'क्यों दोस्त, ऐसी ही दोस्ती होती है?'

खास खिदमतगारों ने आनन-फानन में फर्श-कालीन बिछा दिए। मसनद सजा दिए, चंदोवे तान दिए। बादशाह के इशारे से सिकंदर को जड़ाऊ दरबारी पोशाक पहना दी गई और बादशाह उसे बगल में लेकर मसनद पर जा बैठे। खानसामा ने शाही दस्तरखान चुना, दोनों दोस्त खाने और बढ़-बढ़कर शीराज़ी की बोतलें खाली करने लगे। बादशाह मौज में था। वह बीच-बीच में ठहाका मारकर हंस देता था। परंतु सिकंदर भय से पीला पड़ रहा था। खा-पीकर जब बादशाह जाने लगा तो उसने कहा :

'वाह दोस्त, खूब मज़ा आया, शुक्रिया।'

सिकंदर के मुंह से अब भी बोल न निकला। बादशाह ने हाथ मिलाया और चल दिया।

सिकंदर जुलाहे का दारिद्र्य दूर हो गया। वह एक बड़ा अमीर बना दिया गया और बादशाह ने खास तौर से उसके लिए आलीशान महल बनवा दिया और अब सिकंदर ने एक अमीर की खूबसूरत लड़की से शादी की, तो बादशाह ने एक बार फिर उसके घर आकर उसकी दावत मंजूर की। उसके साथ खाना खाया और शराब पी।

अम्बपालिका

मुजफ्फरपुर से पश्चिम की ओर जो पक्की सड़क जाती है, उस पर मुजफ्फरपुर से लगभग 18-20 मील पर 'बैसौढ़' नामक एक बिलकुल छोटा-सा गांव है, जिसमें 30-40 घर भूमिहार ब्राह्मणों के और कुछ क्षत्रियों के बच रहे हैं। इस गांव के चारों ओर कोसों तक खंडहर, टीले और पुरानी टूटी-फूटी मूर्तियां ढेर की ढेर मिलती हैं, जो इस बात की स्मृति दिलाती हैं कि यहां कभी कोई बड़ा भारी समृद्धिशाली नगर बसा रहा होगा।

वास्तव में ढाई हज़ार वर्ष पूर्व यहां एक विशाल नगर बसा था, जिसका नाम वैशाली था, और जो प्रबल प्रतापी लिच्छवि-गणतंत्र के शासन में था।

वैशाली लिच्छवि-गणतंत्र की एक प्रधान नगरी और रियासत थी। नगर व्यापारियों, जौहरियों, शिल्पकारों और भिन्न-भिन्न प्रकार के देश-विदेश के यात्रियों से परिपूर्ण था। 'श्रेष्ठि-चत्वर' नगर का प्रधान बाज़ार था, जहां जौहरियों और बड़े-बड़े व्यापारियों की कोठियां थीं और जिनकी व्यापारिक शाखाएं समस्त उत्तर भारत में फैली हुई थीं। दुकानदार स्वच्छ परिधान धारण किए, पान कुचरते हंस-हंसकर ग्राहकों से बातें करते। जौहरी पन्ना, लाल, मूंगा, मोती, पुखराज, हीरा और अन्य रत्नों की परीक्षा लेन-देन में व्यस्त रहते थे। निपुण कारीगर अनगढ़ रत्नों को सान चढ़ाते, स्वर्ण-आभरणों में रंगीन रत्न जड़ते और मोती गूंथते थे। गंधी लोग केसर के थैले हिलाते थे। चंदन के तेलों में भिन्न-भिन्न सुगंध मिलाकर इत्र बनाए जाते और नागरिक उनका खुला उपयोग करते थे। रेशम और बहुमूल्य महीन मलमल के व्यापारियों की

दुकानों पर बगदाद और फारस के व्यापारी लंबे-लंबे लबादे पहने, भीड़ की भीड़ पड़े रहते थे। नगर की गलियां संकरी और तंग थीं और उनमें गगनचुंबी अट्टालिकाएं खड़ी थीं, जिनके अंधेरे तहखानों में इन धन-कुबेरों का बड़ा भारी कोष और द्रव्य रखा रहता था।

संध्या-समय सुंदर श्वेत बैलों के रथों पर, जिन पर बढ़िया सुनहरा काम हुआ रहता था, नागरिक सैर करने राजपथ पर निकलते थे। इधर-उधर हाथी झूमते हुए बढ़ा करते थे और उन पर उनके अधिपति रत्नाभरणों से सज्जित अपने दासों तथा शरीर-रक्षकों से घिरे हुए चला करते थे।

अभी दिन निकलने में देर थी। पूर्व की ओर प्रकाश की आभा दिखाई पड़ रही थी, पर मार्ग में अंधेरा था। राजमहल के तोरण पर अभी तक प्रकाश जल रहा था। चारों ओर प्रतिहार पड़े सो रहे थे। उनमें से केवल एक भाला टेककर खड़ा नींद में झूम रहा था। तोरण के इधर-उधर कई कुत्ते पड़े सो रहे थे।

धीरे-धीरे दिन का प्रकाश फैलने लगा। राजवर्गी इधर से उधर आने-जाने लगे। प्रतिहाररक्षी सेना का एक नवीन दल तोरण पर आ पहुंचा। उनमें से एक दंडधर ने आगे बढ़कर भाले के सहारे खड़े-खड़े ऊंघते मनुष्य को पुकारकर कहा–महानामन! सावधान होओ और घर जाकर विश्राम करो। महानामन ने सजग होकर अपने दीर्घकाय का और भी विस्तार करके एक ज़ोर की अंगड़ाई ली और यह कहकर कि–तुम्हारा कल्याण हो, वह अपना भाला धरती पर टेकता हुआ तीसरे तोरण की ओर बढ़ गया। पश्चिम की ओर पुराना प्रासाद और राजमहल का उपवन था, जिसकी देख-रेख महानामन के सुपुर्द थी। यहीं उसकी छोटी-सी कुटिया थी, जहां वह अपनी प्रौढ़ा पत्नी के साथ 17 वर्ष से एकरस–आंधी-पानी, सर्दी-गर्मी में रहता था।

वह नींद में झूमता हुआ ऊंघ रहा था। अब भी प्रभात का प्रकाश धुंधला था। उसने अपनी कुटी के पास एक कदली वृक्ष के नीचे, आम्रकुंज में एक श्वेत वस्तु पड़ी रहने का भान किया। निकट जाकर देखा, एक नवजात शिशु स्वच्छ वस्त्रों में लिपटा अपना अंगूठा चूस रहा है। आश्चर्य चकित होकर महानामन ने शिशु को उठा लिया। देखा, कन्या है। उसने अपनी स्त्री को पुकारकर उसे वह कन्या देकर कहा–देखो, आज इस प्रकार

अपने जीवन की पुरानी साध मिटी।

वह कन्या–उस दरिद्र लिच्छवि महानामन के उस दरिद्रावास में शशिकला की भांति बढ़ने लगी। उसका नाम रक्खा गया अम्बपालिका।

वैशाली से उत्तर-पश्चिम 25 कोस पर, एक छोटे से गांव में, एक किनारे पर एक साधारण घर था। उसके द्वार पर एक वृद्ध प्रातःकाल बैठा दातुन कर रहा था। पूर्व के द्वार पर पैर की आहट सुनकर उसने पीछे को देखा, एक चम्पक पुष्प की कली के समान एकादशवर्षीया, अति सुंदरी बालिका, जिसके घुंघराले बाल लहलहा रहे थे, दौड़ती-दौड़ती बाहर आई और वृद्ध को देख उससे लिपटने को लपकी, पर पैर फिसलने से गिर गई। वह गिरकर रोने लगी। वृद्ध ने दातुन फेंक, दौड़कर बालिका को उठाया, उसकी धूल झाड़ी; बालिका ने रोना रोककर कहा–बाबा, घर में आटा बिलकुल नहीं है, हम लोग क्या खाएंगे? वृद्ध ने उसे गोद में उठाते हुए कहा–कुछ चिंता नहीं, मैं अभी गेहूं पिसवाने की व्यवस्था करता हूं। बालिका ने कहा–गेहूं का भी ती एक दाना नहीं है। वृद्ध क्षण-भर अवाक् रहा। उसने कहा–तब ठहर, मैं अभी शिकार मार लाता हूं। बालिका ने रोककर कहा–नहीं, नहीं, मैं पक्षी का मांस नहीं खाऊंगी।

वृद्ध महानामन लिच्छवि था और कन्या थी अम्बपालिका। वृद्ध की पत्नी का स्वर्गवास हुए 8 साल व्यतीत हो गए थे। उसके बाद कन्या की परिचर्या में बाधा पड़ती देख, महानामन ने राज-सेवा छोड़कर अपने ग्राम में आकर बालिका की सेवा-शुश्रूषा अबाधरूप से करने का निश्चय कर लिया था। वह गत आठ वर्षों से इसी गांव में रहता था। अम्बपालिका को उसने इस तरह पाला जैसे पक्षी चुग्गा दे-देकर अपने शिशु पक्षी को पालता है। परंतु खेद है, धीरे-धीरे उसकी छोटी-सी कमाई की क्षुद्र पूंजी यत्न से खर्च करने पर भी समाप्त हो ही गई। और फिर धीरे-धीरे पत्नी के स्मृति-रूप दो-चार क्षुद्र आभूषण भी उदर-गुहा में पहुंच चुके। अब आज क्या किया जाए? अब तो आटा भी नहीं, एक दाना गेहूं भी नहीं। वृद्ध की प्राणों की पुतली इस प्रश्न पर चिंतित हो रही है। यह और भी कष्ट का प्रश्न था। पर वृद्ध ने हंसकर कहा–अच्छा, अच्छा, मैं अभी गेहूं लिए आता हूं। इतना कहकर वृद्ध ने बालिका के तड़ातड़ 3-4 चुंबन लिए और उसे गोद से उतारते-उतारते दो बूंद

आंसू गिरा दिए। बालिका भीतर गई और वृद्ध चिंतामग्न बैठ गया। अंततः उसने एक बार फिर महाराज की सेवा में उपस्थित होकर पुरानी नौकरी की याचना करने का निश्चय किया। उसके बाहु का पौरुष तो थक चुका था। परंतु क्या किया जाए, कन्या का विचार सर्वोपरि था। फिर भी वृद्ध के अति गंभीर होने का यही मात्र कारण न था। लाख वृद्ध होने पर भी उसकी भुजा में बल था : बहुत था। पर उसकी चिंता थी : बालिका का अप्रतिम सौंदर्य। सहस्राधिक बालिकाएं भी क्या उस पारिजात-कुसुम-तुल्य कुंदकलिका के समान थीं? किस पुष्प में उतनी गंध, कोमलता और सौंदर्य था? उसे भय था कि राज-नियमानुसार वह विवाह से वंचित करके कहीं नगर-वेश्या न बना दी जाए; क्योंकि लिच्छवि-गणतंत्र में यह कानून था कि राज्य की जो कन्या अत्यधिक सुंदरी होती थी, उसे किसी एक पुरुष की पत्नी न होने दिया जाकर नागरिकों के लिए सुरक्षित रक्खा जाया करता था। वास्तव में इसी भय से महानामन राजधानी छोड़कर भागा था, जिससे किसीकी दृष्टि उस बालिका पर न पड़े। पर अब उपाय न था। महानामन ने राजधानी में एक बार जाने का निश्चय किया।

वैशाली की ओर जाने वाली सड़क पर वर्षा के कारण बड़ी कीचड़ हो रही थी। कहीं-कहीं तो नालों का पानी कच्ची सड़क को तोड़कर सड़क पर नदी की तरह बह रहा था। अभी वर्षा हो चुकी थी। वृद्ध और उसकी पुत्री दोनों भीग गए थे, पर धीरे-धीरे बढ़े चले जा रहे थे। हवा बंद थी, गर्मी बढ़ गई थी और दूरस्थ पर्वतों की चोटियों में अस्त होते हुए सूर्य को देख-देखकर वृद्ध डर रहा था। निकट किसी बस्ती के चिह्न न थे। यदि यहीं चौपट में अंधेरा हो गया तो कहां रात कटेगी, बच्ची खाएगी क्या, यही वृद्ध के भय का कारण था। वह लाठी टेकता-टेकता धीरे-धीरे आगे बढ़ रहा था। वह स्वयं बहुत थक गया था और बालिका तो क्षण-क्षण में विश्राम की इच्छा प्रकट कर रही थी। बालिका ने कहा–पिता! अब मैं और नहीं चल सकती, मेरे पैरों में देखो, लोहू बह रहा है, वे फट गए हैं। वृद्ध ने स्नेह से उसे चुमकारकर कहा–बस, अब थोड़ी दूर और; निकट ही कहीं गांव या बस्ती मिलने पर ठहरने में सुभीता रहेगा। पर बालिका और कुछ पग चलकर मार्ग में ही एक ऊंची जगह पर बैठ गई। वृद्ध

भी निरुपाय हो, पास ही बैठ गया। अंधकार ने चारों ओर से उन्हें घेर लिया।

सहसा बालिका ने चौंककर कहा–पिताजी, देखो, घोड़ों की टाप का शब्द सुनाई दे रहा है! बुड्ढे ने उठकर दूर तक दृष्टि करके देखा। सड़क के निकट एक घना सेमल का वृक्ष था, जिसके नीचे घोर अंधकार था। वृद्ध कन्या का हाथ पकड़, वहीं जा छिपा। आकाश में अब भी बादल घिर रहे थे और फिर ज़ोर की वर्षा होने के रंग-ढंग दीख पड़ते थे। बीच-बीच में बिजली भी चमक जाती थी। थोड़ी देर बाद बहुत से सवार वहां तक आ पहुंचे। वर्षा भी शुरू हो गई। सवारों ने निश्चय किया कि उस वृक्ष के नीचे आश्रय लें।

वृद्ध भय से बालिका को छाती में छिपाए वृक्ष की जड़ से चिपककर बैठ गया। सहसा बिजली की चमक में अश्वारोहियों ने वृक्ष के निकट मनुष्य-मूर्ति देखकर कहा–अरे! वृक्ष के निकट यह कौन है? वृद्ध वहां से हटकर चुपचाप खेत में जाने लगा। तत्क्षण एक बर्छा आकर उसकी छाती को विदीर्ण कर गया। वृद्ध एक चीत्कार करके धरती पर गिर गया। बालिका ज़ोर से चिल्ला उठी।

अश्वारोही दल ने निकट जाकर देखा–मृत पुरुष वृद्ध और निरस्त्र है। पर कन्या को देखते ही बर्छा फेंकने वाले सवार ने कहा–वाह! बूढ़े को मारकर रत्न मिला! इसमें किसी का साझा नहीं है?

बालिका भय और शोक से चिल्ला उठी। अश्वारोही ने उसकी परवा न कर, उसे उठाकर घोड़े पर रख लिया और वे आगे बढ़े।

वैभवशालिनी वैशाली का जो 'श्रेष्ठि-चत्वर' नामक बाज़ार था। उसके उत्तर कोण पर एक विशाल प्रासाद, जिसके गुम्बजों का प्रकाश रात्रि को गंगा पार से भी दीखता था। बाहर का सिंहद्वार विशाल पत्थरों का बनाया गया था, जिसे उठाना और जोड़ना दैत्यों का ही काम हो सकता था। इन पत्थरों पर स्थापत्यकला और शिल्प की सूक्ष्म बुद्धि खर्च की गई थी। ड्योढ़ी पर गहरा हरा रंग किया हुआ था और ऊंचे महराबदार फाटक पर फूलों पर गुंथी हुई सुंदर मालाएं लटक रही थीं। पहले आंगन में प्रवेश करने पर श्वेत अट्टालिकाओं की पंक्ति दीख पड़ती थी। उनकी दीवारों पर कांच की तरह चमकदार श्वेत पलस्तर किया गया था। सीढ़ियों पर भिन्न-भिन्न प्रकार के खुदरंग बहुमूल्य पत्थर लगे थे, और खिड़कियों में बिल्लौर के किवाड़ थे, जिनमें

श्रेष्ठि-चत्वर की बहार बैठे ही बैठे दीख पड़ती थी। दूसरे आंगन में गाड़ी, बैल, घोड़े, हाथी बंधे थे और महावत उन्हें चावल-घी खिला रहे थे। तीसरे आंगन में अतिथिशाला तथा आगत जनों के ठहरने का प्रबंध था। यहां बहुत सुंदर विशाल पत्थरों के खम्भों पर मेहराब खड़े हुए थे। चौथे आंगन में नाट्यशाला और गायनभवन था। पांचवें आंगन में भिन्न-भिन्न प्रकार के शिल्पकार और जौहरी लोग नाना प्रकार के आभूषण बना और रत्नों को घिस रहे थे। छठे आंगन में भिन्न-भिन्न देश के पशु-पक्षियों का अद्भुत संग्रह था। सातवां आंगन बिलकुल श्वेत पत्थर का बना था, और उसमें सुनहरा काम हो रहा था। इसमें दो भीमकाय सिंह स्वर्ण की मेखलाओं से दृढ़तापूर्वक बंधे थे और चांदी के पात्रों में पानी भरा उनके निकट धरा था। गृह-स्वामिनी अम्बपालिका इसी कक्ष में विराजती थी।

संध्या हो गई थी। परिचारक और परिचारिकाएं दौड़-धूप कर रही थीं, कोई सुगंधित जल आंगन में छिड़क रही थी, कोई धूप जलाकर भवन को सुवासित कर रही थी, कोई सहस्र दीप-गुच्छ में सुगंधित तेल डालकर प्रकाशित करने में व्यस्त थी। बहुत-से माली तोरण और अलिंद पर ताज़े पुष्पों के गुलदस्ते और मालाओं को सजा रहे थे। अलिंद में दंडधर अपने-अपने स्थानों पर भाला टेके स्थिर भाव से खड़े थे। द्वारपाल तोरण पर अपने द्वार-रक्षक दल के साथ सशस्त्र उपस्थित था।

क्षण-भर बाद प्रासाद भांति-भांति के रंगीन प्रकाशों से जगमगा उठा। भांति-भांति के रंगीन फव्वारे चलने लगे और उन पर प्रकाश का प्रतिबिंब इंद्र धनुष की बहार दिखाने लगा। धीरे-धीरे प्रतिष्ठित नागरिक कोई पालकी में, कोई रथ पर और कोई हाथी पर चढ़कर प्रथम तोरण पारकर आने लगे। परिचारकगण दौड़-दौड़कर अतिथियों को सादर उतारकर भीतरी अलिंद में पहुंचाने तथा उनकी सवारियों की व्यवस्था करने लगे। हाथी–घोड़े, रथ पालकी आदि वाहनों का तांता लग गया। उनकी भीड़ से बाहर का विशाल प्रांगण भर गया।

सातवें तोरण के भीतर श्वेत पत्थर के एक विशाल सभा-भवन में अम्बपालिका नागरिक युवकों की अभ्यर्थना कर रही थी। वह भवन एक टुकड़े के 64 हरे रंग के पत्थर के खंभों पर निर्मित हुआ था, और इस पर रंगीन रत्नों

को जड़कर फूल-पत्ती, पक्षी तथा वन के दृश्य बनाए गए थे। छत पर स्वर्ण का पत्तर मढ़ा था, जहां पर बारीक खुदाई और रंगीन मीना का काम हो रहा था। इस विशाल भवन में दुग्ध-फेन के समान उज्ज्वल वर्ण का अति मुलायम और बहुमूल्य बिछावन बिछा था। थोड़े-थोड़े अंतर से बहुत-सी वेदियां, पृथक्-पृथक् बनी थीं, जहां कोमल उपधान, मद्य के स्वर्ण-पात्र और प्यालियां, जुआ खेलने के पासे तथा अन्य विनोद-सामग्री, भिन्न-भिन्न प्रकार के ग्रंथ, बहुमूल्य चित्र तथा अन्य बहुत-सी मनोरंजन की सामग्री थी।

महाप्रतिहार अलिंद तक अतिथि युवकों को लाता, वहां से प्रधान परिचारिका उसे कक्ष तक ले आती। कक्ष-द्वार पर स्वयं अम्बपालिका साक्षात् रति के समान आगत जनों का हाथ पकड़कर स्वागत करती, एक वेदी पर ले जाकर बैठाती, सुगंध और पुष्प-मालाओं से सत्कार करती तथा अपने हाथों से मद्य ढालकर पिलाती थी। उस स्वर्ग-सदन में रूप, यौवन और जीवन के आलोक में अर्द्धरात्रि तक नित्य ही माधुर्य और आनंद का प्रवाह बहता था। सैकड़ों दासियां दौड़-धूप करके याचित वस्तु तत्काल जुटा देतीं। फिर कुछ ठहरकर संगीत-लहरी उठती। कोमल तंतु-वाद्य गंभीर मृदंग के साथ वैशाली के श्रेष्ठि पुत्रों, राजवर्गियों और कुमारी के हृदयों को मसोस डालता था। वाद्य की ताल पर मोम की पुतली के समान कुमारियां मधुर स्वर में स्वर-ताल और मूर्च्छनामय संगीत-गान करतीं, और नर्तकियां ठुमककर नाचती थीं। उस स्वप्न-सौंदर्य के दृश्य को युवक सुगंधित मद्य के घूंट के साथ पीकर अपने जन्म को धन्य मानते थे।

अम्बपालिका अब 20 वर्ष की पूर्ण युवती थी। उसका यौवन सौंदर्य मध्याकाश में था। और लिच्छवि गणतंत्र के राजा ही नहीं, मगध, कोशल और विदेह के महाराजा तक उसके लिए सदैव अभिलाषी बने रहते थे। इन सभी महानृपतियों की ओर से रत्न, अस्त्र, हाथी आदि भेंट में आते रहते थे और अम्बपालिका अपनी कृपा और प्रेम के चिह्न-स्वरूप कभी-कभी ताज़े फूलों की एकाध माला तथा कुछ गंध द्रव्य उन्हें प्रदान कर दिया करती थी।

विधाता ने मानो उसे स्वर्ण से बनाया था। उसका रंग गोरा ही न था, उसपर सुनहरी प्रभा भी थी–जैसी चम्पे की अविकसित कली में होती है। उसके शरीर की लचक, अंगों की सुडौलता वर्णन से बाहर की बात थी। उस सौंदर्य

में विशेषता यह थी कि समय का अत्याचार भी उस सौंदर्य को नष्ट न कर सकता था। जैसे मोती का पर्त उतार देने से नई आभा, नया पानी दमकने लगता है, उसी प्रकार अम्बपालिका का शरीर प्रतिवर्ष निखार पाता था। उसका कद कुछ लंबा, देह मांसल और कुच पीन थे। तिसपर उसकी कमर पतली इतनी थी कि उसे कटिबंधन बांधने की आवश्यकता ही नहीं पड़ती थी। उसके अंग प्रत्यंग चैतन्य थे, मानो प्रकृति ने उन्हें नृत्य करने और आनंद-भोग करने को बनाया था।

उसके नेत्रों में सूक्ष्म लालसा की झलक और दृष्टि में गज़ब की मदिरा भर रही थी। उसका स्वभाव सतेज था, चितवन में दृढ़ता, निर्भीकता, विनोद और स्वेच्छाचारिता साफ झलकती थी। उसे देखते ही आमोद-प्रमोद की अभिलाषा प्रत्येक पुरुष के हृदय में उत्पन्न हो जाती थी।

जैसा कहा जा चुका है, उसकी रंगत पर एक सुनहरी झलक थीं, गाल कोमल और गुलाबी थे, ओठ लाल और उत्फुल्ल थे, मानो कोई पका हुआ रसीला फल चमक रहा हो। उसके दांत हीरे की तरह स्वच्छ, चमकदार और अनार की पंक्ति की तरह सुडौल, कुच पीन तथा अनीदार थे। नाक पतली, गर्दन हंस जैसी, कंधे सुडौल, बाहु मृणाल जैसी थी। सिर के बाल काले, लंबे, घुंघराले तथा रेशम से भी मुलायम थे। आंखें काली और कंटीली, उंगलियां पतली और मुलायम थीं। उनपर उसके गुलाबी नाखूनों की बड़ी बहार थी। पैर छोटे और सुंदर थे। जब वह ठसक के साथ उठकर खड़ी हो जाती तो लोग उसे एकटक देखते रह जाते थे। उसकी भुजाओं और देह का पूर्व भाग सदा खुला रहता था।

वैशाली में बड़ी भारी बेचैनी फैल गई। अश्वारोही दल के दल नगर के तोरण से होकर नगर से बाहर निकल रहे थे। प्रतिहार लोग और किसीको न बाहर निकलने देते थे और न भीतर घुसने देते थे। तोरण के इधर-उधर बहुत-से नागरिक सेना का यह अकस्मात् प्रस्थान देख रहे थे। एक पुरुष ने पूछा–क्यों भाई, जानते हो, यह सेना कहां जा रही है? उसने कहा–न, यह कोई नहीं जानता। अश्वारोही दल निकल गया। पीछे कई सेना-नायक धीरे-धीरे परामर्श करते चले गए।

क्षण-भर में संवाद फैल गया। मगध के प्रतापी सम्राट् शिशुनागवंशी बिम्बसार ने वैशाली पर चढ़ाई की। गंगा के दक्षिण छोर पर दुर्जय मागध सेना दृष्टि के उस छोर से इस छोर तक फैली हुई थी। इस सेना में 10 हज़ार हाथी, 50 हज़ार अश्वारोही और पांच लाख पैदल थे।

वैशाली के लिच्छवि-गणतंत्र का प्रताप भी साधारण न था। गंगा के उत्तर कोण पर देखते-देखते सैन्य-समूह एकत्रित हो गया। लिच्छवियों के पास 8 हज़ार हाथी, 1 लाख अश्वारोही और 6 लाख पैदल थे।

तीन दिन तक दोनों दल आमने-सामने डटे रहे। तीसरे दिन लिच्छवि लोगों ने देखा, उस पार डेरों की संख्या कम हो गई है। निपुण सहस्रों सैनिक घाट से पार आने की तैयारी कर रहे हैं, यह समझने में देर न लगी। दोपहर होते-होते मगध-सेना गंगा पार करने लगी। लिच्छवि-सेना चुपचाप खड़ी रही। ज्यों ही कुछ सेना ने भूमि पर पैर रखा त्यों ही वैशाली की सेना जय-जयकार करते बढ़ चली, मानो सहस्र उल्कापात हुए हों। मेघ-संघर्षण की तरह घोर गर्जना करके दोनों सेनाएं भिड़ गईं। मगध सेना की गति रुक गई। बाण, बर्छे और तलवारों की प्रलय मच गई। उस दिन, दिन-भर संग्राम रहा। सूर्यास्त देख, दोनों सेनाएं पीछे को फिरीं।

दो मास से नगर का घेरा जारी है। बीच-बीच में युद्ध हो जाता है। कोई पक्ष निर्बल नहीं होता। नगर की तीन दिशाएं मगध-शिविर से घिरी हैं। बीच में जो सबसे बड़ा डेरा है, उसके ऊपर सोने का गरुड़ध्वज अस्त होते सूर्य की किरणों से अग्नि की तरह दमक रहा है। उसके आगे एक स्वर्ण-पीठ पर गौर वर्ण सम्राट विराजमान हैं। निकट एक-दो विश्वासी पार्श्वद हैं। सम्राट् अति सुंदर, बलिष्ठ और गंभीरमूर्ति हैं। नेत्रों में तेज और स्नेह, दृष्टि में वीरत्व और औदार्य तथा प्रतिभा में अदम्य तेज प्रकट हो रहा है। सम्राट् आधे लेटे हुए कुछ मंत्रणा कर रहे हैं। एक कर्णिक नीचे बैठा उनके आदेशानुसार लिखता जाता है। एक दंडधर ने आगे बढ़कर पुकारकर कहा—महानायक युवराज भट्टारकपादीय गोपालदेव तोरण पर उपस्थित हैं। सम्राट् ने चौंककर उधर देखा और भीतर बुलाने का संकेत किया। साथ ही कर्णिक और मंत्री को विदा किया।

गोपालदेव ने तलवार म्यान से खींच शीश से लगाई और फिर विनम्र निवेदन किया–महाराजाधिराज की आज्ञानुसार सब व्यवस्था ठीक है। देवश्री पधारने का कष्ट करें। सम्राट् के नेत्रों में उत्फुल्लता उत्पन्न हुई। वे उठकर वस्त्र पहनने के लिए पट-मंडप में घुस गए।

वैशाली के राजपथ जनशून्य थे, दो प्रहर रात्रि जा चुकी थी, युद्ध के आंतक ने नगर के उल्लास को मूर्च्छित कर दिया था। कहीं-कहीं प्रहरी खड़े उस अंधकारमयी रात्रि में भयानक भूत-से प्रतीत होते थे। धीरे-धीरे दो मनुष्य मूर्तियां अंधकार का भेदन करती हुईं वैशाली के गुप्त द्वार के निकट पहुंची। एक ने द्वार पर आघात किया, भीतर प्रश्न हुआ–संकेत?

मनुष्यमूर्ति ने कहा–अभिनय!

हल्की चीत्कार करके द्वार खुल गया। दोनों मूर्तियां भीतर घुसकर राजपथ छोड़, अंधेरी गलियों की अट्टालिकाओं की परछाईं में छिपती-छिपती आगे बढ़नें लगीं। एक स्थान पर प्रहरी ने बाधा देकर पूछा–कौन? एक व्यक्ति ने कहा–आगे बढ़कर देखो। प्रहरी निकट आया। हठात् दूसरे व्यक्ति ने उसका सिर धड़ से जुदा कर दिया। दोनों फिर आगे बढ़े। अम्बपालिका के द्वार पर अंततः उनकी यात्रा समाप्त हुई। द्वार पर एक प्रतिहार मानो उनकी प्रतीक्षा कर रहा था। संकेत करते ही उसने द्वार खोल दिया और आगंतुकगण को भीतर लेकर द्वार बंद कर लिया।

आज इस विशाल राजमहल सदृश भवन में सन्नाटा था। न रंग-बिरंगी रोशनी, न फव्वारे, न दास-दासीगणों की दौड़-धूप। दोनों व्यक्ति चुपचाप प्रतिहार के साथ जा रहे थे। सातवें अलिंद को पार करने पर देखा, एक और मूर्ति एक खंभे के सहारे खड़ी है। उसने आगे बढ़कर कहा–इधर से पधारिए श्रीमान्! प्रतिहार वहीं रुक गया। नवीन व्यक्ति स्त्री थी और वह सर्वांग काले वस्त्र से ढांपे हुए थी। दोनों आगंतुक कई प्रांगण और अलिंद पार करते हुए कुछ सीढ़ियां उतरकर एक छोटे-से द्वार पर पहुंचे जो चांदी का था और जिसपर अतिशय मनोहर जाली का काम हो रहा था और उसी जाली में से छन-छनकर रंगीन प्रकाश बाहर पड़ रहा था।

द्वार खोलते ही देखा–एक बहुत बड़ा कक्ष भिन्न-भिन्न प्रकार की

सुख-सामग्रियों से परिपूर्ण था। यद्यपि उतना बड़ा नहीं, जहां नागरिक जनों का प्रायः स्वागत होता था, परंतु सजावट की दृष्टि से इस कक्ष के सम्मुख उसकी गणना नहीं हो सकती थी। यह समस्त भवन श्वेत और काले पत्थरों से बना था और सर्वत्र ही सुनहरी पच्चीकारी का काम हो रहा था। उसमें बड़े-बड़े बिल्लौर के अठपहलू अमूल्य खंभे लगे थे, जिनमें मनुष्य का हूबहू प्रतिबिंब सहस्रों की संख्याओं में दीखता था। बड़े-बड़े और भिन्न-भिन्न भावपूर्ण चित्र टंगे थे। सहस्र दीप-गुच्छों में सुगंधित तेल जल रहा था। समस्त कक्ष भीनी सुगंध से महक रहा था। धरती पर एक महामूल्यवान् रंगीन बिछावन था, जिसपर पैर पड़ते ही हाथ भर धंस जाता था। बीचोबीच एक विचित्र आकृति की सोलह-पहलू सोने की चौकी पड़ी थी, जिसपर मोर पंख के खंभों पर मोतियों की झालर लगा एक चंदोवा तन रहा था। और पीछे रंगीन रेशम के परदे लटक रहे थे, जिसमें ताज़े पुष्पों का शृंगार बड़ी सुघड़ाई से किया गया था। निकट ही एक छोटी-सी रत्न-जटित तिपाई पर मद्य-पात्र और पन्ने का एक बड़ा-सा पात्र धरा हुआ था।

हठात् सामने का परदा उठा और उसमें वह रूप-राशि प्रकट हुई जिसके बिना अलिंद शून्य हो रहा था। उसे देखते ही आगंतुकगण में से एक तो धीरे-धीरे पीछे हटकर कक्ष से बाहर हो गया, दूसरा व्यक्ति स्तंभित-सा खड़ा रहा। अम्बपालिका आगे बढ़ी। वह बहुत महीन श्वेत रेशम की पोशाक पहने हुए थी। वह इतनी बारीक थी कि उसके आर-पार साफ दीख पड़ता था। उसमें से छनकर उसके सुनहरे शरीर की रंगत अपूर्व छटा दिखा रही थी। पर यह रंग कमर तक ही था। वह चोली या कोई दूसरा वस्त्र नहीं पहने थी। इसलिए उसकी कमर के ऊपर के अंग-प्रत्यंग साफ दीख पड़ते थे।

विधाता ने उसे किस क्षण में गढ़ा था! हमारी तो यह धारणा है कि कोई चित्रकार न तो वैसा चित्र ही अंकित कर सकता था और न कोई मूर्तिकार वैसी मूर्ति ही बना सकता था।

उस भुवन-मोहिनी की वह छटा आगंतुक के हृदय को छेदकर पार हो गई। गहरे काले रंग के बाल उसके उज्ज्वल और स्निग्ध कंधों पर लहरा रहे थे। स्फटिक के समान चिकने मस्तक पर मोतियों का गुथा हुआ आभूषण अपूर्व शोभा दिखा रहा था। उसकी काली और कंटीली आंखें, तोते के समान नुकीली नाक, बिम्बफल

जैसे अधर-ओष्ट और अनारदाने के समान उज्ज्वल दांत, गोरा और गोल चिबुक बिना ही शृंगार के अनुराग और आनंद बखेर रहा था। अब से ढाई हज़ार वर्ष पूर्व की वह वैशाली की वेश्या ऐसी ही थी।

मोती की कोर लगी हुई सुंदर ओढ़नी पीछे की ओर लटक रही थी और इसलिए उसका उन्मत्त कर देनेवाला मुख साफ देखा जा सकता था। वह अपनी पतली कमर में एक ढीला-सा बहुमूल्य रंगीन शाल लपेटे हुए थी। हंस के समान उज्ज्वल गर्दन में अंगूर के बराबर मोतियों की माला लटक रही थी और गोरी-गोरी गोल कलाइयों में नीलम की पहुंची पड़ी हुई थी।

उस मकड़ी के जाले के समान बारीक उज्ज्वल परिधान के नीचे, सुनहरे तारों की बुनावट का एक अद्भुत घाघरा था, जो उस प्रकाश में बिजली की तरह चमक रहा था। पैरों में छोटी-छोटी लाल रंग की उपानह थीं, जो सुनहरी फीते से कस रही थीं।

उस समय कक्ष में गुलाबी रंग का प्रकाश हो रहा था। उस प्रकाश में अम्बपालिका का मानो परदा चीरकर इस रूप-रंग में प्रकट होना आगंतुक व्यक्ति को मूर्तिमती मदिरा का अवतरण-सा प्रतीत हुआ। वह अभी तक स्तब्ध खड़ा था। धीरे-धीरे अम्बपालिका आगे बढ़ी। उसके पीछे 16 दासियां एक ही रूप और रंग की, मानो पाषाण-प्रतिमाएं ही आगे बढ़ रही थीं।

अम्बपालिका धीरे-धीरे आगे बढ़कर आगंतुक के निकट आकर झुकी और फिर घुटने के बल बैठ, उसने कहा–परमेश्वर, परम वैष्णव, परम भट्टारक, महाराज़ाधिराज की जय हो! इसके बाद उसने सम्राट् के चरणों में प्रणाम करने को सिर झुका दिया। दासियां भी पृथ्वी पर झुक गईं।

आगंतुक महाप्रतापी मगध-सम्राट् बिम्बसार थे। उन्होंने हाथ बढ़ाकर अम्बपालिका को ऊपर उठाया। अम्बपालिका ने निवेदन किया-महाराजाधिराज पीठ पर विराजें। सम्राट् ने ऊपर का परिच्छद उतार फेंका, वे पीठ पर विराजमान हुए।

अम्बपालिका ने नीचे धरती में बैठकर सम्राट् का गंध, पुष्प आदि से सत्कार किया। इसके बाद उसने अपनी मद-भरी आंखें सम्राट् पर डालकर कहा–महाराजाधिराज ने बड़ी अनुकम्पा की, बड़ा कष्ट किया।

सम्राट् ने किंचित् मोहक स्वर में कहा–अम्बपाली! यदि मैं यह कहूं

कि केवल विनोद के लिए आया हूं तो यह यथार्थ बात नहीं। तुम्हारे रूप-गुण की प्रशंसा सुनकर स्थिर नहीं रह सका, और इस कठिन युद्ध में व्यस्त रहने पर भी तुम्हें देखने के लिए शत्रुपुरी में घुस आया, परंतु तुम्हारा प्रबंध धन्य है।

अम्बपालिका–(लज्जित-सी होकर ज़रा मुस्कराकर) मैं पहले ही सुन चुकी हूं कि देव स्त्रियों की चाटुकारी में बड़े प्रवीण हैं।

सम्राट-चाटुकारी नहीं, अम्बपालिके! तुम वास्तव में रूप और गुण में अद्वितीय हो।

अम्बपालिका–श्रीमान्, मैं कृतार्थ हुई! इसके बाद वह अपने मुक्ताविनिन्दित दांतों की छटा दिखाते हुए सम्राट् की सेवा में खड़ी हुई। सम्राट् ने प्याला ले और उसे खींचकर बगल में बैठा लिया। संकेत पाते ही दासियों ने क्षणभर में गायन-वाद्य का सरंजाम जुटा दिया। कक्ष संगीत-लहरी में डूब गया और उस गंभीर निस्तब्ध रात्रि में मगध के प्रतापी सम्राट् उस एक वेश्या पर अपने साम्राज्य को भूल बैठे!

एक वर्ष बीत गया। प्रतापी लिच्छवि-राज मगध साम्राज्य के आगे मस्तक नत करने को बाध्य हुए। अब वैशाली में उमंग न थी। अम्बपालिका का द्वार सदैव बंद रहता था। द्वार पर कड़ा पहरा था। कोई व्यक्ति न उसे देख सकता था, न उससे मिल सकता था। उसके बहुत-से युवक मित्र उस युद्ध में निहत हुए थे। पर जो बच रहे थे। वे अम्बपाली के इस परिवर्तन पर आश्चर्यान्वित थे। वे किसी भी तरह उसका साक्षात् न कर सकते थे। दूर-दूर तक यह बात फैल गई थी।

अम्बपालिका के सहस्रावधि वेतन-भोगी दास-दासी, सैनिक और अनुचरों में से भी केवल दो व्यक्ति थे जो अम्बपालिका को देख सकते और उससे बात कर सकते थे। एक प्रधान परिचारिका यूथिका, दूसरा एक वृद्ध दंडधर जिसे भीतर-बाहर सर्वत्र आने की स्वतंत्रता थी। सम्राट् का आगमन केवल इन्हीं दोनों को मालूम था और वे दोनों ही यह रहस्य भी जानते थे कि अम्बपालिका को सम्राट् से गर्भ है।

यथासमय पुत्र प्रसव हुआ। यह रहस्य भी केवल इन्हीं दो व्यक्तियों पर ही प्रकट हुआ। और वह पुत्र उसी दंडधर ने गुप्त रूप से राजधानी ले

जाकर मगध-सम्राट् की गोद में डालकर, अम्बपालिका का अनुरोध सुनाकर कहा–महाराजाधिराज की सेवा में मेरी स्वामिनी ने निवेदन किया है कि उनकी तुच्छ भेंट-स्वरूप मगध के भावी सम्राट् आपके चरणों में समर्पित हैं। सम्राट् ने शिशु को सिंहासन पर डालकर वृद्ध दंडधर से उत्फुल्ल नयन से कहा–मगध के भावी सम्राट् को झटपट अभिवादन करो। दंडधर ने कोश से तलवार निकाल, मस्तक पर लगाई और तीन बार जयघोष करके तलवार शिशु के चरणों में रख दी। सम्राट् ने तलवार उठाकर वृद्ध की कमर में बांधते-बांधते कहा–अपनी स्वामिनी को मेरी यह तुच्छ भेंट देना। यह कहकर उन्होंने एक वस्तु वृद्ध के हाथ में चुपचाप दे दी। वह वस्तु क्या थी, यह ज्ञात होने का कोई उपाय नहीं।

भगवान् बुद्ध वैशाली में पधारे हैं और अम्बपालिका की बाड़ी में ठहरे हैं। आज हठात् अम्बपालिका के महल में हलचल मच रही है। सभी दास-दासी, प्रतिहार, द्वारपाल दौड़-धूप कर रहे हैं। हाथी, घोड़े, पालकी रथ सज रहे हैं। सवार शस्त्र-सज्जित हो रहे हैं। अम्बपालिका भगवान् बुद्ध के दर्शनार्थ बाड़ी में जा रही है। एक वर्ष बाद आज वह फिर सर्वसाधारण के सम्मुख निकल रही है। समस्त वैशाली में यह समाचार फैल गया है। लोग झुंड-के-झुंड उसे देखने राजमार्ग पर डट गए हैं। अम्बपालिका एक श्वेत हाथी पर सवार होकर धीरे-धीरे आगे बढ़ रही है। दासियों का पैदल झुंड उसके पीछे है, उसके पीछे अश्वारोही दल है और उसके बाद हाथियों पर भगवान् की पूजा-सामग्री। सबसे पीछे बहुत-से वाहन, कर्मचारी और पौरगण।

अम्बपालिका एक साधारण पीत-वर्ण परिधान धारण किए अधोमुख बैठी है। एक भी आभूषण उसके शरीर पर नहीं हैं। बाड़ी से कुछ दूर ही उसने सवारी रोकने की आज्ञा दी। वह पैदल भगवान् के निवास तक पहुंची, पीछे 100 दासियों के हाथ में पूजन-सामग्री थी।

तथागत बुद्ध की अवस्था अस्सी को पार कर गई थी। एक गौरवर्ण, दीर्घकाय, श्वेतकेश, कृश, किंतु बलिष्ठ महापुरुष पद्मासन से शांत मुद्रा में एक सघन वृक्ष की छाया में बैठे थे। सहस्रावधि शिष्यगण दूर तक मुंडित-शिर और पीत वस्त्र धारण किए स्तब्ध-से श्रीमुख के प्रत्येक शब्द को हृत्पटल पर

लिख रहे थे। आनंद नामक शिष्य ने निवेदन किया–प्रभु! अम्बपालिका दर्शनार्थ आई है। तथागत ने किंचित् हास्य से अपने करुण नेत्र ऊपर उठाए। अम्बपालिका धरती में लोटकर कहने लगी-प्रभो! त्राहि माम्! त्राहि माम्!

भगवान् ने कहा–कल्याण! कल्याण! आनंद ने कहा–उठो अम्बपाली! महाप्रभु प्रसन्न हैं। अम्बपाली ने यथाविधि भगवान् का अर्घ्यदान, पाद्य, मधुपर्क से पूजन किया और चरण-रज नेत्रों में लगाई, फिर हाथ बांध सम्मुख खड़ी हो गई।

भगवान ने हंसकर कहा–अब और क्या चाहिए अम्बपाली?

"प्रभो! भगवन्! इस अपदार्थ का आतिथ्य स्वीकार हो, इन चरण-कमलों की देवदुर्लभ रज-कण किंकरी की कुटिया को प्रदान हो।"

प्रभु ने करुण स्वर में कहा–तथास्तु! भिक्षुगण सहस्र कंठ से जयोल्लास में चिल्ला उठे। परंतु यह क्या? उस नाद को विदीर्ण करता हुआ एक और नाद उठा। भगवान् ने पूछा–आनंद! यह क्या है? "प्रभो! लिच्छविराजवर्ग और अमात्यवर्ग श्रीपाद-पद्म के दर्शनार्थ आ रहा है।" प्रभु हंस पड़े। अम्बपालिका हट गई। प्रतापी लिच्छविराजगण, राजकुमार, अमात्यवर्ग और अंतःपुर ने एक साथ ही भगवान् के चरणों में महान् मस्तक झुका दिए। भगवान् ने कहा–कल्याण! कल्याण!!

महाराज ने पद-धूलि मुकुट पर लगाकर कहा–महाप्रभु! यह तुच्छ राजधानी इन चरणों के पधारने से कृतकृत्य हुई। परंतु प्रभो! यह वेश्या की बाड़ी है, श्रीचरणों के योग्य नहीं। प्रभु के लिए राजप्रासाद प्रस्तुत है और राजवंश प्रभुपद-सेवा को बहुत उत्सुक है। भगवान् ने हंसकर कहा–तथागत के लिए वेश्या और राजा में क्या अंतर है? तथागत समदृष्टि है।

"प्रभो! तब कल का आतिथ्य राज-परिवार को प्रदान कर कृतार्थ करें।"

"वह तो मैं अम्बपाली का स्वीकार कर चुका!"

राजा निरुत्तर हुए। वे फिर प्रणाम कर लौटे। कुछ श्वेत वस्त्र धारण किए थे, कुछ लाल और कुछ आभूषण पहने थे।

अम्बपालिका रथ में बैठकर लौटी। उसने आज्ञा दी–मेरा रथ लिच्छवि महाराजाओं के बराबर हांको। उनके पहिये के बराबर मेरा पहिया और उनके धुरे के बराबर मेरा धुरा रहे, तथा उनके घोड़े के बराबर मेरा घोड़ा।

लिच्छवियों ने देखकर क्रोध-मिश्रित आश्चर्य से पूछा–अम्बपालिके, यह क्या बात है? तू हम लोगों के बराबर अपना रथ हांक रही है?

उसने उत्तर दिया–मेरे प्रभु! मैंने तथागत और उसके शिष्यवर्ग को। भोजन का निमंत्रण दिया है और वह उन्होंने स्वीकार किया है।

उन्होंने कहा–हे अम्बपाली! हमसे एक लाख स्वर्ण-मुद्रा ले और यह भोजन हमें कराने दे।

"मेरे प्रभु, यह संभव ही नहीं है!"

"तब 100 गांव ले और यह निमंत्रण हमें बेच दे।"

"नहीं स्वामी! कदापि नहीं।"

"आधा राज्य ले और यह निमंत्रण हमें दे दे।"

"मेरे प्रभु! आप एक तुच्छ भूखंड के स्वामी हैं, पर यदि समस्त भूमंडल के चक्रवर्ती भी होते और अपना समस्त साम्राज्य मुझे देते तो भी मैं ऐसी कीर्ति की जेवनार को नहीं बेच सकती थी।"

लिच्छवि राजाओं ने तब अपना हाथ पटककर कहा–हाय! अम्बपालिका ने हमें पराजित कर दिया, अम्बपालिका हमसे बढ़ गई। अम्बपालिके! तब तुम स्वच्छंदता से हमसे आगे रथ हांको। अम्बपालिका ने रथ बढ़ाया। गर्द का एक तूफान पीछे रह गया।

दस सहस्र भिक्षुओं के साथ भगवान् बुद्ध के अम्बपालिका ने प्रासाद को आलोकित किया। वैशाली के राजमार्ग के नगर के प्राणी आ जूझे थे। महापुरुष बुद्ध और उनके वीतरागी भिक्षु भूमि पर दृष्टि दिए पैदल धीरे-धीरे आगे बढ़ रहे थे। नगर के श्रेष्ठिगण दुकानों से उठ-उठकर मार्ग की भूमि को भगवान् के चरण रखने से पूर्व अपने उत्तरीय से झाड़ रहे थे। कोई नागरिक भीड़ से निकलकर पथ पर अपने बहुमूल्य शाल बिछा रहे थे। महाप्रभु बिना कुछ कहे एकरस धीरे-धीरे आगे बढ़ रहे थे। वह महान् संन्यासी, प्रबल वीतरागी, महाप्राण वृद्ध पुरुष-श्रेष्ठ जय-जयकार की प्रचंड घोषणा से भी ज़रा भी विचलित नहीं हो रहा था। उसकी दृष्टि मानो पृथ्वी में पाताल तक घुस गई थी। पौर स्त्रियां झरोखों से खील और पुष्प-वर्षा कर रही थीं। अम्बपालिका का तोरण आते ही चार दंडधरों ने दौड़कर पथ पर कौशेय बिछा दिया। द्वार

में प्रवेश करने पर सर्वत्र कौशेय बिछा था। अनगिनत कर्मचारी भिक्षुगण के सम्मानार्थ दौड़ पड़े। पीत-वसनधारी मुंडित भिक्षु नक्षत्रों की तरह उस विशाल प्रांगण में, महाजनसमूह में चमक रहे थे।

अतिथिशाला में भगवान् के पहुंचते ही अम्बपालिका ने 200 दासियों के साथ स्वयं आकर तथागत के चरणों में सिर झुकाया और वहां से वह अपने अञ्चल से पथ की धूल झाड़ती हुई प्रभु को भीतरी अलिंद तक ले गई। इस समय प्रभु के साथ केवल आनंद चल रहे थे।

प्रांगण के मध्य में एक चंदन की चौकी पर शुद्ध आसन बिछा था। अम्बपालिका के अनुरोध पर प्रभु वहां विराजमान हुए। अम्बपालिका ने अर्घ्य-पाद्य दान करके भोजन प्रस्तुत करने की आज्ञा मांगी। आज्ञा मिलते ही अम्बपालिका स्वयं स्वर्ण-थाल में भोजन ले आई। अनेक प्रकार के चावल और रोटियां थीं। अम्बपालिका सेवा में करबद्ध खड़ी रही। भगवान् ने मौन होकर भोजन किया और तृप्त होकर कहा–बस।

अम्बपालिका के नेत्रों से अश्रुधारा बही। प्रभु ज्यों ही शुद्ध होकर आसन पर विराजे, अम्बपालिका ने पृथ्वी पर गिरकर प्रणाम किया।

भगवान् ने कहा–अम्बपालिका, अब और तेरी क्या इच्छा है?

"प्रभु एक तुच्छ भिक्षा प्रदान हो?"

तथागत ने गंभीर होकर कहा–वह क्या है?

"प्रभो! आज्ञा कीजिए, कोई भिक्षु अपना उत्तरीय प्रदान करे।" आनंद ने उत्तरीय उतारकर अम्बपालिका को दे दिया। क्षण-भर के लिए अम्बपालिका भीतर गई परंतु दूसरे ही क्षण वह उसी वस्त्र से अंग लपेटे आ रही थी। उस बौद्ध भिक्षु के प्रदान किए एकमात्र वस्त्र का छोड़कर उसके पास न कोई और वस्त्र था, न आभरण। उसके नेत्रों से अविरल अश्रुधारा बह रही थी। भगवान् विमूढ़ उसका व्यापार देख रहे थे। वह आकर भगवान् के सम्मुख फिर लोट गई।

भगवान् ने शुभ हस्त से उसे स्पर्श करके कहा–उठो, उठो! हे कल्याणी! तुम्हारी इच्छा क्या है?

"महाप्रभु! अपवित्र दासी की धृष्टता क्षमा हो। यह महानारी-शरीर कलंकित करके मैं जीवित रहने पर बाधित की गई, शुभ संकल्प से मैं वंचित

रही; प्रभो, यह समस्त संपदा कलुषित तपश्चर्या का संचय है। मैं कितनी व्याकुल, कितनी कुंठित, कितनी शून्यहृदया रहकर अब तक जीवित रही हूं, यह कैसे कहूं। मेरे जीवन में दो ज्वलन्त दिन आए। प्रथम दिन के फलस्वरूप मैं आज मगध के भावी सम्राट् की राजमाता हूं, परंतु भगवन्! आज के महान् पुण्य-योग के फलस्वरूप अब मैं इससे भी उच्च पद प्राप्त करने की धृष्ट अभिलाषा करती हूं। महाप्रभु प्रसन्न हों। जब भगवान् की चरण-रज से यह घर पवित्र हुआ, तब यहां विलास और पाप कैसा? उसकी सामग्री ही क्यों, उसकी स्मृति ही क्यों?

"इसलिए भगवान् के चरण-कमलों में यह सारी संपदा–महल, अटारी, धन, कोष, हाथी, घोड़े, प्यादे, रथ, वस्त्र, भंडार आदि सब समर्पित है। प्रभु ने भिक्षु का उत्तरीय मुझे भिक्षा में दिया है, मेरे शरीर की लज्जा-निवारण को यह बहुत है स्वामिन्! आज से अम्बपाली भिक्षुणी हुई। अब यह इस भिक्षा में प्राप्त पवित्र वस्त्र को प्राण देकर भी सम्मानित करेगी। हे प्रभु! आज्ञा हो।"

इतना कहकर अविरल अश्रुधारा से भगवत्-चरणों को धोती हुई, अम्बपालिका बुद्ध की चरण-रज नेत्रों से लगाकर उठी, और धीरे-धीरे महल से बाहर चली। महावीतराग बुद्ध के नेत्र आप्यायित हुए। उन्होंने 'तथास्तु' कहा और खड़े होकर उसका सिर स्पर्श करके कहा–कल्याण! कल्याण!! सहस्र-सहस्र कंठ से 'जय अम्बपालिके, जय अम्बपालिके' का गगनभेदी नाद उठा। सहस्रों नर-नारी पीछे चले। अम्बपालिका उस पीत परिधान को धारण किए, नीचा सिर किए, पैदल उसी राजमार्ग से भूमि पर दृष्टि दिए धीरे-धीरे नगर से बाहर जा रही थी और उसके पीछे समस्त नगर उमड़ा जा रहा था। खिड़कियों से पौर वधुएं पुष्प और खील-वर्षा कर रही थीं।

भगवान् ने कहा–हे आनंद, यह स्थान बौद्ध भिक्षुओं का प्रथम विहार होगा। बौद्ध भिक्षु यहां रहकर सन्मार्ग का अन्वेषण करेंगे–यही तथागत की इच्छा है।

आनंद ने सिर झुकाया। भिक्षु-मंडल जय-नाद कर उठा। बुद्ध भगवान् धीरे-धीरे उठकर नगर के राजमार्ग से आते हुए अम्बपालिका का बाड़ी में आकर अपने आसन पर विराजमान हुए। कुछ दूर एक वृक्ष की जड़ में अम्बा पालिका स्थिर बैठी थी। भगवान् को स्थित देख वह उठी और धीर भाव से प्रभु के

सम्मुख आकर खड़ी हुई। भगवान् ने उसकी ओर देखा। अम्बपालिका ने विनयावनत होकर कहा–

'बुद्धं सरणं गच्छामि
धम्मं सरणं गच्छामि
संघं सरणं गच्छामि'

तथागत स्थिर हुए। उन्होंने तत्काल पवित्र जल उसके मस्तक पर सिंचन किया और पवित्र वाक्यों का उपदेश देकर कहा–भिक्षुओ! महासाध्वी अम्बपालिका का स्वागत करो।

फिर जयनाद से दिशाएं गूंज उठीं और अम्बपालिका तथागत तथा अन्य वृद्ध भिक्षुगण को प्रणाम कर वहां से चल दी और फिर वैशाली के पुरुष उसे न देख सके!!

दे ख़ुदा की राह पर

मैं उसे बहुत दिनों से उसी स्थान पर बैठा देखा करता था। वह जामा मस्जिद की सीढ़ियों के नीचे एक कोने में बैठा रहता था। उसके हाथ में एक पुरानी ऊनी टोपी थी, उसी को वह भिक्षापात्र की भांति काम में लाता था। उसकी अवस्था सत्तर को पार कर गई थी, फिर भी वह ख़ूब मज़बूत दिखाई पड़ता था। उसका कंठस्वर सतेज और गंभीर था। उसके चेहरे पर एकाध चेचक के दाग़ थे। उसके मुंह से निकले हुए शब्द 'दे ख़ुदा की राह पर' ही सदा सुन पड़ते थे। दूसरे शब्द बोलना वह जानता था या नहीं, कह नहीं सकता। उससे कोई कभी बात नहीं करता था। बातें करने पर वह कभी जवाब भी नहीं देता था। लोग उसे बहुधा पैसा दे देते थे। पैसा टोपी में डालने पर उसने कभी किसी को आशीर्वाद नहीं दिया। परन्तु उसके चेहरे के भाव, जो निरन्तर अमिट रूप से बने रहते थे, देखकर अनायास ही मनुष्य की उस पर श्रद्धा हो जाती थी। सम्भव है, वह मन ही मन आशीर्वाद देता हो। बहुधा मैंने देखा था, लोग चुपके से उसके निकट जाते, पैसा उसकी टोपी में फेंकते और धीरे से खिसक जाते थे। वह तो अपनी अनवरत गति से 'दे ख़ुदा की राह पर' की आवाज़ थोड़ी-थोड़ी देर बाद लगाता रहता था। घर से दफ़्तर जाने का मेरा रास्ता जामा मस्जिद होकर ही था। जामा मस्जिद से ट्राम की प्रतीक्षा में कभी-कभी मुझे कुछ देर अटकना पड़ता था। वह सीढ़ियों के जिस नुक्कड़ पर बैठता था, वहां मैं ट्राम की प्रतीक्षा में खड़ा रहता था। उस समय ट्राम आने तक मैं उसके एकरस और एक-सी भावभंगिमा से परिपूर्ण चेहरे

को, आते-जाते तथा पैसा देनेवालों को और उसकी पोशाक और भावना को ध्यान से देखता रहता था। मुझे इसका कुछ चाव-सा हो गया था। मैंने उसे कभी कुछ नहीं दिया। एक पैसा देते हुए मुझे शर्म लगती थी। सभी तो पैसा देते थे, मेरा अधिक देना दंभ में सम्मिलित था। फिर, मेरी आमदनी भी इतनी संक्षिप्त थी कि मैं अधिक दे नहीं सकता था। और यह तो रोज़ का धन्धा ठहरा।

वर्षा के दिन थे। दिन-भर पानी बरसा था। दफ़्तर जाती बार देखा वह एक कोने में खड़ा भीग रहा है। उस दिन उसे इस प्रकार निरीह भाव से भीगता देखकर मन पर आघात लगा। ज़ी में ऐसा हुआ कि इसके लिए कुछ तो करना ही चाहिए। दफ़्तर से जब मैं लौटा, तब वह अपने स्थान पर बैठा था। बदली खुल गई थी। उस दिन दफ़्तर से लौटते देर हो गई थी। अंधेरा होने लगा था। मैं क्षण-भर रुककर उसकी ओर देखने लगा। वह अपने स्थान से उठा। उसने धीरे से, मानो वह आत्मनिवेदन कर रहा था, 'या ख़ुदा, आज तो कुछ भी नहीं।'

उसने गंभीरता से अपनी दाढ़ी हिलाई, और अपनी लाठी टेकता हुआ चल दिया। मैं भी मंत्रमुग्ध की भांति उसके पीछे हो लिया। मुझे उसके प्रति कौतूहल हो रहा था, क्योंकि उन सुपरिचित शब्दों के सिवा प्रथम बार ही मैंने उसके मुंह से निकले ये शब्द सुने थे।

वह पतली और संकरी गलियों को पार करता हुआ धीरे-धीरे उसी लाठी की आंखों से राह टटोलता हुआ चला जा रहा था। पीछे-पीछे मैं था। बस्ती का शानदार भाग पीछे छूट गया था। अब वह ग़रीबों के टूटे-फूटे घरों के पास से गुज़र रहा था। अन्त में एक खंडहर के समान घर के द्वार पर खड़ा हो गया। उसने कुंडी खटखटाई, और एक किशोरी बालिका ने आकर द्वार खोल दिया। यद्यपि मैं कुछ दूर था, फिर भी मैंने उस सुकोमल मूर्ति को देख लिया। उसे देखकर आंखें हरी हो गईं। उन आंखों ने भी, मालूम होता है, मुझे देख लिया। यद्यपि उन दूध-समान स्वच्छ आंखों की दृष्टि पड़ते ही मेरी आंखें नीचे झुक गई थीं,

फिर भी जैसे मेरा मूक निवेदन वहां तक पहुंच चुका था। वृद्ध को इस बात का कोई ज्ञान न था कि मैं उसका पीछा कर रहा हूं। वे दोनों भीतर चले गए। दरवाज़ा बंद हो गया। मैं फिर भी खड़ा सोचता रहा, यह अंधा, बूढ़ा भिखारी कौन है, और इसके साथ यह अनिंद्य सुन्दरी बाला कौन है? मेरी दृष्टि बंद द्वार पर थी। द्वार ख़ुला, वे ही आंखें एक बार दोलायमान होकर मेरे मुख पर अटक गईं। मैं चमत्कृत होकर देखने लगा। उसने संकेत से मुझे निकट बुलाया और कहा—'आप बाबा से कुछ कहा चाहते हैं?'

मैंने बिना सोचे ही जवाब दिया—'हां, मैं उनसे कुछ बात किया चाहता हूं।'

'आप आइए।'

वह पीछे हट गई। मैं भीतर चला गया। मेरे भीतर आने पर द्वार बंद कर लिया। भीतर से घर काफ़ी बड़ा था। मकानियत तो कुछ न थी, मैदान काफ़ी था। उसमें एक नीम का पेड़ भी था। घर हर तरफ़ साफ़ था। वृद्ध फ़कीर एक चटाई पर चुपचाप बैठा था।

बालिका ने कहा—'बाबा, ये आए हैं।'

बूढ़े ने दोनों हाथ फैलाकर कहा—'आइए मेरे मेहरबान, मुझसे रज़िया ने कहा कि आप मेरे पीछे-पीछे आ रहे थे, और दरवाज़े पर खड़े थे। कहिए, मैं आपकी क्या ख़िदमत बजा सकता हूं। बैठिए।'

बालिका ने एक चटाई का टुकड़ा लाकर डाल दिया था, मैं उसी पर बैठ गया। मैंने कहा—'मैंने इस तरह आकर आपको जो तकलीफ़ दी, उसके लिए माफ़ी चाहता हूं। दरअसल मेरा कोई काम नहीं है। मगर मैं आपको अर्से से जामा मस्जिद पर देखता हूं। मैंने आपको कभी कुछ नहीं दिया। लेकिन आज उठती बार आपके मुंह से यह सुनकर कि आज कुछ भी नहीं, मैं अपने को काबू में न रख सका। एक पैसा आप जैसे संजीदा बुज़ुर्ग के हाथ में रखते शर्म आती थी। ज़्यादा की औक़ात नहीं। पर आज तो इरादा ही कर लिया, मगर हिम्मत न हुई कि आपको आवाज़ दूं। यही सोचते यहां तक चला आया।'

बूढ़े ने सन्तोष से सारी बातें सुनीं। फिर उसने आकाश की ओर अपने दृष्टिविहीन नेत्र फैलाकर कहा—'शुक्र है अल्लाह का। दुनिया में आप जैसे भी फ़रिश्ता खसलत इंसान हैं। ख़ुदा आपको बरकत दे। आप शायद हिन्दू हैं!'

'जी हां।' मैंने धीरे से कहा, और एक रुपया निकालकर बूढ़े के हाथ पर रख दिया।

रुपया हाथ से छूकर बूढ़े ने कहा—'ख़ुदा आपको ख़ुश रखे, मगर मैं अपने घर पर भीख नहीं लेता, ख़ुदा के घर के क़दमों पर बैठकर ही मैं भीख लेने की जुर्रत कर सकता हूं, वह भी ख़ुदा की राह पर। यहां तो मेरा फ़र्ज़ है कि मैं आपकी, जहां तक हो, मेहमाननवाज़ी करूं।'

यह कहकर बूढ़े ने रुपया वापस मेरी तरफ़ सरका दिया। इसके बाद रज़िया को पुकारकर कहा—'बेटी, इन मेहरबान की कुछ तवाज़ा तो ज़रूर करनी चाहिए। ये हिन्दू हैं, और कुछ तो न ख़ाएंगे, इलायची घर में हों, तो ज़रा दे दो बेटी।'

रज़िया दो इलायची ले आई। वह घुटनों के बल मेरे सामने बैठ गई। उसने अपनी सुनहरी हथेली मेरे सामने फैला दी। उस पर दो इलायचियां धरी थीं। उसने मुस्कराकर कहा—'इलायचियां लीजिए। घर में तश्तरी नहीं है।'

'घर में तश्तरी नहीं है।' ये शब्द उसने कंपित कंठ से कहे। बूढ़े की आंख़ों में आंसू भर आए। उसने कहा—'तश्तरी नहीं है, तो उसका रंज क्यों बेटी!'

उसने फिर आंसू पोंछकर कहा—'मेहरबानमन, बिटिया की नज़र कुबूल कीजिए, जिससे मेरी और मेरे ख़ानदान की इज्ज़त बढ़े।'

मैंने इलायचियां ले लीं। मैं इस फेर में पड़ा, क्या सचमुच बूढ़े का कोई ख़ानदान भी है? रुपया देने के कारण मैं लज्जित हो रहा था। मैंने कहा—'क्या मेहरबानी करके आप अपने कुछ हालात बताएंगे, और कोई ऐसा काम भी, जिसे करके मैं आपकी कुछ ख़िदमत बजा लाऊं?'

बूढ़े ने कहा—'पिछले नौ वर्षों में यह मैं आपसे आज बातें कर रहा हूं... रज़िया और मैं इतने दिनों से यहां अकेले रहते हैं, हम लोग न किसीसे मिलते हैं, न कोई हमसे मिलता है। आपने आज अचानक आकर इस बूढ़े, अन्धे अपाहिज पर इतनी मेहरबानी की।' उसने झुककर मेरे दोनों हाथ चूम लिए।

रज़िया ने आकर कहा—'बाबा, आज खाने का क्या होगा?'

बूढ़े ने पैसे टेंट से निकालकर कहा—'सिर्फ़ ये ही हैं। एक पैसा तुम हस्ब-मामूल दरगाह पर ख़ैरात दे आओ, और एक पैसे के चने ले आओ। आज उन्हीं पर औक़ात बसर होगी।'

रज़िया चली गई। मैं बूढ़े के दृष्टिहीन तेजवान मुंह को देखता रहा। फिर मैंने कहा—'रजिया क्या आपकी बेटी है?'

'नहीं, पोती है। इसकी मां इसे जन्मते ही मर गई थी। इसे मैंने इन्हीं हाथों से पाला है।'

'रज़िया के वालिद शायद नहीं हैं?'

'नहीं!' बूढ़े का स्वर भर्रा गया। फिर उसने ज़रा खांसकर कहा—'उसे मरे आज चौदह साल हो गए।' बूढ़े की दृष्टिहीन आंखें मानो कुछ देखने लगीं। उनमें पानी छलछला आया। उसने एक बार आकाश की ओर उन आंखों को उठाया और फिर ज़मीन पर झुका लिया।

मुझे ऐसा मालूम हुआ कि बूढ़े का जीवन गंभीर भेदों से परिपूर्ण है। परन्तु मुझे उससे कुछ पूछने का साहस नहीं हुआ। मैंने फिर कहा—'क्या मैं आपकी कोई ख़िदमत बजा ला सकता हूं?'

'मेरी कोई ख़िदमत ही नहीं है, मेहरबान। मैं ख़ुदा का एक अदना खिदमतगार हूं।' उसके होंठ कांपकर रह गए, मानो बलपूर्वक कुछ उसके मुख से निकल रहा था, उसे ज़बरदस्ती रोक लिया।

रज़िया लौट आई और उसने भुने चने बूढ़े के सामने एक साफ़ कपड़े के टुकड़े पर फैला दिए। बूढ़े ने पानी मंगाकर वज़ू किया, नमाज पढ़ी और फिर मेरे पास आकर कहा—'अगर एक मुट्ठी इसमें से आप कबूल फ़र्माएं, तो मैं समझें कि अब भी मैं मेहमाननवाज़ी करने के

लायक हूं।' उसने चनों का रूमाल आगे बढ़ाया।

मैंने थोड़े चने मुट्ठी में लेकर कहा—'मेरे बुज़ुर्ग, इन्हें मैं नियामत समझता हूं।'

रज़िया पास बैठी। हम तीनों ने चने खाए। इसके बाद मैं उठ खड़ा हुआ। बूढ़े ने खड़े होकर मुझे विदा किया। मेरा नाम पूछा और दुआ दी।

मैं रोज़ उसे वहीं भीख मांगते देखता, पर कभी कुछ देने तथा बोलने का साहस न करता। हां, बीच-बीच में मैं उसके घर घंटा-दो घंटा जाकर बैठ आता था। उसका असली परिचय प्राप्त करने की मैंने चेष्टा की, पर न प्राप्त कर सका। अलबत्ता मुझे यह अवश्य मालूम हो गया कि बूढ़ा कोई बहुत ही बड़े ख़ानदान का आदमी है। चार साल गुज़र गए। हम लोगों में बहुत घनिष्ठता बढ़ गई थी। बूढ़े का यह नियम था कि वह तमाम भीख में से आधी मज़ार पर ख़ैरात कर देता था। यह मज़ार उसकी धर्मपत्नी की थी, जिसे उसने कभी अपने प्राणों से ज्यादा प्यार किया था, और अब पूजा करता था। आधी भीख अपने और रज़िया के काम में लाता था।

एकाएक मैंने देखा, वह अब सीढ़ियों पर नहीं है। कई दिन बीत गए, आख़िर मैं एक दिन उसके घर गया। देखा, मृत्युशय्या पर पड़ा है। रज़िया अकेली उसकी सेवा कर रही है। रज़िया अब सतरह साल की अप्रतिम सुन्दरी थी। परन्तु उसके सौंदर्य में चमेली के समान माधुर्य था। वह पवित्रता, गौरव और गम्भीरता की केन्द्रस्वरूप थी। उसके गुणों पर मैं मोहित था और मेरे मन में उसके प्रति आदर था। मेरी आयु यद्यपि तीस वर्ष के लगभग ही थी, और मेरी पत्नी का जीवन के आरम्भ ही में देहान्त हो गया था, फिर भी उसके प्रति प्रेम की भावना से देखने का साहस मैं न कर सका था। वह मुझे 'बड़े भाई' कहकर पुकारती थी। मुझे देखते ही उसने कहा—'बड़े भाई, देखो बाबा की क्या हालत हो गई है! कई दिन से तुम्हें याद कर रहे हैं, पर मैं इन्हें छोड़ अकेली

इतनी दूर तुम्हारे घर नहीं जा सकती थी।'

बूढ़े को होश हुआ, तो रज़िया ने उसके पास जाकर कहा—'बाबा, बड़े भाई आए हैं।'

बूढ़े ने मेरी तरफ़ मुख किया, मैंने समझ लिया, अब चिराग़ बुझने में विलम्ब नहीं। मैंने उसका हाथ अपने हाथ में लेकर कहा, 'ओफ़, आप इतने कमज़ोर हो गए, मुझे ख़बर भी नहीं भेजी! आज तो आप मेरे मन की साध मिटा दीजिए, मुझे कुछ ख़िदमत करने का हुक्म दीजिए।'

बूढ़े ने कंपित स्वर में कहा—'अच्छा, तुम मेरी ओर से रज़िया का एक काम कर दोगे?'

'बहुत ख़ुशी से।' मैंने उत्सुकता से कहा। बूढ़े ने मंद स्वर से रज़िया को कुछ संकेत किया। वह कोठरी के एक कोने से कपड़े में लिपटा हुआ एक पुलिंदा ले आई। बूढ़े ने उसे अपने हाथ में ले, छाती से लगा, फिर मेरी तरफ़ हाथ बढ़ाते हुए कहा—'इन कागज़ों को संभालकर रखना, जान से भी ज़्यादा, और जब रज़िया अठारह साल पार कर जाए, तब खोलना। इसमें जैसा लिखा है वैसा ही करना। ज़बान दो, करोगे?'

मैंने ज़बान दी। बूढ़े ने फिर कहा—'मेरे बाद रज़िया यहां न रह सकेगी। इसे तुम जहां मुनासिब समझो रखना, परन्तु अपनी हिफ़ाज़त से दूर नहीं। मगर यहां से निकलकर और मेरे बाद वह फ़कीरी हालत में न रह सकेगी।'–बूढ़े ने एक जड़ाऊ कंगन निकालकर दिया, और कहा—'इसे बेचकर मेरी रज़िया को आराम से रहने का बन्दोबस्त कर देना।'

बूढ़ा कुछ देर चुप रहा। वह अपने हृदय में उबलते हुए तूफ़ान को शांत कर रहा था। कुछ ठहरकर उसने मुझे और रज़िया को पास बुलाकर दोनों के हाथ पकड़ अपनी छाती पर रखकर कहा—'मेरे मेहरबान, तुम हिन्दू हो और रज़िया मुसलमान, मगर ख़ुदा की नज़र में दोनों इंसान हैं। मैं उम्मीद करता हूं, तुम रज़िया के लिए कभी बेफ़िक्र न होगे।

कुछ ठहरकर कहा—'मेरे बच्चो, तुम लोग अपना नफ़ा-नुकसान सोच लेना।'

हम दोनों सिर झुकाए बूढ़े की टूटी चारपाई के पास बैठे रहे। कुछ

देर बाद बूढ़े ने कहा—'बड़े भाई, अब तुम रज़िया को लेकर चले जाओ। मेरा वक्त नज़दीक है, मेरी मिट्टी सरकार के आदमी संगवा देंगे।'

हम लोगों ने उसकी कुछ न सुनी। हम वहीं डटे रहे। तीन दिन बाद उसकी मृत्यु हुई। रज़िया मेरे घर रहने लगी। मेरी बूढ़ी मौसी देहात में रहती थी? उसे मैंने बुलाकर घर में रख लिया था। सुविधा के ख़याल से मैंने रज़िया का नाम कमला रख लिया था। मैंने वह कंगन बेचा नहीं। उसका मूल्य बीस हज़ार से भी अधिक आंका गया था। रज़िया ने कहा—'इस कंगन से दादा बातें किया करते थे। यह दादी का कंगन था। मैंने भी उसे एक पूजनीय वस्तु समझा।'

रज़िया का अठारहवां साल ख़त्म हो गया। मैंने उस दिन रज़िया को नई साड़ी पहनाई। फूलों का हार पहनाया। उसके बाद मैंने वह पुलिन्दा खोला। उसमें कुछ कागज़ात थे, एक शाही मुहर थी, कुछ फ़र्मान थे और एक विवरणपत्र था। उसे पढ़ने पर पता लगा, बूढ़ा सुलतान टीपू का बेटा खिज़रख़ां था। उसका बेटा रज़िया का पिता युद्ध में मारा गया था। सरकार के साथ कुछ ऐसी सन्धियां थीं कि रज़िया को अठारह वर्ष की होने पर सरकार से उसे एक इलाक़ा, जो उसके बाप का ज़ब्त कर लिया गया था, मिलता। रज़िया के जन्म और वंश का प्रमाण रज़िया के गले के तावीज़ में था। तावीज़ खोल डाला गया। समय पर सब कागज़ात हाईकोर्ट में दाख़िल कर दिए गए। छः मास बाद रज़िया को जागीर मिल गई। इसकी आमदनी पांच लाख रुपये सालाना थी।

जागीर मिलने पर रज़िया को लेकर मैं इलाक़े पर चला गया। वहां पर दख़ल वग़ैरा लेकर, सब व्यवस्था करके जब मैं चलने लगा, तो रज़िया ने आंखों में आंसू भरकर, मेरा हाथ पकड़कर कहा—'अब जाओगे कहां?'

मैंने कहा—'रज़िया रानी, अब 'बड़े भाई' न कहोगी?'

'नहीं।' रज़िया की आंखों में आंसू और होंठों में हंसी थी। वह लिपट गई।

मैंने कहा—'रज़िया, 'बड़े भाई' का कुछ लिहाज़ करो। दर्द सिर्फ़ तुम्हारे ही दिल में नहीं, दूसरी जगह भी है, पर जो हो गया, सो हो गया।'

रज़िया ने बहुत समझाया, पर मैं न माना। मैंने कहा—'एक बार 'बड़े भाई' कह दो तो जाऊं।'

रज़िया रोते-रोते धरती पर लोट गई। उसने कहा—'बड़े भाई, फिर यहीं रहो, जाते कहां हो?'

'बहिन के घर कैसे रहूं?'

रज़िया ने आंसू पोंछकर कहा—'तब जाओ बड़े भाई।'

मैं घर चला आया। वही मेरी नौकरी थी। मेरे रोम-रोम में रज़िया थी, और रज़िया के रोम-रोम में 'बड़े भाई'।

आज तीस साल इस घटना को हो गए हैं। रज़िया की आयु पचास वर्ष की हो गई है, मैं तिरसठ को पार कर चुका हूं। हम दोनों ने ब्याह नहीं किया। मैं साल में एक बार रज़िया के घर जाता हूं। उसकी सब आमदनी सार्वजनिक कामों में जाती है। सरकार से उसे बेगम की उपाधि मिली। अब मुझे पेन्शन मिलती है। बूढ़े शाहज़ादे का वह चित्र सदैव मेरी आंखों में रहता है।

दुखवा मैं कासे कहूं मोरी सजनी

गर्मी के दिन थे। बादशाह ने उसी फागुन में सलीमा से नई शादी की थी। सल्तनत के झंझटों से दूर रहकर नई दुलहिन के साथ प्रेम और आनन्द की कलोल करने वे सलीमा को लेकर कश्मीर के दौलतखाने में चले आए थे। रात दूध में नहा रही थी। दूर के पहाड़ों की चोटियां बर्फ़ से सफ़ेद होकर चांदनी में बहार दिखा रही थीं। आरामबाग़ के महलों के नीचे पहाड़ी नदी बल खाकर बह रही थी।

मोतीमहल के एक कमरे में शमादान जल रहा था, और उसकी खुली खिड़की के पास बैठी सलीमा रात का सौन्दर्य निहार रही थी। खुले हुए बाल उसकी फ़िरोज़ी रंग की ओढ़नी पर खेल रहे थे। चिकन के काम से सजी और मोतियों से गुंथी हुई उस फ़िरोज़ी रंग की ओढ़नी पर कसी हुई कमख़ाब की कुरती और पन्नों की कमरपेटी पर अंगूर के बराबर बड़े मोतियों की माला झूम रही थी। सलीमा का रंग भी मोती के समान था। उसकी देह की गठन निराली थी। संगमरमर के समान पैरों में ज़री के काम के जूते पड़े थे, जिन पर दो हीरे धक्-धक् चमक रहे थे।

कमरे में एक क़ीमती ईरानी क़ालीन का फ़र्श बिछा हुआ था, जो पैर रखते ही हाथ-भर नीचे धंस जाता था। सुगन्धित मसालों से बने शमादान जल रहे थे। कमरे में चार पूरे क़द के आईने लगे थे। संगमरमर के आधारों पर, सोने-चांदी के फूलदानों में ताज़े फूलों के गुलदस्ते रखे थे। दीवारों और दरवाज़ों पर चतुराई से गुंथी हुई नागकेसर और चम्पा की मालाएं झूम रही थीं, जिनकी सुगन्ध से कमरा महक रहा था। कमरे

में अनगिनत बहुमूल्य कारीगरी की देश-विदेश की वस्तुएं क़रीने से सजी हुई थीं। बादशाह दो दिन से शिकार को गए थे। इतनी रात होने पर भी नहीं आए थे। सलीमा खिड़की में बैठी प्रतीक्षा कर रही थी। सलीमा ने उकताकर दस्तक दी। एक बांदी दस्तबस्ता हाज़िर हुई।

बांदी सुन्दर और कमसिन थी। उसे पास बैठने का हुक्म देकर सलीमा ने कहा—'साक़ी, तुझे बीन अच्छी लगती है या बांसुरी?'

बांदी ने नम्रता से कहा—'हुज़ूर जिसमें ख़ुश हों।'

सलीमा ने कहा—'पर तू किसमें ख़ुश है?'

बांदी ने कांपते स्वर में कहा—'सरकार! बांदियों की ख़ुशी ही क्या!'

सलीमा हंसते-हंसते लोट-पोट गई। बांदी ने वंशी लेकर कहा—'क्या सुनाऊं?'

बेगम ने कहा—'ठहर, कमरा बहुत गरम मालूम देता है। इसके तमाम दरवाज़े और खिड़कियां खोल दे, चिराग़ों को बुझा दे, चटख़ती चांदनी का लुत्फ़ उठाने दे, और वे फूलमालाएं मेरे पास रख दे।'

बांदी उठी। सलीमा बोली—'सुन, पहले एक गिलास शरबत दे, बहुत प्यासी हूं।'

बांदी ने सोने के गिलास में ख़ुशबूदार शरबत बेगम के सामने ला धरा। बेगम ने कहा—'उफ़्! यह तो बहुत गर्म है। क्या इसमें गुलाब नहीं दिया?'

बांदी ने नम्रता से कहा—'दिया तो है सरकार!'

'अच्छा, इसमें थोड़ा-सा इस्तंबोल और मिला।'

साक़ी गिलास लेकर दूसरे कमरे में चली गई। इस्तंबोल मिलाया, और भी एक चीज़ मिलाई। फ़िर वह सुवासित मदिरा का पात्र बेगम के सामने धरा। एक ही सांस में उसे पीकर बेगम ने कहा—'अच्छा, अब सुना। तूने कहा था कि तू मुझे प्यार करती है; सुना, कोई प्यार का ही गाना सुना।'

इतना कह और गिलास को ग़लीचे पर लुढ़काकर मदमाती सलीमा उस कोमल मख़मली मसनद पर ख़ुद भी लुढ़क गई, और रस-भरे नेत्रों

से साक़ी की ओर देखने लगी। साक़ी ने वंशी का सुर मिलाकर गाना शुरू किया। बहुत देर तक साक़ी की वंशी की ध्वनि कमरे में घूम-घूमकर रोती रही। धीरे-धीरे साक़ी ख़ुद भी रोने लगी। सलीमा मदिरा और यौवन के नशे में चूर होकर झूमने लगी।

गीत ख़तम करके साक़ी ने देखा, सलीमा बेसुध पड़ी है। शराब की तेज़ी से उसके गाल एकदम सुर्ख हो गए हैं, और तांबूल-राग-रंजित होंठ रह-रहकर फ़ड़क रहे हैं। सांस की सुगन्ध से कमरा महक रहा है। जैसे मंद पवन से कोमल पत्ती कांपने लगती है, उसी प्रकार सलीमा का वक्षस्थल धीरे-धीरे कांप रहा है। प्रस्वेद की बूंदें ललाट पर चांदनी के उज्ज्वल प्रकाश में मोतियों की तरह चमक रही हैं।

वंशी रखकर साक़ी क्षण-भर बेगम के पास आकर खड़ी हुई। उसका शरीर कांपा, आंखें जलने लगीं, कंठ सूख गया। वह घुटने के बल बैठकर बहुत धीरे-धीरे अपने आंचल से बेगम के मुख का पसीना पोंछने लगी। इसके बाद उसने झुककर बेगम का मुंह चूम लिया। फिर ज्योंही उसने अचानक आंख उठाकर देखा, तो पाया, ख़ुद दीन-दुनिया के मालिक शाहजहां खड़े उसकी यह करतूत अचरज और क्रोध से देख रहे हैं।

साक़ी को सांप डस गया। वह हतबुद्धि की तरह बादशाह का मुंह ताकने लगी। बादशाह ने कहा—'तू कौन है? और यह क्या कर रही थी?'

साक़ी चुप खड़ी रही। बादशाह ने कहा—'जवाब दे!'

साक़ी ने धीमे स्वर में कहा—'जहांपनाह! कनीज़ अगर कुछ जवाब न दे, तो?'

बादशाह सन्नाटे में आ गए—'बांदी की इतनी हिम्मत!'

उन्होंने फिर कहा—'मेरी बात का जवाब नहीं? अच्छा, तुझे नंगी करके कोड़े लगाए जाएंगे!'

साक़ी ने अकंपित स्वर में कहा—'मैं मर्द हूं!'

बादशाह की आंखों में सरसों फूल उठी। उन्होंने अग्निमय नेत्रों से सलीमा की ओर देखा। वह बेसुध पड़ी सो रही थी। उसी तरह उसका

भरा यौवन खिला पड़ा था। उनके मुंह से निकला—उफ़्! फ़ाहशा!— और तत्काल उनका हाथ तलवार की मूठ पर गया। फिर उन्होंने कहा— 'दोज़ख के कुत्ते! तेरी यह मजाल!'

फिर कठोर स्वर से पुकारा—'मादूम!'

एक भयंकर रूपवाली तातारी औरत बादशाह के सामने अदब से आ खड़ी हुई। बादशाह ने हुक्म दिया —'इस मर्दूद को तहख़ाने में डाल दे, ताकि बिना खाए-पिए मर जाए।' मादूम ने अपने कर्कश हाथों से युवक का हाथ पकड़ा और ले चली। थोड़ी देर बाद दोनों एक लोहे के मज़बूत दरवाज़े के पास आ खड़े हुए तातारी बांदी ने चाभी निकाल दरवाज़ा खोला और क़ैदी को भीतर ढकेल दिया। कोठरी की गच क़ैदी का बोझ ऊपर पड़ते ही कांपती हुई नीचे धसकने लगी।

प्रभात हुआ। सलीमा की बेहोशी दूर हुई। चौंककर उठ बैठी। बाल संवारे, ओढ़नी ठीक की और चोली के बटन कसने को आईने के सामने जा खड़ी हुई। खिड़कियां बन्द थीं। सलीमा ने पुकारा—'साक़ी! प्यारी साक़ी! बड़ी गर्मी है, ज़रा खिड़की तो खोल दे। निगोड़ी नींद ने तो आज गज़ब ढा दिया। शराब कुछ तेज़ थी।'

किसी ने सलीमा की बात न सुनी। सलीमा ने ज़रा ज़ोर से पुकारा— 'साक़ी!'

जवाब न पाकर सलीमा हैरान हुई। वह ख़ुद खिड़की खोलने लगी। मगर खिड़कियां बाहर से बन्द थीं। सलीमा ने विस्मय से मन ही मन कहा— क्या बात है? लौंडियां सब क्या हुईं?

वह द्वार की तरफ़ चली। देखा, एक तातारी बांदी नंगी तलवार लिए पहरे पर मुस्तैद खड़ी है। बेगम को देखते ही उसने सिर झुका लिया।

सलीमा ने क्रोध से कहा— 'तुम लोग यहां क्यों हो?'

'बादशाह के हुक्म से।'

'क्या बादशाह आ गए?'

'जी हां।'

'मुझे इत्तिला क्यों नहीं की?'

'हुक्म नहीं था।'

'बादशाह कहां हैं?'

'ज़ीनतमहल के दौलतख़ाने में।'

सलीमा के मन में अभिमान हुआ। उसने कहा— 'ठीक है, खूबसूरती की हाट में जिनका कारबार है, वे मुहब्बत को क्यों समझेंगे! तो अब ज़ीनतमहल की क़िस्मत ख़ुली!' तातारी स्त्री चुपचाप खड़ी रही। सलीमा फिर बोली—'मेरी साक़ी कहां है?'

'क़ैद में।'

'क्यों?'

'जहांपनाह का हुक्म।'

'उसका क़ुसूर क्या था?'

'मैं अर्ज़ नहीं कर सकती।'

'क़ैदखाने की चाभी मुझे दे, मैं अभी उसे छुड़ाती हूं।'

'आपको अपने कमरे से बाहर जाने का हुक्म नहीं है।'

'तब क्या मैं भी क़ैद हूं?'

'जी हां।'

सलीमा की आंखों में आंसू भर आए। वह लौटकर मसनद पर पड़ गई और फूट-फूटकर रोने लगी। कुछ देर ठहरकर उसने एक ख़त लिखाः

'हुज़ूर! क़ुसूर माफ़ फ़र्मावें। दिन-भर की थकी होने से ऐसी बेसुध सो गई कि हुज़ूर के इस्तक़बाल में हाज़िर न रह सकी; और मेरी उस लौंडी की भी जांबख़्शी की जाए। उसने हुज़ूर के दौलतखाने में लौट आने की इत्तिला मुझे वाजिबी तौर पर न देकर बेशक भारी क़ुसूर किया है; मगर वह नई, कमसिन, गरीब और दुखिया है।

कनीज़-सलीमा'

चिट्ठी बादशाह के पास भेज दी गई। बादशाह ने आग-बबूला होकर कहा—'लाई क्या है?'

बांदी ने दस्तदबस्ता अर्ज़ की—'ख़ुदावन्द! सलीमा बीबी की अर्ज़ी

है।' बादशाह ने गुस्से से होंठ चबाकर कहा—'उससे कह दे कि मर जाए!'—इसके बाद ख़त में एक ठोकर मारकर उन्होंने मुंह फेर लिया।

बांदी सलीमा के पास लौट आई। बादशाह का जवाब सुनकर सलीमा धरती पर बैठ गई। उसने बांदी को बाहर जाने का हुक्म दिया और दरवाज़ा बन्द करके फूट-फूटकर रोई। घंटों बीत गए; दिन छिपने लगा। सलीमा ने कहा—'हाय! बादशाहों की बेगम होना भी क्या बदनसीबी है! इन्तज़ार करते-करते आंखें फूट जाएं, मिन्नतें करते-करते ज़बान घिस जाए, अदब करते-करते जिस्म टुकड़े-टुकड़े हो जाए, फिर भी इतनी-सी बात पर कि मैं ज़रा सो गई, उनके आने पर जग न सकी, इतनी सज़ा! इतनी बेइज़्ज़ती! तब मैं बेगम क्या हुई? ज़ीनत और बांदियां सुनेंगी तो क्या कहेंगी? इस बेइज़्ज़ती के बाद मुंह दिखाने लायक़ कहां रही? अब तो मरना ही ठीक है। अफ़सोस! मैं किसी गरीब किसान की औरत क्यों न हुई!'

धीरे-धीरे स्त्रीत्व का तेज़ उसकी आत्मा में उदय हुआ। गर्व और दृढ़प्रतिज्ञ के चिह्न उसके नेत्रों में छा गए। वह सांपिन की तरह चपेट खाकर उठ खड़ी हुई। उसने एक और ख़त लिखाः

'दुनिया के मालिक! आपकी बीवी और कनीज़ होने की वजह से मैं आपके हुक्म को मानकर मरती हूं। इतनी बेइज्ज़ती पाकर एक मलिका का मरना ही मुनासिब भी है। मगर इतने बड़े बादशाह को औरतों को इस कदर नाचीज़ तो न समझना चाहिए कि एक अदना-सी बेवक़ूफ़ी की इतनी कड़ी सज़ा दी जाए। मेरा क़ुसूर सिर्फ़ इतना ही था कि मैं बेख़बर सो गई थी। खैर, सिर्फ़ एक बार हुज़ूर को देखने की ख़्वाहिश लेकर मरती हूं। मैं उस पाक परवरदिगार के पास जाकर अर्ज़ करूंगी कि वह मेरे शौहर को सलामत रखे।

—सलीमा'

ख़त को इत्र से सुवासित करके ताज़े फूलों के एक गुलदस्ते में इस तरह रख दिया कि जिससे किसी की उस पर फ़ौरन ही नज़र पड़ जाए। इसके बाद उसने जवाहरात की पेटी से एक बहुमूल्य अंगूठी निकाली,

और कुछ देर तक आंखें गड़ा-गड़ाकर उसे देखती रही। फिर उसे चाट गई।

बादशाह शाम की हवाखोरी को नज़रबाग़ में टहल रहे थे। दो-तीन ख़ोजे घबराए हुए आए और चिट्ठी पेश करके अर्ज की, हुज़ूर, ग़ज़ब हो गया! सलीमा बीबी ने ज़हर खा लिया और वे मर रही हैं।'

क्षण-भर में बादशाह ने ख़त पढ लिया। झपटे हए सलीमा के महल पहुंचे। प्यारी दुलहिन सलीमा ज़मीन पर पड़ी है। आंखें ललाट पर चढ़ गई हैं। रंग कोयले के समान हो गया है। बादशाह से न रहा गया। उन्होंने घबराकर कहा—'हकीम... हकीम को बुलाओ।...' कई आदमी दौड़े।

बादशाह का शब्द सुनकर सलीमा ने उनकी तरफ़ देखा और धीमे स्वर में कहा –'ज़हे-क़िस्मत!'

बादशाह ने नज़दीक बैठकर कहा—'सलीमा! बादशाह की बेगम होकर क्या तुम्हें यही लाज़िम था?'

सलीमा ने कष्ट से कहा—'हुज़ूर, मेरा क़ुसूर बहुत मामूली था।'

बादशाह ने कड़े स्वर में कहा—'बदनसीब! शाही ज़नानख़ाने में मर्द को भेस बदलकर रखना मामूली क़ुसूर समझती है? कानों पर यक़ीन कभी न करता, मगर आंखों-देखी को भी झूठ मान लूं?'

तड़पकर सलीमा ने कहा—'क्या?'

बादशाह डरकर पीछे हट गए। उन्होंने कहा—'सच कहो, इस वक्त तुम ख़ुदा की राह पर हो, यह जवान कौन था?'

सलीमा ने अचकचाकर पूछा–'कौन जवान?'

बादशाह ने गुस्से से कहा—'जिसे तुमने साकी बनाकर पास रखा था।'

सलीमा ने घबराकर कहा—'हैं! क्या वह मर्द है?'

बादशाह—'तो क्या तुम सचमुच यह बात नहीं जानतीं?'

सलीमा के मुंह से निकला—'या ख़ुदा!'

उसके नेत्रों से आंसू बहने लगे। वह मामला समझ गई। कुछ देर

बाद बोली—'खाविंद! तब तो कुछ शिकायत ही नहीं; इस क़ुसूर की तो यही सज़ा मुनासिब थी। मेरी बदगुमानी माफ़ फ़र्माई जाए। मैं अल्लाह के नाम पर कहती हूं, मुझे इस बात का कुछ भी पता नहीं है।'

बादशाह का गला भर आया। उन्होंने कहा—'तो प्यारी सलीमा? तुम बेकसुर ही चलीं।—' बादशाह रोने लगे।

सलामा ने उनका हाथ पकड़कर अपनी छाती पर रखकर कहा—'मालिक मेरे! जिसकी उम्मीद न थी, मरते वक्त वह मज़ा मिल गया। कहा—सुना माफ़ हो, और एक अर्ज़ लौंडी की मंज़ूर हो।'

बादशाह ने कहा— 'जल्दी कहो सलीमा!'

सलीमा ने साहस से कहा— 'उस जवान को माफ़ कर देना।'

इसके बाद सलीमा की आंखों से आंसू बह चले, और थोड़ी देर में वह ठंडी हो गई। बादशाह ने घुटने के बल बैठकर उसका ललाट चूमा, और फिर बालक की तरह रोने लगे।

ग़ज़ब के अंधेरे और सर्दी में युवक भूखा-प्यासा पड़ा था। एकाएक घोर चीत्कार करके किवाड़ ख़ुले। प्रकाश के साथ ही एक गम्भीर शब्द तहख़ाने में भर गया—'बदनसीब नौजवान! क्या होश-हवास में है?'

युवक ने तीव्र स्वर में पूछा—'कौन?'

जवाब मिला—'बादशाह।'

युवक ने कुछ भी अदब किए बिना कहा—यह जगह बादशाहों के लायक नहीं है। क्यों तशरीफ़ लाए हैं?'

'तुम्हारी कैफ़ियत नहीं सुनी थी, उसे सुनने आया हूं।'

कुछ देर चुप रहकर युवक ने कहा—'सिर्फ़ सलीमा को झूठी बदनामी से बचाने के लिए कैफ़ियत देता हूं, सुनिए—सलीमा जब बच्ची थी, मैं उसके बाप का नौकर था। तभी से मैं उसे प्यार करता था, सलीमा भी प्यार करती थी। पर वह बचपन का प्यार था। उम्र होने पर सलीमा पर्दे में रहने लगी और वह शहंशाह की बेगम हुई। मगर मैं उसे भूल न सका। पांच साल तक पागल की तरह भटकता रहा। अंत में भेस बदलकर बांदी की नौकरी कर ली। सिर्फ़ उसे देखते रहने और खिदमत

करके दिन गुज़ारने का इरादा था। उस दिन उज्ज्वल चांदनी, सुगन्धित पुष्प-राशि, शराब की उत्तेजना और एकांत ने मुझे बेबस कर दिया। उसके बाद मैंने आंचल से उसके मुख का पसीना पोंछा और मुंह चूम लिया। मैं इतना ही ख़तावार हूं। सलीमा इसकी बाबत कुछ नहीं जानती।' बादशाह कुछ देर चुपचाप खड़े रहे। इसके बाद वे बिना ही दरवाज़ा बंद किए धीरे-धीरे चले गए।

सलीमा की मृत्यु को दस दिन बीत गए। बादशाह सलीमा के कमरे में ही दिन-रात रहते हैं—सामने, नदी के उस पार, पेड़ों के झुरमुट में सलीमा की सफ़ेद क़ब्र बनी है। जिस ख़िड़की के पास सलीमा बैठी उस दिन रात को बादशाह की प्रतीक्षा कर रही थी, उसी खिड़की में, उसी चौकी पर बैठे हुए बादशाह उसी तरह सलीमा की क़ब्र दिन-रात देखा करते हैं; किसी को पास आने का हुक्म नहीं। जब आधी रात्रि हो जाती है तो उस गंभीर रात के सन्नाटे में एक मर्मभेदिनी गीत-ध्वनि उठ खड़ी होती है। बादशाह साफ़-साफ़ सुनते हैं, कोई करुण-कोमल स्वर में गा रहा है—

'दुखवा मैं कासे कहूं मोरी सजनी...'

पतिता

मेरा नाम आनन्दी है। जब मेरी आयु ग्यारह वर्ष की थी, तब मैं अपनी मौसी के साथ दिल्ली आई। मैंने कभी दिल्ली देखी न थी, सुनी थी। बहुत तारीफ़ सुनी थी। बिजली की रोशनी, ट्राम, पंखे, मोटर सब कुछ मेरे लिए स्वप्न-सा था। अब तक मैं देहात में रही, पहाड़ में खेली और बड़ी हुई। मेरे मां-बाप ज़मींदार थे। नाम ज़बान पर लाना नहीं चाहती; मैं कलंकित हुई, उन्हें क्यों बट्टा लगाऊं? मैं उनकी इकलौती बेटी थी, गोदों में पली और प्यार में नहाई। मेरे बराबर सुखी कौन था? जब मैं सुनहरी धूप में तितली की तरह उछलती-कूदती सामने की हरी-भरी पर्वत-श्रेणियों पर दौड़-धूप करती थी, मेरी पड़ोसिने गीत गाती, घास का गट्ठर पीठ पर लादे मेरे सामने से निकल जातीं। झरने के मोती के समान उज्ज्वल और बर्फ़ के समान ठण्डा पानी, इठला-इठलाकर पीती, उसमें पत्थर मारकर उसे उछालती, कभी पत्ते की नाव बनाकर बहाती।

ओह! मैं कितना हंसती थी! हंसते-हंसते आंसू निकल आते थे। आज तो रोने पर भी नहीं निकलते। मालूम होता है, कलेजे का सारा रस सूख गया है। लड़कियों को मैं खूब मारती, पर पीछे उन्हें चुमकार-पुचकार कर राज़ी भी कर लेती। मुझमें अकड़ ख़ूब थी, पर मैं भोली भी एक ही थी। जो कोई मुझसे प्यार से बोलता, मैं उसकी चाकर, जो ज़रा टेढ़ा हुआ और बस फिर मैं टेढ़ी!

जीवन क्या होता है, मैंने कभी नहीं जाना; मैं बड़ी हो जाऊंगी, यह मैंने नहीं सोचा; मुझ पर दुनिया की कोई ज़िम्मेदारी पड़ेगी, इसका ध्यान

भी न था। भविष्य की आनेवाली सारी आंधियों और तूफ़ानों के भय से दूर मैंने हिमालय की पवित्र और सुखमयी गोद में अपने हीरे-मोती-से ग्यारह साल व्यतीत किए।

दिल्ली देखकर मैं सचमुच घबरा गई थी। और मौसी के घर में घुसते तो भय लगता था। वह घर था—दैदीप्ययान इन्द्रभवन। वह सजावट देखकर मेरी आंखें बन्द होने लगीं। बढ़िया रंग-बिरंगे कालीन, दूध के समान उज्ज्वल चांदनी, बड़े-बड़े मसनद, मख़मली गद्दे, मसहरियां, तस्वीर, सिंगारदान, आईने और न जाने क्या-क्या! मेरे पद-स्पर्श से, छू लेने से कहीं कोई वस्तु मैली न हो जाए, बिगड़ न जाए, इस भय से सिकुड़कर कोने में खड़ी हो गई। मैं मैली-कुचैली, गांव की अल्हड़ बच्ची इस घर में कहां रहूंगी? रह-रहकर भाग जाने की इच्छा होती थी। मौसी ने मेरी द्विविधा को भांप लिया। उसने पास आकर दुलार से कहा—'जा बेटी! ऊपर हीरा है, और भी कई जनी हैं, तू भी वहीं जाकर बैठ।'

मैं ऊपर चल दी, क्या देखा? कह ही दूं? रूप वहां बिखरा पड़ा था, मानो किसी ने चांद को ज़ोर से ज़मीन पर दे मारा हो और उसके टुकड़े बिखरे पड़े हों। सब दस-पन्द्रह थीं; और चुहलबाज़ी में लगी थीं। किसी की कंघी-चोटी हो रही थी, किसी का उबटन: कोई धोती चुन रही थी, कोई गजरा गूंथ रही थी। सभी नवेलियां थीं, यौवन उनके अंगों से फूट रहा था। यौवन और सौन्दर्य के ऊपर एक और उन्मादिनी वस्तु थी, जिसे तब न समझा था, बहुत दिन बाद जब मैं भी उनमें मिल गई, समझा; वह थी वेश्यापन की धृष्टता। और उसने उन्हें आफ़त बना रखा था।

वे लड़कियां न थीं; स्त्रियां भी न थीं; वे थीं आग के छोटे-छोटे अंगारे। पड़े दहक रहे थे, छूते ही छाला उत्पन्न कर दें। इन सबके बीच में हीरा थी। उसका भी कुछ वर्णन तो करना ही पड़ेगा। वैसा रूप तब से आज तक—यद्यपि मैंने जीवन-भर रूप के सौदे किए पर—देखा ही नहीं, सुना भी नहीं। इटली के कारीगर की बनाई संगमरमर की प्रतिमा की भांति, हंस की-सी सुराहीदार और सफेद गर्दन उठाए वह बैठी बाल

सुखा रही थी। एक धानी दुपट्टा उसके वक्षस्थल पर अस्त-व्यस्त पड़ा था, पर उस अनिन्द्य वक्षस्थल को शृंगार करने के लिए और किसी परिधान की आवश्यकता ही न थी। प्रभातकालीन नवविकसित कमल-पुष्प के समान उसकी बड़ी-बड़ी आंखें और फूले हुए लाल-लाल होंठ! हल्के पारदर्शी रंग से प्रतिबिम्बित-से गाल उसकी मुख-मुद्रा को लोकोत्तर बना रहे थे। उसके दांत किस कारीगर ने बनाए थे, यह मैं मूर्ख क्या बताऊं! पर उनकी चमक से चौंध लगती थी। हीरा ने अनायास ही मुझे देखा, मैं सहमकर ठिठक गई। उसने मुस्कराकर पास बुलाया, गोद में बैठाकर पुचकारा, प्यार किया, मेरे देहाती वस्त्रों को देखा और हंस दी। उसने प्यार से मेरे गालों पर चुटकी ली और मेरे शृंगार में लग गई। उबटन किया, चोटी में तेल दिया, कपड़े बदले और न जाने क्या-क्या किया। इसके बाद मेज़ पर उचकाकर मुझे रख दिया, और सहेलियों से बोली, 'देखो री, हमारी छोटी-रानी कितनी सुन्दर है!'—उसने मुझे चूम, फिर तो मुझपर इतने चुम्मे पड़े कि मैं घबरा गई। उन चुम्मों में, उस प्यार में, उस शृंगार में मैं भूल गई—अपना बचपन, वे पवित्र खेल-कूद, वे पर्वत-श्रेणियां, उपत्यकाएं, माता-पिता, सहेली, सभी को। मेरे मन में एक रंगीन भाव की रेखा उठी और धीरे-धीरे मदमाती हो चली!

परन्तु उस भीषण ऐश्वर्य और ज्वलन्त रूप की जड़ में जो पाप था, उसे मैं कैसे समझती? पाप कहते किसे हैं, यही मैं कैसे जानती? जीवन के सुख और ऐश्वर्य के पीछे एक धर्मनीति छिपी रहती है, यह मुझे उस घर में बताता कौन? फिर भी मेरी आत्मा ही ने मुझे बताया, वही आत्मा अन्त तक मेरे कर्मों की नियन्ता रही।

मैं उस घर में सब कुछ देखती थी। मैं कह चुकी हूं कि मुझ-सी दस-पन्द्रह थीं, पर मैं सबसे छोटी थी, नई आई थी। सबके पृथक्-पृथक् सजे हुए कमरे थे। सबके पास बढ़िया गहने-कपड़े, इत्र और न जाने क्या-क्या था। सबकी ख़ातिर भी ख़ूब होती थी, चोचले भी चलते थे। पर मैं मौसी के पास सोती और रहती थी। सबके उतरे गजरे पहनना

और बची हुई मिठाई खाना मेरा काम था। धीरे-धीरे मेरे मन में ईर्ष्या होने लगी। मैंने एक दिन मौसी से कह भी दिया, रूठ भी गई, 'आख़िर मैं क्या आसमान से गिरी हूं? मुझे भी एक कमरा, पलंग और वैसे ही सब सामान चाहिए जो औरों के पास हैं।'

मौसी हंस पड़ी। उसने मुझे गोद में लिया, चूमा और कहा—'धीरज रख, बेटी! वह समय भी आ रहा है, जब तू इन सबसे बढ़-चढ़कर रहेगी।' उस समय की मैं बड़ी बेचैनी से बाट जोहने लगी। साथ ही कहने लगी अध्ययन उन सबका, जिनपर मेरी ईर्ष्या थी।

मेरी ईर्ष्या की प्रधान पात्री थी हीरा। वही तो सबमें एक थी, घर-घर, नगर में और दूर-दूर उसकी चर्चा थी। उसका रूप था, दुपहरी थी। उसकी वह दन्त-पंक्ति, मोती-सा रंग, कटीली आंखें, मन्द हास्य, हंस की-सी गर्दन, सांचे में ढला बदन, कितने सेठ-साहूकर, राजा-रईस, नवाब-शाहज़ादों को अधीर बनाए था—वे उसके पास आते, क्या-क्या आदर-भाव करते, दासियां हुक्म की बन्दी रहतीं! सुनहरे काम का छपरखट और उसका हरा रंगीन कमरा, क्या मैंने लाखों बार भी डाह की नज़र से न देखा होगा!

एक दिन अचानक मौसी ने कहा–'आनन्दी! ले, अपना कमरा पसन्द कर। कौन-सा लेगी? मैं अब तुझे भी अलग कमरा दूंगी, उसे तेरी मरज़ी का सजाऊंगी। कपड़े-लत्ते, साड़ी, जो-जो तेरी पसन्द का हो, तू बाज़ार में जाकर ले आ। ले एक हज़ार रुपये, सिर्फ कपड़े और श्रृंगार-पटार के लिए हैं। ज़ेवर मैं तुझे अलग दूंगी।' इतना कहकर उसने नोटों का एक बण्डल मेरी गोद में डाल दिया और कहा, 'शाम को हीरा के साथ जाकर ज़रूरी सामान ख़रीद ला। ले मैं अपना कमरा तेरे लिए ख़ाली कर देती हूं, मैं बुढ़िया बावली कोठरी में पड़ी रहूंगी।'

मैंने आकाश छुआ। कब शाम हो और मैं बाज़ार चलूं। निदान, एक ही सप्ताह में मेरा कमरा घर-भर में इन्द्रभवन था। मैं रात-दिन उसकी सजावट में लगी रही, खाना-पीना भी छोड़ दिया, साथवालियां दिल्लगी करती थीं। पर मैं समझती न थी। कभी-कभी उनकी बातों से भय-सा

लगता था, उनका क्रूर हास्य शका उत्पन्न करता था; मानो इस साज-शृंगार में एक रहस्य है। पर मैं उमंग में थी। देखते-देखते मेरा रंग बदल गया। जितने छैले घर में आते थे, मुझ पर टूटते। पर मौसी का बड़ा भय था, क्या मजाल जो ज़रा कोई बढ़-कर बातें करता! साथ वालियों पर मुझे डाह थी, पर अब वे मुझ पर जलती थीं। भेद तो अभी खुला न था, पर मुझे इसमें मज़ा आता था ज़रूर!

उस दिन से छठे दिन की बात है। मैं सो रही थी, दिन ढल चुका था। मौसी ने बुलाकर कहा—'बेटी, नहा-धोकर नई साड़ी पहन ले, बालों का अंग्रेज़ी जूड़ा बांध ले पेरिस की ज़रीकट साड़ी पहन ले और ज़रा सलीक़े का ध्यान रख। खबरदार, नादानी न करना।' मैं कुछ समझी, कुछ नहीं; चली आई। मन में उथल-पुथल मच गई, नहीं कह सकती, भय से या आनन्द से। रात सिर पर आ गई और मेरा शृंगार ख़तम ही न होता था। दस बजे एक अल्पवयस्क सुन्दर कुमार ने मेरे कमरे में प्रवेश किया। मैंने इन्हें कभी न देखा था। एकान्त में मेरे पास किसी पुरुष का आना प्रथम बात थी। पर बहुत-सी बातें तो मैं देख-भालकर ही समझ गई थी। फिर भी मैं डर गई। मैंने सहमकर उनसे कहा—'मौसी उधर हैं, आप वहां जाइए।'

उन्होंने हंसकर कहा—'जल्दी क्या है, ज़रा आपसे भी बातें कर लूं।' अब मैं क्या कहती, चुप बैठ गई।

उन्होंने कहा—'क्या आप नाराज़ हो गईं?'

'जी नहीं।'

'फिर चुप्पी क्यों?'

'आप कुछ दरयाफ़्त करें तो जवाब दूं।'

बस बातों का सिलसिला चल गया, और क्या-क्या हुआ, वह सब कहने से फ़ायदा? सबका अभिप्राय यही है कि अन्त में मैं उस युवक के हाथ बिकी। उसने मुझे सब कुछ दिया और मैंने उसे भी। मैं वेश्या थी भी नहीं, और उसकी वृत्ति को समझती भी न थी। मेरा जीवन था,

आयु थी, समय था और उसका प्रभाव था, मैं क्या करती? मैंने तन-मन उसे दिया, और उसने? मैंने जो आज तक न पाया था, वह दिया। उस दान के सम्मुख अब तक के सभी ठाठ तुच्छ थे। मैं नारी-जीवन का रहस्य समझी, पर यहीं तक होता तो मेरे बराबर सुखी कौन था? पर मेरी तक़दीर में वेश्या-जीवन का रहस्य समझना लिखा था!!

एक महीना स्वप्न की तरह बीत गया। ज्यों-ज्यों महीना बीतता था, वे चिन्तित और उदास होते जाते थे। मैं पूछती, पर वे बताते नहीं, टाल जाते। एक दिन मैंने उन्हें घेर लिया। उन्होंने कह दिया—'सिर्फ तीन दिन और मुझे तुम पर अधिकार है, आनन्दी। इसके बाद तुम मेरे लिए ग़ैर हो जाओगी।'

'यह क्या बात है?'

'मैं तुम्हारे लिए अगले महीने की तनख़ाह नहीं जुटा सकता।'

'तनख़ाह कैसी?'

'तीन हज़ार रुपये महीने पर तुम्हें तुम्हारी मौसी से लिया था।'

'आह! क्या मैं गाय-भैंस की तरह बेची गई हूं?'

'ऐसा होता तो फिर क्या बात थी! मैं तुम्हें ऐसी जगह ले जाता, जहां किसी की दृष्टि न जाती; पर तुम किराये पर उठाई गई हो। मैंने एक महीने का किराया दिया, अब जो देगा वह मेरे स्थान पर होगा।'

मैं तड़प उठी—'यह कैसे सम्भव है? मैं तुम्हें प्यार करती हूं, क्या तुम नहीं करते?'

'जान से बढ़कर।'

'फिर हमारे बीच में कौन है?'

'रुपया।'

'मैं उस पर लात मारती हूं।'

'पर तुम्हारी मौसी तो उस पर मरती है।'

'मैं उससे कहूंगी।'

'बेसूद है।'

'क्या तुमने कहा था?'

'मैं एक हज़ार देने को तैयार हूं।'

'यह क्या थोड़े हैं?'

'वे कहती हैं एक हज़ार माहवार आनन्दी की जूतियों का ख़र्च है।'

'पर मैं तो अपना शरीर और जान तुम्हें दे चुकी!'

'इसका तुम्हें अधिकार नहीं।'

मैं रोने लगी, वे चले गए।

मैं रात-भर रोती रही। मेरी आंखें फूल गईं और छाती फटने लगी। सुबह होते ही मौसी ने कहा—'बेटी, आज तुझे एक मुजरे पर जाना है, सब सामान तैयार करके लैस हो जाना।'

जो कहना चाहती थी, न कह सकी। सोचा—लौटकर कहूंगी।

मेरा नाम हीरा है, बस इतना ही समझ लीजिए। मैं और कुछ नहीं बता सकती। समझ लीजिए, मैं धरती में समा जाने की इच्छा से जी रही हूं। हज़ारों मनुष्यों ने मेरे शरीर को देखा, बलात्कार किया और होनी-अनहोनी सब हुई। इनमें राजा-महाराजाओं से लेकर घृणास्पद कलंकी और रोगी भी थे। सभी ने एक ठीकरे में खाया। लोग कहते हैं कि मैंने रूप पाया और यह भी कहते हैं कि उसे ख़ूब बेचा। पर मुझे सब कुछ बेच-ख़रीदकर मिला क्या? इस अभागिनी के मन की बात कौन सुनेगा? कौन इस पर आंसू बहाएगा? जगत में मेरा सगा है कौन?

फूल के कीड़ों का नाम बहुतों ने सुना होगा, पर उन ज़हरीले कीड़ों ने खाया मुझे। हाय! दुनिया कैसी प्यारी थी! कैसा साज-शृंगार वस्त्र, सुगन्ध, मौज-बहार, हास्य! उन सबको याद करती हूं; वे सब कहां चली गईं, स्वप्न की माया की तरह!!

स्त्री क्या वस्तु है, यह मुझे आज मालूम हुआ, जब मैंने स्त्रीत्व खो दिया! धर्म मेरा साक्षी है। मैंने रूप को बेचा नहीं, मैंने उसका मोल न कभी जाना, न किया। अभागिनी सीधी-सादी बालिका अपने रूप को कितना देखती; देखनेवाले देखते हैं, यही कैसे समझती, यही तो मरने की बात हो गई। मैं जब तक बच्ची रही तब तक की तो बात ही जाने

दीजिए। पर दिल्ली आने पर—न मां थी, न बाप था; भाई था, वह भी चला गया। पर जो थी, वह मां से भी ज़्यादा सगी। स्वयं हाथों से नहलाती, उबटन लगाती, सुगन्ध लगाती, गजरों से सजाती और मोटर में बैठाकर सैर कराती। तब कौन मेरे बराबर सुखी था! —मुझे कुछ काम न था। उस्तादजी आते, उनकी सफेद दाढ़ी, भद्दी-सी मोटी ऐनक और मीठी-मीठी बोली कैसी प्यारी थी! वे गाना सिखाते, मैं विनोद से उनके गले की नक़ल करती। वह इतनी ठीक उतरती कि रास्ता चलते लोग खड़े हो जाते। मैं इतराती थी। उत्तम से उत्तम भोजन-वस्त्र बिना मांगे हाज़िर थे। मैं बड़ी हुई, तीसरे पहर से ही उबटन-शृंगार, केश-विन्यास और नई साड़ियों की पसन्द और पहनने का जो उपक्रम चलता तो दीये जल जाते। इत्र से भभकते हुए उस कमरे में नर्म कालीन पर मैं इठलाकर बैठती। बड़े-बड़े सेठों के जवान आते, मेरी स्वर-लहरी पर लोट जाते, रुपयों की बौछार करते। जब आधी रात बीतने पर झोली-भर रुपये ले मैं नई मां को देती तो वह छाती से लगा लेती। बारम्बार बेटी कहती, मैं ज़रा भी थकान न मानती, पड़कर जो सोती तो प्रभात हो जाता था।

हाय! मैं समझती थी, यह सब मेरा आदर है, यह गायन-कला मेरा गुण है, उस पर सैकड़ों गुणज्ञ रीझ रहे हैं। पर यह भेद तो पीछे खुला। वह मेरा नहीं, मेरे शरीर का, रूप का आदर था। वह गायन तो एक बहाना, एक छल था, एक तीर था जिससे शिकार मारे जाते थे। मेरी अज्ञानावस्था में कितने शिकार मारे गए, यह मैं अब क्या बताऊं!

उस दिन कोई त्यौहार था, शायद तीज थी। मैं नहाकर बैठी थी। मेरी एक सहेली ने मुझे बुला भेजा। मैं जाने की तैयारी में थी कि मां ने बुलाया, कहा—'बेटी, वह जो नई बनारसी साड़ी आई है, पहन लो। आज तेरी तक़दीर का सितारा बुलन्द हुआ। महाराजा ने तुझे नौकर रख लिया है, तुझे वहीं जाना है, अभी मोटर आ रही है। मैंने चाहा था कि तुझे रानी बना दूंगी; वह इच्छा पूरी हुई। अब देर न कर।'

मैं ख़ाक-पत्थर कुछ भी न समझी। रानी बनने की बात तो कुछ समझी। रानी बनने में मुझे क्या उज्र था, पर नौकरी का क्या मतलब? मैंने पूछ—

'नौकर रखने से क्या मतलब? मैं किसी की नौकरी न करूंगी। वाह! अब मैं झाड़ू लगाऊंगी और किसी की नौकरी करूंगी?'

बुढ़िया हंस पड़ी, हंसते-हंसते लोट गई। उसने मुझे गोद में छिपाकर कहा—'मेरी प्यारी बेटी, कैसी नादान है! धीरे-धीरे सब समझेगी। झाड़ू तू लगाएगी? वहां बीसों दासियां तेरी खिदमत करेंगी।'

मैं समझ ही न सकी, पर मुझे आनन्द न आया। मैं भय और चिन्ता में पड़ गई, यहां मेरा है कौन? मुझे कौन प्यार करेगा? मैं बेचैन हो गई। मैं मूर्खा इस वृद्धा को ही अपना सबसे बड़ा हितू समझती थी। जहां गई वहां फाटक पर पहुंचते ही मेरे होश उड़ गए। ऐसी बड़ी कोठी, ऐसा सुन्दर बगीचा जन्म में न देखा था। गाड़ी पहुंचते ही संगीनधारी सिपाही ने गाड़ी रोककर पूछा—'गाड़ी में कौन है?'

मौसी ने कान में कुछ कह दिया, वह रास्ता छोड़कर खड़ा हो गया।

गाड़ी धड़धड़ाती चली। फव्वारे उछल रहे थे, रौसें अत्यन्त सुघड़ाई से कटी थीं और उनमें कटोरे के बराबर गुलाब खिल रहे थे। सुन्दर साफ़ सुर्ख़ सड़कें और सामने वह महासुन्दर धवल प्रासाद। वहां पहुंचते ही दो सन्तरियों ने हमें उतारा। तमाम मकान संगमरमर से मढ़ा था, मक्खी के भी पैर रपटें। मैं डरती-डरती पैर रखती, दीवारों और तस्वीरों को देखती, अचल सन्तरियों को घूरती चली जा रही थी। चलने तक की आहट न होती थी। सोच रही थी—हे ईश्वर! इस महल में रहनेवाला कौन भाग्यवान है! एक सजे हुए कमरे में हमें बैठाकर सन्तरी चला गया। उसमें मख़मल का हाथ-भर मोटा गद्दा पड़ा था, साटन के पर्दे दरवाज़े पर थे। गद्देदार कुर्सियां, कोच और एक से एक बढ़कर सजावट और तस्वीर! क्या-क्या बयान करूं! मैं पागल-सी बैठी देख रही थी, हृदय धक्-धक् कर रहा था। बोलना चाहा, पर मौसी ने होंठ पर उंगली रखकर संकेत कर दिया।

थोड़ी देर में एक पहरेदार ने धीरे-से पर्दा उठाकर हमें अपने पीछे-पीछे आने का संकेत किया। कई बड़े-बड़े दालान, कमरे पार करती हुई अन्त में एक निहायत ख़ुशरंग सजे एक बड़े कमरे में पहुंची। देखा, तीस

साल उम्र के अत्यन्त रुआबदार रूप और तेज की खान एक पुरुष चुपचाप बैठे धुआं फेंक रहे हैं। मौसी ने ज़मीन तक झुककर सलाम किया और मैंने भी। हाथ का सिगार एक ओर फेंककर महाराज उठ खड़े हुए। उन्होंने बड़ी बेतकल्लुफी से मौसी का हाथ पकड़कर बैठाया, फिर मुस्कराकर मेरा मिज़ाज पूछा। मैं तो सकते की हालत में थी। मौसी ने फटकारकर कहा—'बेवकूफ़, सरकार मिज़ाज पूछते हैं, और तू चुप है!'

वे हंस दिए और बोले—'हीरा सही है न?'

'यही हुज़ूर की कनीज़ है!'

'सच, पर देखना, धोखा तो नहीं देती?'

'अय-हय हुज़ूर, मेरी ज़बान टूट जाए!'

'अच्छा मिस हीरा, क्या तुम सिगरेट पीती हो?'

'जी नहीं, सरकार!

'अच्छा, अब तुम कुछ खाओ-पीओ!' इतना कहकर उन्होंने घंटी बजा दी। नौकर दस्तबस्ता आ हाज़िर हुआ। उसे कुछ इशारा करके, उन्होंने मौसी का हाथ पकड़कर कहा—'जब तक यह कुछ खाए-पिए, हम लोग काम की बातें कर लें।'

वे दोनों दूसरे कमरे में चले गए और नौकर ने फल, बिस्कुट, मेवा मेरे सामने ला रखा। पर मैंने छुआ भी नहीं। मैं भयभीत हो गई थी। मैं समझ गई कि यहां फंसी। हाय! हृदय के एक कोने में नवांकुरित प्रेम विकल हो उठा—पर करती क्या! मैंने निश्चय किया—मैं अवश्य मौसी के साथ जाऊंगी। हठात् महाराज ने कमरे में प्रवेश करके कहा—'अरे! तुमने तो कुछ खाया ही नहीं!'

'जी, मेरी तबीयत नहीं है। क्या मौसी अन्दर हैं?'

'वे गईं।'

'और मैं?'

'तुम्हें यहीं आराम करना है।' वे मुस्कराकर बोले—'क्या तुम्हें डर लगता है?'

'जी नहीं।'

'यह जगह पसन्द नहीं?'

'जगह के क्या कहने हैं!'

'मैं पसन्द नहा?'

'सरकार क्या फर्माते हैं!' मैं शरमा गई।

एक आदमी शराब, प्यालियां, कुछ और खाने की चीज़ें चुन गया। महाराज ने प्याला भरकर कहा—'मिस हीरा, परहेज़ तो नहीं करतीं? करोगी तो भी पीना तो पड़ेगा!'

'हुज़ूर, मैं नहीं पीती।'

'मगर मेरा हुक्म है!'

'मैं मुआफ़ी चाहती हूं।'

'क्या हुक्मउदूली करती हो?'

'मेरी इतनी मजाल!'

"बेवकूफ़ औरत, पी!' क्षण-भर में उनकी आंखें लाल हो गईं और त्यौरियां चढ़ गईं।

'मैं न पी सकूंगी।'

खूंटी से चाबुक उठाकर उस निर्दयी ने खाल उड़ाना शुरू कर दिया। चिल्लाने से कमरा गूंज उठा। मैं तड़पकर धरती पर लोटने लगी। पर वहां बचाने वाला कौन था!

वे चाबुक फेंककर बैठ गए। मैं ज्योंही उठी, उन्होंने प्याला भरकर कहा—'पियो!'

मैं गट-गट पी गई। मेरे हाथ से प्याला लेकर उन्होंने मेरे पास आकर कहा— 'हीरा, मेरी दोस्त! आइन्दा कभी हुक्मउदूली की हिम्मत न करना। अरे, क्या तुम्हारी साड़ी भी ख़राब हो गई?' इतना कहकर उन्होंने घण्टी बजाई। एक लड़का आ हाज़िर हुआ। उसे हुक्म दिया—'जाओ, ड्यढ़ियों से एक उम्दा साड़ी ले आओ।'

साड़ी आई। उसकी कीमत दो हज़ार से कम न होगी। वैसी साड़ी मैंने कभी न देखी थी। मैं अवाक् रह गई। ऐसा बेढब आदमी तो देखा न सुना। मैं साड़ी बदलकर चुपचाप उनके हुक्म का इन्तज़ार करने लगी। मेरा ग़रूर और सारी चंचलता न जाने कहां चली गई।

उन्होंने निकट आकर प्यार के स्वर में कहा—'जाओ, उस कमरे

में सो रहो, मैं भी ज़रा सोऊंगा। किसी चीज़ की ज़रूरत हो तो घण्टी देना, नौकर हुक्म बजा लाएगा।' हाय! क्या मैं सोई? वह पुरुष सो गया और मैं उसके पैर पकड़े बैठी रही। रात बीतने लगी, निस्तब्धता छा गई। हां, मैं पैर पकड़े बैठी थी, उस पुरुष के, जो इतना कठोर और इतना उदार, ऐसा मस्त और ऐसा ज़िद्दी है; और तस्वीर देख़ रही हूं किसी और की, जिसे मैंने कुछ दिन पूर्व शरीर अर्पण किया था। मेरा हृदय और प्रेम आवारागर्द बेघरबार पुरुष की तरह भटक रहा था। वेश्यावृत्ति का जटिल रहस्य अब मेरी समझ में आया।

कई घण्टे व्यतीत हो गए। वे एकाएक उठ बैठे। उन्होंने कहा—'बेवक़ूफ़ लड़की! क्या तू सचमुच वेश्या नहीं है? तेरे पास हृदय है? तू प्रेम करना जानती है?' मेरे जवाब से पहले ही उन्होंने मुझे उठाकर हृदय से लगा लिया। हाय! यह पापिष्ठ शरीर यहां भी अर्पण करना पड़ा! पर मैं लज्जा से अपने-आपको भी नहीं देख सकती थी।

कह ही दूं, बिना कहे तो चलेगा नहीं; वैसा सुन्दर आदमी नहीं देखा था। रंग गुलाब के समान, दांत जैसे मोती की लड़ी, हास्य जैसे चांदनी की बहार। मैं देखती रह गई, यही महाराज थे। उन्होंने पास बुलाया, प्यार से बग़ल में बैठाया, क्या-क्या किया, क्या-क्या कहा, वह सब बड़ी कठिनाई से भुलाया है, अब याद क्यों करूं?

मैं समझी थी, मैं नौकर हूं, पर मैं थी रानी। नौकर थे राजा साहब। वे कितना प्यार करते थे, कितना लाड़ करते थे; मैं क्या होश में थी, जो समझ सकती! पुरुष स्त्री-जाति को कब क्या देता है। पुरुष स्त्री-जाति को किस तरह सुख देता है, यह केवल वह स्त्री ही जान सकती है, जिसने वैसा सुन्दर, उदार, दाता, दयालु पुरुष पाया हो। मैं कृतार्थ हो गई, मैं धन्य हुई, मुझे अब कुछ न चाहिए था। मेरे पास रूप था, यौवन था, शरीर था, मन था, आत्मा थी, प्रेम था, हृदय था। सभी मैंने उन्हें दे दिया, और उन्होंने जो देना चाहा, रुपया-पैसा, वस्त्र, रत्न सभी मैंने तुच्छ समझा। मैंने एक बार तो निर्लज्ज होकर कह दिया था—'यह

सब क्यों करते हो? तुम्हीं जब मुझे प्राप्त हो, फिर और कुछ मुझे क्या चाहिए?' वे हंसते थे। मेरे वे दिन हवा की तरह उड़ गए। मुझ मूर्ख ने यह समझा ही नहीं कि यह सब कुछ मेरे लिए नहीं, मेरे रूप के लिए है और मैं स्त्री नहीं, वेश्या हूं! इस वेश्यापन और रूप ही ने तो मुझे चौपट किया!!

यह विधाता की भूल है कि वह वेश्या है। अगर महारानी रूप और गुण में इससे शतांश भी होती, तो कदाचित् जगत् की जूठी पत्तल चाटने की ज़िल्लत में न पड़ता। लाखों मनुष्यों के सामने मैं राजा और महाराजा हूं, पर इस औरत के सामने आज एक कुत्ता, जो अपनी नीच स्वादवृत्तियों की तृप्ति के लिए सदा उन्मत्त रहता हो। वह जिस दिन आई, तभी से मैंने उसे समझा। एक अफ़सोस तो यह है कि वह वेश्या है, दूसरा अफ़सोस यह है कि वह यह बात अभी तक नहीं जानती। नारी-हृदय का नैसर्गिक प्रेम उसके पास अछूता था, वह उसने राई-रत्ती मुझे दिया। पर इससे फ़ायदा? वह मुझे वही समझती है, जो लाखों-करोड़ों स्त्रियां पुरुष प्राप्त करके समझती रही हैं। पर मैं तो यह जानता हूं कि वह वेश्या है। उसकी मां ने मासिक वेतन लेकर उस काल के लिए उसके शरीर पर मुझे अधिकार करने दिया है, जब तक मैं वेतन देता रहूं। वह आत्मदान कर चुकी, यह तो सत्य है; पर इससे होता क्या है? इस अधिकार और पद्धतिशून्य असामाजिक आत्मदान को मैं क्या करूं? क्या मैं खुल्लमखुल्ला उसे पत्नी कहने का साहस करूं? सारे अख़बार हाय-तोबा मचाकर धरती-आसमान उठा लेंगे। सरकार की आंखें नीली-पीली अलग हो जाएंगी; और सरदार, अफ़सर, परिजन दम निकाल देंगे। वह रानी बनने योग्य है; उसके रानी बनने से उसकी नहीं, महल की शोभा है। परन्तु इस बात को तो देखिए कि यह व्यभिचार और रूप का क्रय-विक्रय तो सब अंधे और बहरों की तरह देख-सुन रहे हैं, पर इस पाप को नीति और नियम के रूप में संसार नहीं देखना चाहता है। फिर मैं क्यों इल्लत लूं? मैं राजा हूं, युवा हूं, सुन्दर हूं, धनी हूं; मैं ऐसे-ऐसे सौन्दर्य नित्य ख़रीदने में समर्थ

हूं। मैं अपना यह स्वार्थ-अधिकार क्यों त्यागूं? कठोरता! हां, यह कठोरता और निष्ठुरता है। परन्तु राजा बनकर मनुष्य को कितना कठोर बनना पड़ता है! राज्य-व्यवस्था क़ायम करने के लिए कठोरता गुण है। यदि मैं आत्मसुख और शरीर-भोग के लिए ज़रा भी निष्ठुर बनूं तो कुछ हर्ज है? मैं उसे ठग नहीं रहा, मुआवज़ा दे रहा हूं। इतना और उसे मिलेगा कहां! वह वेश्या है, जब तक उसमें रस है, मैं भरपूर मोल देकर लूंगा। पीऊंगा, बखेरूंगा; जब जी में आएगा फेंक दूंगा। अजी यह स्त्री-जाति ही तो है! सर्दी की धूप की तरह यह स्त्री-यौवन ढलता है। पुरुष होकर सुयोग पाकर मैं क्यों सुप्राप्त यौवन को छोडूं? यह धन, राजसत्ता फिर किस काम आएगी? अंततः हमारा राजापन किस योग्य होगा! पूर्वकाल के राजागण युद्ध करते थे; जीवन, मृत्यु सदा उनके सम्मुख थी; देश के चुने हुए विद्वान् उनके मंत्री सदा उनके पास रहते थे। अब यह सब काम तो प्रबल प्रतापी हमारी सरकार कर रही है, हमें छुट्टी है। इस जीवन-भर के अवकाश में यदि हम जी भरकर यौवन और भोग को, जो धन से प्राप्त हो सकता है, न भोगें तो हमारे बराबर अहमक़ कौन!

वह वेश्या है, वेश्या रहे। यह बात उसे समझ रखनी चाहिए। वह स्त्री नहीं बन सकती। पुरुष से स्त्री को जो प्रतिदिन वास्तव में मिलना चाहिए, वह उसे नहीं मिलेगा। जब तक वह यौवन के उभार पर है, वह मेरी है, मेरा सारा राज्य उसके पैरों में है। इसके बाद? इसके बाद भी चिन्ता क्या है! वह इतना संचित कर लेगी कि जन्म-भर को काफ़ी होगा।

नख-शिख से शृंगार किए वेश्या के सामने आंख के अंधे और गांठ के पूरे बेवक़ूफ़ और बेग़ैरत नौजवान कुत्ते दुम हिला-हिलाकर जो प्रेम और आदर प्रकट करते हैं, वही क्या वेश्या का सम्मान है? वेश्या की असलियत तो उसके 'वेश्या' शब्द में ही है। वह रज़ील, अछूत और भले घरों की बहू-बेटियों के देखने की वस्तु भी तो नहीं। वे शरीफज़ादे, रईस और राजा, जो समय पर जूतियां उठाते और जूतियां खाते हैं, यह तो सहन

ही नहीं कर सकते कि कभी सामना होने पर भी अपना घरवालियों से हमारा परिचय तक करा दें। अपनी रज़ील हैसियत हम समझती हैं। हमारे हीरे-मोती, महल, पलंग, मसहरी, मोटर, धन—कोई भी हमारी इस रज़ील हैसियत से हमारी रक्षा नहीं कर सकता। हाय! वेश्या के हृदय को छोड़कर, और कौन स्त्री-हृदय इस भयानक अपमान की धधकती आग को हंसकर सह सकता है?

उस दिन मेह बरस रहा था, भयानक अंधेरा था, राजमहल स्टेशन से दूर न था, परन्तु महाराज शिकार खेलने यहां से अठारह मील के फासले पर गए थे। उनके अंग्रेज़ दोस्त आए थे, वहीं उनकी दावत और जश्न का नाच-रंग था। दर्जन-भर वेश्याएं उसमें बुलाई गई थी। मैं अभागिनी भी उनमें एक थी। मेरे नाच और गाने की ख्याति ने ही मुझे इस विपत्ति में डाला था। पर मैं करती भी क्या? वेश्या पर उसकी कुटनी मां का असाध्य अधिकार होता है। मेरा शरीर अच्छा न था। मैं दो साइयां बजाकर आई थी, थकी थी, सर्दी-ज़ुकाम भी था; पर मुझे आना ही पड़ा। चार सौ रुपये रोज़ की फ़ीस छोड़ी भी कैसे जाती! सारी नवाबी तो उसी के पीछे थी। अंधेरी रात और दस मील का सफ़र! दस-बारह हम बदनसीब औरतें और हमारे मिरासी नौकर। साथ के लिए चार प्यादे सिपाही और सामान लादने की एक बेगार में पकड़ी हुई बैलगाड़ी और लद्दू टट्टू। बस, यह हमारे स्वागत का प्रबन्ध उपस्थित था। क्या ये कमीने राजा अपनी रानियों के लिए भी ऐसा स्वागत करने की हिम्मत कर सकते हैं? पर रानियों से हमारी निस्बत ही क्या? सिपाहियों ने कहा—'बेगार में और कुछ मिला ही नहीं, सामान गाड़ी और टट्टुओं पर तथा हमें पैदल चलना होगा।' मैं तो धम से बैठ गई। इस अंधेरी रात में बरसात के समय दस मील पैदल चलने से मैंने मरना ठीक समझा। मैंने साफ़ इनकार कर दिया। सिपाहियों ने फबतियां उड़ाईं। अन्त को एक टट्टू पहले मुझे दे दिया। मैंने उसे ही ग़नीमत समझा।

हम भाग्यहीनों की इस ठाठ की सवारी चली, जिन्हें वहां पहुंचते ही अपनी चमक-दमक, रूप और नखरों से उन भेड़िए रईसों और उनके

कमीने मेहमानों को पागल बनाना था। मैं चुपचाप टट्टू पर कम्बल ओढ़े बैठी थी। कमर टूटी जाती थी, और मैं गिरी जाती थी। पानी का छींटा बीच-बीच में गिर जाता था, पर मैं जानती थी कि वहां पहुंचकर मुझे बहुत मेहनत करनी है, आराम इस नसीब में कहां?

तीन घंटे में सफ़र करके हम वहां पहुंचे। पहुंचते ही पता लगा, महाराज और पार्टी कड़ी प्रतीक्षा कर रहे हैं, हमें तत्काल ही पेशवाज़ पहनकर महफ़िल में पहुंचना चाहिए। मैंने अधमरी-सी होकर साथ की वेश्या से कहा—'अब इस समय तो मुझसे एक पैग भी न उठाया जाएगा।' उसने कहा—'बेवकूफ हुई है! जल्दी कर, ऐसा कहीं होता है?' उसने जल्दी-जल्दी दो-तीन पैग शराब पिलाई।

ओह! मुझे सजना पड़ा! मेरा अंग-अंग टूट रहा था, मैं मरी जाती थी, मुझे ज्वर चढ़ रहा था, पर मेरे पास मिनट-मिनट पर सन्देश आ रहे थे। हीरा पहले ही से महाराज के पास थी। उसने कहला भेजा—'आनन्दी, जल्दी कर, सभी लोग तेरा नाम रट रहे है।' मेरा शृंगार हुआ। जड़ाऊ गहने, ज़री की पेशवाज़, मोतियों के दस्तबन्द और जड़ाऊ पेटी कसकर, इत्र और सेन्ट से तर-बतर हो, पाउडर से लैस हो, दो पैग चढ़ाकर छमाछम करती महफिल में पहुंची। मैं क्या पहुंची, बिजली गिरी! लोग तड़प गए। हाय-हाय से महफ़िल गूंज गई। महाराज पागल हो रहे थे और दोस्त लोग उछल रहे थे। फूलों के गुलदस्ते मुझ पर बरस रहे थे, वाह-वाह का तार बंधा था। क्षण-क्षण पर हरी, लाल, नीली बिजली की रोशनी पड़कर मुझे अमूर्त मूर्ति बना रही थी। मेरा सिर दर्द से फटा जाता था, और जी मिचला रहा था, पर मैं मुस्कराकर छमाछम नाच रही थी। कहरवे की ठुमकी लेकर मैंने विहग का एक टप्पा छेड़ा, साजिन्दे उसे ले उड़े। महफ़िल में सकते की हालत हो रही थी, तालियों की गड़गड़ाहट की हद न थी। नोट और गिन्नियों का मेह बरस गया, पर मैं मानो मूर्च्छित होने लगी। मुझे क़ै आने लगी थी और मैं अपने को अब काबू न कर सकती थी। मैंने रोशनी वाले को आंख से संकेत किया। एक बार झुककर महफिल को सलाम किया और भागी। महफ़िल में

तालियां गड़गड़ा रही थी। 'वन्स मोर' का शोर आसमान को चीरे डालता था। उधर मैं एक जोर की कै करके बेहोश हो गई थी।

मैं कब तक उस दशा में पड़ी रही, नहीं कह सकती। किसी ने झकझोरकर जगाया। आंख खोलकर देखा, हीरा है। मैं उसे देखते ही उससे लिपट गई। ध्यान से देखते ही मुझे मालूम हुआ, हीरा का वह रूप-रंग उड़ गया है। वह पीली पड़ गई है। और उसकी उन सुन्दर आंखों के चारों ओर नीले दाग़ पड़ गए हैं। गले की हड्डियां निकल आई हैं। उसे मैं देखती ही रह गई। वह मुझे इस प्रकार देखते देखकर हंस पड़ी। हाय! वह हास्य भी कितना रूखा था! कौन हीरा के उस हास्य से सुखी होता! पर मेरे मुंह से बात न निकली। मैं नीची दृष्टि किए कुछ सोचने लगी हीरा ने कहा—'उठ-उठ, आनन्दी, जल्दी कर, तुझे महाराज ने याद फ़र्माया है।'

उसके होंठ कांप गए, स्वर भी विकृत हो गया। मैं भी डर गई। मैंने कहा—'यह किसी तरह सम्भव नहीं हो सकता। क्या मैं इस समय महाराज के पास जाने योग्य हूं?'

'इस बात से क्या बहस है? तुझे चलना पड़ेगा ही।'

'मैं हर्गिज़ न जाऊंगी।'

उसने प्यार से मेरे सिर पर हाथ फेरा, पुचकारा और कहा—'बेवक़ूफ़ी न कर; यह रियासत है, अपना घर नहीं। महाराज की हुक्मउदूली की सज़ा तुझे मालूम है?'

'क्या मार डालेंगे?'

'यह तो कुछ सज़ा ही नहीं।'

'तब?' मैंने शंकित स्वर से पूछा।

'ईश्वर न करे तुझे फज़ीहत उठानी पड़े। मेरी प्रार्थना यही है कि उनकी इच्छा में दख़ल न देना, इसी में खैर है।'

इतना कहकर उसने मुझे उठाया। पर मैं उठ सकती ही न थी। किसी तरह उसने उठाया। अपनी एक बढ़िया साड़ी मुझे पहना दी, बालों का शृंगार कर दिया और कुछ अदब-क़ायदे की बातें समझाकर ड्योढ़ियों

तक पहुंचा आई। मैंने देखा, उसने मुंह फेरकर आंसू पोंछ लिए।

मेरा शरीर वास्तव में क़ाबू में न था, मैं संभल ही न सकी, बदहवास की तरह महाराज के सामने गिर गई। वहां क्या हो रहा था, वह सब मैं देख न सकी। होश-हवास दुरुस्त न थे, पर वहां सभी लुच्चे-लुंगाड़े, नीच, शराबी इकट्ठे थे वे नर-राक्षस और पिशाच थे। वे शराब पी-पीकर पशु हो गए थे। उन्होंने लज्जा बेच खाई थी। मुझ पर जैसी बीती, वह मैं वेश्या होकर भी वर्णन नहीं कर सकती। जगत् का कोई भी खूंखार पशु किसी अबला स्त्री पर इतना अत्याचार न कर सकेगा। ज्वर से जलती हुई, थकी हुई, मुझ बदहवास ग़रीब असहाय स्त्री के साथ उन कुत्तों ने क्या-क्या करने और न करने योग्य न किया! सारा संसार यह कल्पना भी नहीं कर सकता कि मुझ पर जो बीती और मैंने जो देखा, वह सम्भव भी हो सकता है, पर मेरे साथ तो वह हुआ। जब तक मैं होश में रही और मेरे शरीर में बल रहा, मैंने उन भेड़ियों को रोका, प्रतिकार किया; परन्तु मैं शीघ्र ही बदहवास हो गई और मैं उसी अवस्था में डोली पर लादकर दिन निकलने से पूर्व ही दिल्ली को रवाना कर दी गई।

सेकण्ड क्लास के ज़नाने डिब्बे में मैं अकेली थी। मैंने सब खिड़कियां खुलवा दी थीं। सुबह की ठण्डी-ठण्डी हवा से मेरी तबीयत हल्की हुई। रात को मुझ पर जो अत्याचार हुआ था वह असाधारण था; पर मैं जानती हूं कि जगत् के मर्द इससे क्षुभित न होंगे। वेश्या के बाहरी स्वरूप को सभी देखते हैं, वह भीतरी रूप तो हम स्वयं ही देखती हैं। मैं ज़रा उठकर देखने लगी—रेल की पटरी के बराबर ही बराबर सड़क थी, उस पर एक मोटर तेज़ी से दौड़ी चली आ रही थी। मुझे कौतूहल हुआ। मैं एकटक उसे देखने लगी। मैंने देखा, एक स्त्री उसमें बैठी बड़ी बेचैनी से गाड़ी को देख रही है। स्टेशन आया, गाड़ी खड़ी हुई और वह स्त्री घबराई हुई स्टेशन में घुस आई। एक कर्मचारी उसे मेरे डिब्बे में बैठा गया। डिब्बे में बैठते ही वह हांफने लगी और दोनों हाथों से मुंह ढंककर बैठ गई। गाड़ी के चलते ही मैंने उसके पास जाकर कहा—'आपको कुछ तकलीफ़

है क्या?' उसने चौंककर देखा, और मुझे देखकर ज़ोर से मेरा हाथ पकड़कर कहा—'कुछ नहीं, ईश्वर का धन्यवाद है कि मेरी इज़्ज़त बच गई। तुम कहां जा रही हो?'

मैंने कहा—'दिल्ली।'

'मैं भी वहीं जा रही हूं। तुम्हारा घर किस मुहल्ले में है और तुम्हारे पति क्या काम करते हैं?'

मैं क्या जवाब देती, मैं चुपचाप खड़ी रही। कुछ संभलकर मैंने कहा: 'आपको कुछ मदद चाहिए, वह मैं कर सकूंगी। आप कहिए।'

'मैं तुम्हारे यहां कुछ घण्टे ठहरना चाहती हूं और अपने पति को तार द्वारा सूचना देना चाहती हूं। क्या तुम मेरे लिए इतना कष्ट करोगी?'

'ज़रूर, परन्तु ...' मैं फिर चुप हो गई।

'परन्तु क्या?' उसने घबराकर कहा।

'मैं तवायफ़ हूं, शायद आपको मेरे घर चलना पसन्द न हो!' वह स्त्री इस तरह चमकी, जैसे बिच्छू ने डंक मारा हो। उसने मेरा हाथ छोड़ दिया। मैं अपनी जगह आ बैठी। कुछ देर सन्नाटा रहा। आत्म-ग्लानि के मारे मैं मर रही थी।

उस स्त्री ने पूछा—'कहां से आ रही हो?'

'महाराज... की महफ़िल से।'

उसने घृणा और क्रोध से मेरी ओर देखा। उसने होंठ काटकर कहा—'उस हरामज़ादे को मैं मच्छर की तरह मसल डालूंगी। उसने मुझे भी तुम जैसी ही रंडी समझा होगा।'

मेरे कलेजे में तीर लगा। मैंने धीरज धरकर कहा—'मैं उससे घृणा करती हूं, रात उसने मुझपर बड़ा जुल्म किया। हम अभागिनी स्त्रियों की तो सर्वत्र एक ही दशा है। मैं जो हूं वही रहूंगी, यह तो किस्मत है, पर आपकी कोई भी सेवा मैं ख़ुशी से करूंगी, यदि आप चाहें।'

उसने मेरी तरफ़ देखा और कहा—'मेरे स्वामी उस स्टेट में इंजीनियर हैं। हम लोग पारसी हैं, पर्दा नहीं करतीं। उस पापी ने मुझे और मेरे पति को एकाध बार चाय-पानी के लिए बुलाया था। वे कल से ही कहीं बाहर भेज दिए गए। उसने आज सुबह मुझे बुला भेजा कि साहब आए

हैं, यहां बैठे हैं। मैं सीधे स्वभाव चली गई। पर वहां धोखा था। मेरी इज्जत बचनी थी। मैं गुसलख़ाने की राह निकलकर मोटर में भागी हूं। सीधी वायसराय के पास जाना चाहती हूं। मैं दिखा दूंगी कि किसी महिला की आबरू उतारने की कोशिश करना किसी गुण्डे के लिए कैसा कठिन है, फिर चाहे वह गुण्डा महाराज ही क्यों न हो!'

इतना कहकर वह लाल-लाल आंखों से मुझे घूरने लगी। मैं अपराधिनी की भांति थर-थर कांपने लगी। क्या यह आश्चर्य की बात थी? एक ऐसी वीर महिला के सामने, जो अपनी इज़्ज़त बचाने को जान पर खेल गई है, मेरी जैसी जन्म-अभागिनी, जो उसी इज़्ज़त को बेचकर पेट ही न भरती, शान से रहना भी चाहती है, क्या खड़ी रह सकती थी? मैं खिड़की में मुंह डालकर रोने लगी।

वह उठकर आई, कहा—'रोती क्यों हो? क्या कोई कड़ी बात मेरे मुख से निकल गई? ऐसा हो तो माफ़ करना, मैं आपे में नहीं हूं।'

मैंने उसका आंचल उठाकर आंखों में लगाया, उसे चूमा और फिर मैं भरपेट रोई। मैंने अपना पाप स्वीकार किया। मैंने मुंह फाड़कर कह दिया—'ईश्वर ने जीवन में मुझे सच्ची स्त्री-रत्न के दर्शन करा दिए। ओह! हम लाखों बेबस नारियां इस पवित्र जीवन से वंचित हैं, कोई भी माई का लाल इसका उपाय नहीं सोचता!'

उसने मुझे छाती से लगाया, प्यार किया। वह पवित्र वीरांगना मुझ पतिता वेश्या, अधम अभागिनी को बेटी की तरह दुलार करती दिल्ली तक आई। किसी तरह मेरी कोई सहायता स्वीकार न की। बहुत कहने पर कहा, 'मेरे पास रुपये नहीं हैं। तुम्हारे पास हों तो सौ दे दो। ये कड़े रख लो, छह सौ के हैं।' मैंने रुपये दे दिए। कड़े लेती न थी, पर वह बिना दिए कब रहती? वह मेरी आंखों से ओझल हो गई।

कृमि-कीट से भी अधम और घृणास्पद वेश्या होकर भी जो मैंने रानी का गौरवास्पद पद छीनना चाहा, उस धृष्टता का जो दण्ड मिलना उचित था, वह मुझे मिला।

मैं जिस रूप पर इतराती थी और जिसकी सर्वत्र प्रशंसा थी महाराज

भी जिसे देखकर थकते न थे, वह रूप अब निस्तेज हो गया। महाराज पर अब उसका नशा नहीं होता। वे और नवीनाओं की खोज में लगे और मुझे अनुचरों के सुपुर्द कर दिया। हाय री लांछना! वह सब बड़ी-बड़ी आशाएं मृगमरीचिकाएं निकल गईं। जिन्हें कल मैं तुच्छ समझकर पीकदान उठवाती थी, वे महाराज के संकेत से मेरे शरीर और आत्मा के अधिकारी हो गए। जैसे पवित्र पाकशाला में विविध स्वादिष्ट खाद्य-पदार्थों से भरा हुआ थाल महाराज के छककर जीम चुकने पर जूठन भंगी को मिलती है, मेरी दशा भी उसी पत्तल के समान थी। महाराज के आदेश से उन्हीं के सम्मुख, उनके विनोदार्थ, मुझसे उनके नीचे पशु-सम पार्षद जघन्य कुकर्म बिना उज्र करते और मैं महाराज के लिए आई हुई नवीनाओं के बीच कुटनी का काम भी करती!

क्या किसी स्त्री का हृदय बिना फटे रह जाए? परन्तु मेरा हृदय फटकर भी न फटा। मैंने वह सब किया, जो मुझे आदेश दिया गया। उस दिन महफ़िल में आनन्दी के रूप को देखकर महाराज और उनके कामुक कुत्ते उस पर लट्टू हो गए और उस गरीब असहाय बालिका को उनके पास लाने का कार्य करना पड़ा मुझे! इच्छा हुई कि अभी विष खा लूं; फिर सोचा, क्या मेरे मर जाने पर आज कोई रोएगा? इस रस-रंग में ज़रा भी विघ्न पड़ेगा? आनन्दी को भी क्या कोई बचा सकेगा?

यह तो सम्भव नहीं है। मैं उसे चुमकार-पुचकार कर ले गई। वही हुआ जो भय था। वह उस दिन से शय्या पर पड़ी है। उसके शरीर का बूंद-बूंद रक्त निकल गया, पर रक्त-प्रवाह बन्द होता ही नहीं। डाक्टर कहते हैं कि वह बचेगी नहीं। उसे खांसी और ज्वर भी हो गया है, और वह सूखकर कांटा हो गई है। मैं उसे देखने गई थी। उसकी आयु की बालिकाएं कुमारी हैं और वह सभी कुछ भोग चुकी, सभी कुछ पा चुकी, साथ ही परलोक के सभी अधिकार खो चुकी। आज नहीं तो कल वह जाएगी, उस सर्वशक्तिमान पिता के पास। वह दयालु ईश्वर क्या अब भी उसे और दण्ड देगा? उसने पाप किया, पाप अपना जीवन बनाया, पाप में वह जी और मरी, पर पाप को उसने पाप समझा कब? नारी-जीवन

पाकर, नारी-शरीर, नारी के सभी गुण पाकर, वह बेचारी नारी-गरिमा से बिलकुल वंचित रही!!

हां, मैं इस पर विचार करूंगी कि यह वेश्यावृत्ति क्या वस्तु है और इसका दायित्व किस पर है? उसके नाश का कोई उपाय नहीं है? उन पुरुषों को धिक्कार है, जो स्त्रियों के रक्षक होकर भी स्त्री-जाति के कलंक को नाश करने का ज़रा भी उद्योग नहीं करते। आह! आनन्दी, तेरी जैसी कितनी प्यार की पुतलियां इसी तरह कुचली गईं! ये कमीने धनी, धन के बदले हमें प्रलोभनों में फंसाते हैं और हमारा यह लोक और परलोक नष्ट करते हैं; और खेद तो यह है कि इसका ज्ञान हमें तब होता है जब हमारे बचने के सभी मार्ग बन्द हो जाते हैं। मैं क्या कर सकती थी! मैं उसके लिए अच्छी तरह रोकर चली आई।

मुझे रोने में बड़ा सुख है। रेलवाली उस महिला का हाथ मेरे मस्तक पर है। वह मुझे मृत्यु के बाद मार्ग बताएगी। अब जितना जल्द यह घृणित शरीर छूटे, अच्छा है। मैंने वे पलंग, साड़ी, शाल, आभूषण सब त्याग दिए। मैं महादरिद्र की तरह मर रही हूं, पर मुझे गर्व है कि इस शरीर को छोड़ अब कोई अपवित्र वस्तु मेरे पास नहीं और जिस स्वेच्छा से मैंने वे सब सामान त्यागे हैं, उसी तरह मैं इस शरीर को त्यागने को उत्सुक हूं। इसमें मुझे ज़रा भी दुःख नहीं, पर खेद तो यह है कि अब स्नेहशीला हीरा के दर्शन न होंगे। ऐसी प्रेम और त्याग की अप्रतिम मर्ति, सौन्दर्य की राशि पृथ्वी में कितनी उत्पन्न होती है? सुना हैं कि वह पागल हो गई है और उस दिन आत्मघात की इच्छा से छत से कूद पड़ी थी। आखिर कहां तक सहन करती? मैं मरती हूं, पर पुरुषजाति का नाश हो, इसका वंश नष्ट हो, इसकी मिट्टी ख़्वार हो, जो असहाय अबलाओं की पवित्रता और जीवन को अपनी वासनाओं पर क़ुर्बान करते हैं! यह पुरुष-जाति सदा रोग, शोक, दुःख, दारिद्र्य, पाप, यन्त्रणा में अनन्तकाल तक पड़ी रही!

लात की आग

अब से आठ-नौ सौ वर्ष पहले, जब बारहवीं शताब्दी का अन्तिम चरण चल रहा था, जब विज्ञान सो रहा था—अणुबम, उद्जन और कोबाल्ट बम भूमि के खनिजों में दबे पड़े थे और मनुष्य के हाथ में सिर्फ़ एक लोहे का टुकड़ा था, जिस पर उसका समूचा अहंभाव केन्द्रित था, तब तक उसकी दृष्टि को विज्ञान का दूरदर्शी चश्मा नहीं मिला था। वह अपने चारों ओर की थोड़ी ही दूर तक की चीज़ों को देख सकता था। वह उसी अपनी छोटी-सी दुनिया में सबसे श्रेष्ठ, सबसे बड़ा, सबसे ऊपर अपने को आज की ही भांति देखना चाहता था। उसका अहं भाव आज के पहाड़ जैसे अहंभाव के मुक़ाबले तिल के समान तुच्छ था, पर वह उसी पर गर्वित था, उसी पर सन्तुष्ट था।

उन दिनों भारत में तीन हिन्दू राजगद्दियां सर्वोपरि थीं—एक क़न्नोज के राठौरों की, दूसरी साम्भर के चौहानों की और तीसरी अनहिल्लपट्टन-गुजरात के सोलंकियों की। इन तीनों में गुजरात के सोलंकी सर्वोपरि थे। उनके नाम का डंका सारे भारत में बजता था। उनका आतंक भारत-भर में फैला था, यद्यपि उन दिनों का भारत आज का भारत न था—न आजकल की रेल, तार, डाक, मोटर, वायुयान थे, न यातायात के सुभीते, न रेडियो था, न बिजली के प्रसाद; अन्धयुग था वह। दस कोस के समाचार भी महीनों तक नहीं मिलते थे। प्रत्येक राज्य अपने में, प्रत्येक नगर अपने में, प्रत्येक घर में और प्रत्येक जन अपने में ही सीमित था।

गुर्जरेश्वर सोलंकी सिद्धराज जयसिंह बड़े प्रतापी राजा थे। अपने भुजबल का उन्हें बड़ा घमण्ड था। वे पाटन में सब राजाओं में शीर्ष-

स्थानीय थे। उन्होंने बड़े-बड़े पराक्रम किए—जूनागढ़ के राजा खगार को मारकर उसकी स्त्री का हरण किया; मालव के यशोवर्मा को मारकर उसकी खाल से अपनी तलवार की म्यान मढ़ी; सरस्वती-तीर पर सिद्धपुर बसाया, रुद्र महालय की स्थापना की; परन्तु जब मरे तब वे निःसन्तान थे। उनके मरने पर उनके भाई त्रिभुवनपाल के छोटे कुमार कुमारपाल गद्दी पर बैठे। जिस समय कुमारपाल गद्दी पर बैठे, उस समय उनकी उम्र पचास साल को पार कर रही थी। अपने जीवन के पचास साल उन्होंने दर-दर मारे फिरने में बिताए। उन्होंने बड़े-बड़े दुःख उठाए। सिद्धराज उनसे ख़ुश थे। और जब उन्होंने यह देखा कि यह मेरा उत्तराधिकारी होगा, तब वे उनकी जान के ग्राहक हो गए थे। उन्हें मरवा डालने के लिए सिद्धराज ने बड़े-बड़े प्रयत्न किए। प्राणों के भय से उन्हें देश-विदेश भागना पड़ा। परन्तु अन्त में गुजरात की गौरवपूर्ण गद्दी मिली उन्हीं को।

कुमारपाल भी बड़े तेजस्वी थे। उनका अहंभाव भी कुछ साधारण न था। उन्होंने बीस वर्ष गुजरात की गद्दी को सुशोभित किया और अन्त में अस्सी वर्ष की आयु में घृणित कुष्ठरोग में घुल-घुलकर मरे। गद्दी पर बैठने पर भी उन्हें बड़े-बड़े विरोधों का सामना करना पड़ा। उन्होंने मालवा के राजा वल्लाल और कोंकण के राजा मल्लिकार्जन को युद्ध में हराया। अपने बहनोई का अपने हाथ से वध किया। विंवेरा के राजा को एक अनुरोध-पत्र लिखकर कुमारपाल ने कुछ रेशमी दुपट्टों की मांग की थी। राजा ने इस पर कुमारपाल की हंसी उड़ाई। इसी पर कुमारपाल ने सात सौ सामन्त और तीस हज़ार सेना देकर मालव के राजकुमार वाहड़ को उस पर भेजा। उसने राजा को मार राजधानी को जलाकर छार कर दिया

और एक लाख रेशमी दुपट्टे तथा सात सौ दुपट्टे बुननेवाले कारीगर पाखारों को लाकर कुमारपाल की सेवा में उपस्थित किया। उसने मेदपाट, मेवाड़, अवन्ति, मालव और अर्बुद के राजाओं को जय किया। उसके राज्य की सीमाएं उत्तर में तुर्क राज्य से मिली हुई, पूर्व में गंगा तक, दक्षिण में विन्ध्याचल और पश्चिम में सिन्ध नदी तक फैल गई थीं। उसने अनेक नन्दमहल बनवाए, अनेक देवालयों का जीर्णोद्धार किया। उसकी छत्रछाया में उसके गुरुकुल जैनयती कलिकालसर्वज्ञ हेमचन्द्राचार्य ने अमर साहित्य रचा। वास्तव में कुमारपाल का काल सोलंकियों का प्रतापकाल था।

परन्तु सबसे विचित्र और अद्‌भुत जो एक घटना इस बड़े राजा के जीवन में घटी, यह कहानी उसी से सम्बन्धित है। तब तक यहां मुस्लिम राज्य की स्थापना नहीं हुई थी। परन्तु मुसलमानों के आक्रमण अवश्य होते रहते थे। हिन्दुओं के तीन प्रमुख राज्यों में साम्भर के चौहानों का एक राज्य भी था, जिसके प्रतापी राजा अर्णोराज थे। अर्णोराज ने अजमेर के निकट मुस्लिम आक्रमणकारियों से भारी लोहा लिया था। इससे उनका यश दिग्‌दिगन्त में फैल गया था। यह चौहान साम्भरपति अर्णोराज, गुर्जर महाराज कुमारपाल के बहनोई थे। कुमारपाल की बहन देवलदेवी शाकम्भरीनाथ अर्णोराज को ब्याही थी।

उन दिनों गुजरात और राजपूताना के राजपूतों में एक रिवाज ऐसा था जो अति साधारण होने पर भी महत्त्व रखता था। गुजरात के राजपूत नंगे सिर रहने में कोई हानि नहीं समझते थे। वे प्रायः नंगे सिर रहते थे। परन्तु राजपूताना के राजपूत नंगे सिर रहना असभ्यता समझते थे। वे सदैव पाग सिर पर रखते थे और यदि कोई नंगा सिर उनके सम्मुख आए तो उसे अपने लिए अपमानजनक समझते थे। एक बार अर्णोराज और देवलदेवी दोनों राजा-रानी चित्रसारी पर चौसर खेल रहे थे। राजा ने अवसर पाकर रानी की गोटी मारकर यह कहा—'यह मारा नंगे सिर वाला!' इस पर देवलदेवी ने समझा कि उसके भाई गुर्जरेश्वर पर व्यंग्य किया गया। उसने ताना मारते हुए कहा—'नंगे सिरवाले को मारनेवाले के धड़ पर सिर नहीं रहेगा।' यह सुनते ही अर्णोराज क्रोध से सुलग उठे। उन्होंने

रानी को लात मारकर कहा— 'जा, जा, यह मेरी लात ही उस नंगे सिर पर है।'

देवलदेवी भी बड़े बाप की बेटी थी। उसने क्रुद्ध होकर उत्तर दिया— 'तुम्हारी यह लात लेकर मैं पाटन जा रही हूं। वहां से इसके मूल्य का लोहा मैं भेजूंगी।'

राजा ने तिनककर कहा—'जा, जा, अभी जा। पर इस लात का मूल्य मैं लोहा नहीं, सोना लूंगा। जाकर देख, तेरे पाटन में कितना सोना है।'

रानी बोली—'सोना बहुत है, पर वह राजपूतों के लिए नहीं है, बनियों के लिए है। तुम राजपूत हो, तुम्हें लोहा ही मिलेगा। पर गुजरात का लोहा खाओगे तब देखूंगी झेल भी सकोगे या नहीं!' और भी बहुत विग्रह-प्रलाप हुआ और अर्णोराज ने तत्क्षण पालकी मंगाकर रानी को गुजरात रवाना कर दिया।

कुमारपाल के सामने देवल ने खूब रो-रोकर अपने अपमान की बात कही। उसने कहा—'भाई, यह लात मुझे नहीं मारी गई है, गुर्जरेश्वर के सिर पर चौहानों ने लात मारी है।' कुमारपाल ने दिलासा दिया— 'धीरज रख। इस लात के मूल्य का लोहा गुजरात में है।'

कुमारपाल ने चालीस हज़ार सेना और चार सौ सामंत अर्णोराज पर रवाना कर दिए। सेनापति को आदेश दिया कि अर्णोराज को ज़िन्दा बांधकर मेरे सामने लाया जाए। अर्णोराज ने सुना कि गुजरात की चालीस हज़ार तलवारें शाकम्भरी की ओर आ रही हैं तो वह अपने तीस हज़ार चौहानों और तीन सौ सामंतों को लेकर शाकम्भरी से बाहर निकला। राह में ही दोनों सेनाएं भिड़ गईं। गुजरात के सोलंकी और साम्भर के चौहान। ख़ूब लोहा बजा। रक्त की धाराएं बहीं। रुण्ड-मुण्ड लौटे। चील और गिद्धों का जश्न हुआ। लोहे ने लाल पानी पिया। अन्त में वज़नी रहा—गुजरात के सोलंकियों का लोहा। अर्णोराज को रस्सियों से बांधकर पाटन ले आए। पाटन, जहां कभी वह सिर पर मौर बांधकर बाजे-गाजे के साथ आए थे। इस युद्ध में जिन राजाओं ने अर्णोराज की सहायता की थी उन सबको

कुमारपाल ने मृत्युदण्ड दिया। केवल अर्णोराज को बन्दीगृह में रखकर, उसको क्या दण्ड दिया जाए, इस पर वे विचार करने लगे।

देवलदेवी का हृदय हाहाकार करने लगा। उसने अपने वस्त्र फाड़ डाले, बाल नोच लिए, अन्न-जल त्याग दिया। हाय, उसी की करनी से आज उसके महाप्रतापी पति की यह दुर्दशा हुई! जहां जमाई होने के नाते कभी उनके पैर पूजे जाते थे, वहां वे आज बन्दीघर में पड़े मृत्यु की आज्ञा की बाट जोह रहे हैं! कैसे वह अपने पति के प्राणों की रक्षा करे? कैसे वह अब अपने वैधव्य को टाले? भाई कितना कठोर हृदय है—यह वह जानती थी। उसे कुमारपाल से दया की कुछ भी आशा न थी। बहुत सोच-विचारकर उसने गुजरात के मन्त्री उदय मेहता को बुलाया और रो-रोकर उनके पैरों में लोटकर कहा—'मेहता, शाकम्भरी का आधा राज्य ले लो, पर मेरे पति के प्राण बचा लो। मुझे विधवा न बनाओ। मैं तुम्हारी शरण हूं।'

उदय मेहता ओसवाल जैनी थे। वे बड़े राजनीतिज्ञ और योग्य पुरुष थे। गुजरात के बड़े राज्य का सारा राज्य-भार इन्हीं योग्य मन्त्री पर था।

देवलदेवी को उन्होंने बहुत सान्त्वना दी और उसके कान में अपनी युक्ति का मन्त्र सुना दिया। मन्त्र समझाकर उन्होंने कहा—'बहन, जैसे मैंने कहा है वही करो। मुझे आशा है, अन्त में सब ठीक हो जाएगा।' कुछ तो उदय मेहता के संकेत से और कुछ देवलदेवी के रत्नाभरणों ने उसका मार्ग सरल कर दिया। उसने रो-रोकर पति के वक्ष को आंसुओं से तर कर दिया और उसने उदय मेहता का मन्त्र पति को सुना दिया। सुनकर अर्णोराज ने भी मन्त्र स्वीकार कर लिया।

उदय मेहता के उद्योग और प्रभाव से अर्णोराज को रस्सी में बांधकर नगर में नहीं घुमाया गया। उनसे बाज़ार में भिक्षा नहीं मंगवाई गई। प्राणदण्ड की आज्ञा भी नहीं सुनाई गई। अन्त में एक दिन भरे दरबार में रस्सियों से बांधकर अर्णोराज को लाया गया, जहां उन्हें दण्डाज्ञा दी

जाने वाली थी। दरबार खचाखच भरा था। सब राजपुरुष सरदार, सामंत और प्रमुख नगरवासी उपस्थित थे। कुमारपाल गद्दी पर विराजमान थे। अर्णोराज, आपने अकारण अपनी रानी और हमारी बहन का अपमान किया और गुजरात के सिर पर लात मारी। आपकी इस लात का मूल्य चुकाने को गुजरात के अनेक वीरों के प्राण गए। आपके इस अपराध की सज़ा मृत्यु ही है। परन्तु मन्त्री प्रवर के तथा गुरु हेमचन्द के कहने से मैं तुम्हें प्राणदान देता हूं। फिर भी तुम्हें थोड़ा दण्ड तो मिलना ही चाहिए। तुम हमारे बहनोई और सम्बन्धी हो, इसलिए सब बातों पर विचार कर मैं आज्ञा देता हूं कि जिस जीभ से तुमने हमारी बहन को गाली दी है, वही तुम्हारी जीभ इस समय काट ली जाए।

दण्डाज्ञा सुनते ही सभा में सन्नाटा छा गया। जल्लाद छुरी और संडासी लेकर आगे बढ़े। उन्होंने अर्णोराज की जीभ संडासी से पकड़कर खींच ली। परन्तु इसी समय देवलदेवी 'रक्षा करो! क्षमा करो!' चिल्लाती हुई सब अवरोधों को दूर कर बीच सभा में आ खड़ी हुई। उसने भूमि में पछाड़ खाकर राजा से कहा—'भाई क्षमा करो, गुर्जरेश्वर! यह तुम्हारे बहनोई हैं, प्रतापी राजा अर्णोराज हैं। हे भाई, मैं तुम्हारी बहन हूं, दुखियारी बहन!'

निस्सन्देह यह सब उदय मेहता का मन्त्र था। परन्तु बहन को इस प्रकार अन्तःपुर से बाहर राजसभा में आकर विलाप करती देख गुर्जरेश्वर कुमारपाल ने कहा—'बहन, तूने यहां आकर राजकुल की मर्यादा भंग की है, तू अन्तःपुर में जा। राजाज्ञा हो चुकी। वह अब नहीं लौटाई जा सकती।'

किन्तु देवलदेवी क्रुद्ध होकर गरजी—'क्यों नहीं लौटाई जा सकती? बहनोई को दण्ड देना न्याय नहीं है। भाई, तुम अपनी एक बहन को विधवा कर चुके हो। अब दूसरी को भी विधवा करोगे तो तुम्हारा यश डूब जाएगा। कुछ तो विचार करो गुर्जरेश्वर!'

परन्तु कुमारपाल टस से मस न हुए। उन्होंने गम्भीर स्वर में उत्तर दिया—'राजाज्ञा हो चुकी। अर्णोराज, अपना दण्ड भोग!'

जल्लाद अभी भी उसकी जीभ को संडासी से पकड़े खडा था। अब उसकी छुरी जीभ की ओर बढ़ी। परन्तु इसी समय कलिकालसर्वज्ञ यती हेमचन्द्राचार्य उठकर बोले—'राजन्! समर्थ पुरुष दण्ड देते हैं, पर जो उनसे भी अधिक समर्थ होते हैं, वे क्षमा करते हैं। अर्णोराज को आपने शस्त्र से जीता। अब क्षमा से जीतिए और दुहरी विजय का कीर्ति-लाभ कीजिए।'

गुरु के वचन सुनकर कुमारपाल ने अर्णोराज के बन्धन खोलने की आज्ञा दी, और कहा—'अर्णोराज, गुरु की आज्ञा से और बहन के कहने से मैं क्षमा करता हूं!' इसी समय देवलदेवी ने पति के निकट जा कुछ संकेत किया। संकेत समझ अर्णोराज बोले—'गुर्जरेश्वर! आपने मुझे बल से जय किया, इसका मुझ पर कुछ भी प्रभाव नहीं पड़ा; परन्तु आपकी क्षमा ने मेरा हृदय बदल दिया है। आपने मुझे क्षमा दी है, इससे मैं भी आपको कुछ देना चाहता हूं। मैं सम्भरीपति अर्णोराज हूं। कुलशील और राज्य-वैभव में आपके ही समान हूं। मैं चाहता हूं कि इस समय जो हमारे-आपके बीच नये सम्बन्ध जुड़े हैं, वे और दृढ़ हों, अतः मैं अपनी षोडशी पुत्री मीनलकुमारी आपको देता हूं। आप स्वीकार कीजिए।'

अर्णोराज के ये वचन सुन कुमारपाल गद्दी से उठ खड़े हुए। उन्होंने भुजाओं में भरकर अर्णोराज को अपनी छाती से लगाया। फिर बहनोई की भांति उनके कंठ में बांह डाल उन्हें महलों में ले चले। पाटन में धूम-धाम, गाजे-बाजे, गोट-ज्योनार की रेल-पेल हो गई। बहनोई अर्णोराज के स्वागत-सत्कार के उपलक्ष्य में भी और अर्णोराज की पुत्री के कुमारपाल के साथ शुभविवाह के उपलक्ष्य में भी।

कहानी खत्म हो गई

चाय आने में देर हो रही थी। और मेरा मिज़ाज गर्म होता जा रहा था। आप तो जानते ही हैं, मैं इन्तज़ार का आदी नहीं। फिर, चाय का इन्तज़ार। मेज़र वर्मा ने यह बात भांप ली, उन्होंने एक हिंट दिया। बोले– चौधरी, उस औरत का फिर क्या हुआ?

क्षण भर के लिए चाय पर से मेरा ध्यान हट गया, एक सिहरन-सी सारे शरीर में दौड़ गई, जैसे बिजली का तार छू गया हो। मैंने चौंककर मेज़र की ओर देखा। पर जवाब देते न बना, बात मुंह से न फूटी। एक अजीब-सी बेचैनी मैं महसूस करने लगा। लेकिन मेज़र वर्मा जैसे अपने प्रश्न का उत्तर लेने पर तुले हुए थे। वे एकटक मेरी ओर देख रहे थे। प्रश्न का मेरे ऊपर जो असर हुआ था, उसे मित्रमण्डली ने भी भांप लिया। वे लोग अपनी गपशप में लगे थे, पर विंग कमांडर भारद्वाज ने हंसकर कहा—कौन औरत भई, उसमें हमारा भी शेअर है।

भारद्वाज की हंसी में न मैंने साथ दिया न मेज़र वर्मा ने। वर्मा की उत्सुकता उनकी आंखों से प्रकट हो रही थी। मैं उनकी आंखों से आंख न मिला सका। आप ही मेरी आंखें नीचे को झुक गईं। मैंने धीरे से कहा—मर गई। मेज़र की छाती में जैसे किसी ने घूंसा मारा। उन्होंने एकदम कुर्सी से उछलकर कहा—अरे, कब?

'कल सुबह'–मैंने धीरे से कहा।

मित्र-मण्डली की गपशप एकदम बन्द हो गई। वे सब मेरी ओर देखने लगे। वातावरण एकदम गम्भीर हो गया। मेरे चेहरे पर जो वेदना की रेखाएं उभर

आई थीं, उन्होंने सभी को अभिभूत कर दिया। सबसे अधिक फील किया मिसेज़ शुक्ला ने। उन्होंने मेरी ओर खिसककर अपने नंगे कंधे मेरे कंधों से छुआ दिए, फिर धीरे से पूछा–कौन थी?

'थी एक,' एक गहरी सांस लेकर मैंने कहा।

'क्या बीमार थी?'

'बीमार कोई और था, लेकिन मर गई वह।' मेरा जवाब असाधारण था, और मैं एकाएक उत्तेजित और असंयत हो उठा था। मेज़र भी जैसे मेरे जवाब से जड़ बन गए थे। इसी से इस औरत के सम्बन्ध में सभी की जिज्ञासा जाग गई। वेटर कब चाय रख गया, इसका ज्ञान भी हममें से किसी को नहीं हुआ। भारद्वाज ने कहा–यह तो कोई बहुत ही सीरियस केस मालूम पड़ता है।

मेज़र वर्मा ने बीच में बात पकड़ ली। उन्होंने कहा–सीरियस होने में क्या शक है। लेकिन हुआ क्या?

'क्या पूरा ही किस्सा सुना दूं?' मैंने कुछ दर्द-भरे स्वर में कहा। मेरे कहने का ढंग प्रभावशाली था। सभी मेरे मुंह की ओर देखने लगे। भारद्वाज ने कहा–ज़रूर-ज़रूर। पूरा ही किस्सा सुनाइए।

मिसेज़ शर्मा ने चा' का प्याला तैयार किया, मेरी ओर बढ़ाया, कहा–लीजिए, एक सिप लीजिए।

मैंने दो सिप लिए और प्याला एक ओर टेबल पर रख दिया। फिर मैंने कहा–आप लोग समझते होंगे, ज़्यादातर ट्रेजेडी शहरों में होती है, क्योंकि वहां संघर्ष है, दिमाग है, रुपया है, शान है।

सब चुपचाप सुनते रहे। मैं आगे क्या कहना चाहता हूं, इसी पर सबका ध्यान केन्द्रित था। मैंने कहा–लेकिन हमारे देहातों में भी कभी ऐसी ट्रेजेडी हो जाती है जो मनुष्यता और सभ्यता को एक करारा चैलेंज देती है। वहां रुपया नहीं है, दिमाग नहीं है, क़ानून नहीं है, शान नहीं है, केवल दिल है। कमाण्डर भारद्वाज उछल पड़े। ज़ोर-ज़ोर से बोले–अरे यार, तो यह कोई दिलवाला मामला है। तब मैं ज़रूर सुनूंगा। उन्होंने सिगरेट का एक गहरा कश लिया। भारद्वाज का यह गुण्डा जैसा टोन मुझे पसन्द न आया। वास्तव में मेरा मूड कुछ

दूसरा ही था–मैंने एक व्यंग्यबाण छोड़ा, कहा–क्यों नहीं, आप दिल फेंक जो ठहरे। पर यह कहानी दिलवालों की है।

भारद्वाज उतर गए। पर झेंप की हंसी हंसते हुए बोले–सुनाओ यार, यहां दिलवाले भी बैठे हैं। और एक सिप चा' का लिया। फिर मेज़र वर्मा की ओर मुख़ातिब होकर कहा–आपने तो उसे पुलिस की हिरासत में ही देखा था न? मेज़र ने कहा–जी हां, ओह उस दिल हिला देने वाले वाकए को तो मैं ज़िन्दगी भर भूल नहीं सकता। खासकर वह घटना जब पुलिस के अफ़सर ने तरबूज़ की मिसाल देकर वह झोला मेरे सामने उलट दिया था। तोबा-तोबा!!

मिसेज़ शर्मा एकदम बौखला उठीं, बोलीं–अजी, पहेली न बुझाइए किस्सा सुनाइए। हुआ क्या? मेज़र की आंखें भय से फटी-फटी हो रही थीं। जैसे अभी भी वे उस झोले से बाहर निकली हुई चीज़ को देख रहे थे। मैंने उन्हीं को लक्ष्य कर कहा–उस वक्त तक भी पूरा किस्सा मुझे मालूम न था, सारी बातें तो पीछे मुझे मालूम हुईं। पर तब तो वह मर चुकी थी। अपने पर शर्मिन्दा होने और अफ़सोस करने के अलावा हम कर ही क्या सकते थे?

बहुत देर तक मेरे मुंह से बात न फूटी। कितनी ही बातें–कल्पना और सत्य की–मेरे मानस-नेत्रों में नाच उठीं, सच पूछिए तो मैं अभी तक उस घटना से मर्माहत न था, अभी–एक दिन पहले ही की तो वह घटना थी। घाव ताज़ा था। इस क्षण उसकी वे आंखें, आंखों की वह वेदना, निराशा और सारी ही मानव-सभ्यता को धिक्कार का सन्देश, जो मृत्यु के समय उसके निस्पन्द होंठ दे रहे थे, मेरे नेत्रों में आ खड़े हुए। मेरा कण्ठ रुक गया। मिसेज़ शर्मा बहुत विचलित हो गईं। उन्होंने कहा–जाने दीजिए, यदि आपको वह किस्सा सनाने में तकलीफ़ हो रही है तो मत कहिए। आप चा' लीजिए। उन्होंने एक ताज़ा प्याला तैयार कर मेरे आगे बढ़ाया। उनकी उंगलियां कांप रही थीं और उद्वेग तथा भावावेश से उनका हृदय आन्दोलित हो रहा है, यह स्पष्ट दीख पड़ता था।

प्याले की ओर मैंने आंख उठाकर भी न देखा और मैंने किस्सा कहना शुरू किया–वह हमारे ही गांव की लड़की थी। उसका बाप हमारी ज़मींदारी में सर्वराहकार था। बूढ़ा और भला आदमी था। हमारा ग्रामीण जीवन शहर के जीवन से सर्वथा

भिन्न होता है। आप कदाचित् उसकी कल्पना भी नहीं कर सकते। गांव में हम सब छोटे-बड़े, ऊंच-नीच एक पारिवारिक भावना से रहते हैं। न जाने कब से–सम्भवतः आदियुग की यह परिवार-भावना हमारे गांवों में अब तक चली आ रही है। सुनते हैं कि प्राचीन काल में, जब नगर नहीं थे, सभ्यता नहीं थी, जीवन अपने ही में केन्द्रित था और मनुष्य जीवन-संघर्ष को सबसे बड़ा मानता था। आदर्शों की, समाज की, सभ्यता की, धर्म-मर्यादा की तब तक उत्पत्ति भी न हुई थी, तभी से मनुष्य ने ग्राम-संस्था स्थापित की। सामाजिक जीवन का वह प्रथम अध्याय था। उसी से मनुष्य ने सामूहिक हितों का सर्जन करके समाजसंस्था की नींव डाली। 'ग्राम' का अर्थ था–समूह। कुछ लोग एकत्र होकर जहां बसते वह ग्राम कहाता था। आवश्यक नहीं था कि यह ग्रामवास स्थायी हो। वह तो चलग्राम था। ग्राम का अर्थ स्थानसूचक न था, समूहसूचक था; अतः उस काल मनुष्यों के ग्राम जीवन-यापन के संघर्ष से प्रताड़ित घूमा करते थे–यहां से वहां, वहां से यहां। परिस्थितियों ने उनमें सामूहिक हितों की सृष्टि कर दी। सुख-दुःख, लाभ-हानि सभी में उनके स्वार्थ एकत्र हो गए और एक ग्राम-समूह एक परिवार की भांति रहने लगा। इस परिवार में जाति-भेद का स्थान न था। सब वृद्ध पितृतुल्य थे, सब वृद्धाएं माता, और सब युवक-युवतियां परस्पर भाई-बहिन। उनका सबका एक ग्राम था, एक गोत्र था। गोत्र का अर्थ था चरागाह, जहां उनके पशु चरते थे। एक ग्राम का परिचय दूसरे ग्राम के मनुष्यों से इसी ग्राम-गोत्र के द्वारा होता था। प्रत्येक ग्राम और गोत्र का एक कुलपति होता था। उसी के नाम से वह ग्राम-गोत्र प्रसिद्ध होता था।

शताब्दियां बीतीं, सहस्राब्दियां बीतीं। नगर बसे, सभ्यता का विकास हुआ। जीवन के आदर्श बदले, क्रम बदला, समाज बदला, बदलता चला गया। गांवों में भी यह परिवर्तन पहुंचा। सहस्राब्दियों के प्रभाव से गांव भला अछूते कैसे रह सकते थे! अब 'गांव' स्थान के अर्थ में था–समूह के अर्थ में नहीं। अब लोगों की बस्ती को गांव कहते थे। समाज में अनेक जातियां हो गई थीं।

गंगो गांव में भी अनेक जातियां बसती थीं; हिन्दू थे, मुसलमान थे। हिन्दुओं में भी ब्राह्मण थे, क्षत्रिय थे, जाट थे, अहीर थे, भंगी थे, चमार थे, धोबी थे, नाई थे। समाज की व्यवस्था के अनुसार वे अपना-अपना काम करते

थे। गांवों में किसानों की ही बस्ती अधिक होती है। जो लोग किसान और किसानों के उपजीवी नहीं होते वे शहर में, कस्बों में बसते हैं। जो लोग वहां बसते हैं। उनकी वहां सम्पत्ति भी है। ज़मींदार हैं; किसान हैं, उनके खेत हैं, घरबार हैं। किसीके कम, किसीके अधिक। कोई रईस है, कोई अमीर। इस प्रकार समाज के संगठन का, व्यवस्था का, राजसत्ता का, क़ानून का, धर्म का–सभी का युगवर्ती प्रभाव गांवों पर पड़ा। उनसे उनमें परिवर्तन भी आया है, पर एक प्राचीनतम बात अभी तक गांवों में चली आ रही है। वह है–परिवार-भावना। गांव की बूढ़ी भंगन को भी ब्राह्मण की पतोहू सास कहकर पांव पड़ती है। गांव की प्रत्येक लड़की गांव के प्रत्येक लड़के की बहिन और प्रत्येक प्रौढ़ की लड़की है। गांव में सब छोटे-बड़ों का सम्बन्ध–चाचा, ताऊ, भाई, भतीजा, देवर, भाभी, काकी, ताई आदि पारिवारिक सम्बन्ध हैं। यहां तक कि गांव की लड़की जिस दूसरे गांव में ब्याही जाती है, उस गांव का पानी भी न पीने वाले वृद्ध पुरुष अब भी गांवों में जीवित हैं। यह है हमारे गांवों की परिवार-परम्परा-शताब्दियों, सहस्राब्दियों से चली आती हुई। हां, तो मैं उस लड़की की बात कह रहा था। वह हमारे गांव की लड़की थी, और हमारी ज़मींदारी के सर्वराहदार की बेटी थी। हमारा घर ज़मींदार का घर था। गांव के सारे ही स्त्री-पुरुष हमारी रैयत थे। वे हमारे घर आते-जाते रहते थे–स्त्रियां भी पुरुष भी। काम से भी और बेकाम से भी। बाहर पिताजी का दीवानखाना और भीतर ज़नाने में माताजी का कमरा आने-जाने वाले स्त्री-पुरुषों से भरा रहता था। हवेली हमारी बहुत भारी थी। सत्तावन के गदर में अंग्रेज़ सरकार ने हमारे दादा को इक्कीस गांव इनाम दिए थे और तभी हमारे दादा ने अपनी हवेली के लिए इतनी जगह घेर ली थी कि उसमें आधा गांव समा जाता था। सस्ते का ज़माना था। राज, बढ़ई उन दिनों दो-ढाई आना, रोज़ मज़दूरी लेते, मज़दूर एक आना। बड़े-बड़े महराब, मोटी-मोटी दीवारें, लम्बे-लम्बे दालान भी आज भला बन सकते हैं? अब तो हम उनकी मरम्मत भी नहीं कर सकते। हवेली वीरान होती जा रही है। अब तो न हाथी, न घोड़े, न रथ, न बहली। इनके सब थान वीरान पड़े हैं। अब तो सिर्फ़ यह मोटर है और हम हैं।

मैं असल बात से दूर होकर बहकता जा रहा था। भीतर मेरे रक्त में एक गर्मी-सी आ रही थी। और जोश में ये सब बातें मैं कहे जा रहा था–एकाएक मुझे ध्यान आया। असल मुद्दे की बात तो पीछे ही रह गई।

परन्तु सब सन्नाटा बांधे सुन रहे थे। सब जैसे किसी अतीत उदारचित्त वातावरण में पहुंच चुके थे। मैंने ज़रा रुककर कहना शुरू किया– उन दिनों मैं कालेज में ला का फाइनल दे रहा था। दशहरे की छुट्टियों में जब मैं घर आया तो पहली बार उसे देखा–'देखा' कहना ठीक न होगा। मुझे कहना चाहिए–पहली बार मेरा ध्यान उसकी ओर गया। इससे पहले बहुत बार देख चुका था–रूखे-बिखरे बाल, मैला मोटा ओढ़ना, पुराना घाघरा, नंगे धूलभरे पैर, पर रंग गोरा। लेकिन गांव में ऐसी बहुत लड़कियां थीं–राह-वाह में, खेत में बहुधा मिल जाती थीं। मैं तो ज़मींदार का लड़का था। शहर में पढ़ता था सूट-बूट पहनकर ठसक से गांव में निकलता था। सो किसी लड़की-लड़के की क्या मज़ाल जो मुझसे बात करे। मुझे देखते ही वे सहमकर पीछे हट जाते थे; जो समझदार होते थे वे सलाम करते थे। सयानी लड़कियां ओट में छिप जाती थीं, छोटी कौतुक से मुझे देखती थीं। इसीसे इस लड़की पर भी पहले कभी मेरा ध्यान नहीं गया।

पर इस बार की बात ज़ुदा थी। मैं घर कोई डेढ़ साल में आया था। पिछली गर्मी की छुट्टियों में यूनिवर्सिटी की टीम कश्मीर चली गई थी। मैं भी उसमें चला गया था, अतः छुट्टियों में घर नहीं आया था। घर में दशहरे की सफाई-सजावट की धूम-धाम थी। भाभियां घर सजाने में व्यस्त थीं और वह उनकी सहायता कर रही थीं। अब उसके बाल बिखरे न थे। ठीक-ठीक बालों की मांग निकली थी, कपड़े सलीके के शहरी ढंग के बारीक और बढ़िया थे। स्वस्थ तारुण्य उसकी एड़ियों में झांक रहा था। जीवन की ताज़गी से वह लहलहा रही थी। जीवन में पहली बार किसी लड़की को मैंने ऐसी रुचि से देखा था। उसका चेहरा गुलाब के समान रंगीन और आंखें तारों के समान चमकीली थीं। वह हंसती नहीं थी–फूल बखेरती थी, चलती न थी–धरती को डगमग करती थी। मैं क्या कहूं? मुझे एक ही क्षण में ऐसा प्रतीत हुआ कि जैसे दस-पांच अंगीठियां मेरे अंग में धधक रही हैं और मैं तपकर लाल हो रहा हूं। आग की लपटें मेरी

आंखों से निकलने लगीं और मैं वहां से लड़खड़ाता हुआ ऊपर कमरे में आकर औंधे मुंह पलंग पर पड़ रहा। मैंने समझा–मुझे बुखार चढ़ गया है। इतना कहकर मैं ज़रा चुप हुआ। बीते हुए दिन एक-एक करके मेरे नेत्रों में आने लगे।

लेकिन कमाण्डर भार्गव बेचैन हो रहे थे। उन्होंने इत्मीनान से कुर्सी पर आसन जमाते हुए कहा–कहे जाओ, कहे जाओ दोस्त; मामला ठण्डा मत होने दो। उन्होंने नई सिगरेट सुलगाई। मैंने आगे कहना आरम्भ किया–वह मुझे देखकर लजाई थी, मुस्कराई थी, भाभी की ओट में छिप गई थी, छिपकर उसने फिर मुझे देखा था। वह सब–देखना, मुस्कराना, छिपना, लजाना, अब सिनेमा की तस्वीर की भांति अनेक बार, सौ बार, हज़ार बार तेज़ी-से मेरी आंखों में घूम रहे थे। मेरा सिर घूम रहा था। धरती-आसमान भी सब घूम रहे थे।

बहुत देर तक मेरी यही हालत रही। पर फिर मुझे ज़रा-सी नींद आ गई। जगने पर मेरा मन कुछ शान्त था। मुझमें समझ आ गई थी। अभी हृदय मेरा कोरा था, तारुण्य मेरा निर्दोष था। इस प्रथम विकार पर मुझे लज्जा आई। मुझे लगा; यह खराब बात है। गांव की सभी बहू-बेटियां मेरी बहने हैं। पिताजी ने कई बार कहा है–हम ज़मींदार हैं, इससे और भी हमारा गौरव बढ़ जाता है। मुझे ऐसा न सोचना चाहिए। यह मेरी प्रतिष्ठा-मर्यादा के सर्वथा विपरीत है। मैं मन-ही-मन अपने को धिक्कारने लगा। और एकबारगी ही उसे मन से निकाल फेंका। लेकिन कहां? पलंग से उठते ही मैं खिड़की में आ खड़ा हुआ, और नीचे आंगन में चारों ओर देखने लगा। जैसे कुछ खो गया है। किसे भला? यह मैंने अपने मन से पूछा। और जब मन ने कहा–'उसी को' तो मैं अपने पर बहुत झुंझलाया। वैसे ही कमीज़ पहने मैं नीचे उतरा और सीधा बाग की तरफ़ चल दिया। देर तक बाग में नहर की पटरी पर फिरता रहा। माली से बातें कीं। मुझे प्रसन्नता हुई कि वह तूफान खत्म हो गया। अब उसकी कभी याद न करूंगा। वाहियात बात पर रात को बहुत देर तक नींद न आई। उसका वह मुस्कराना, लजाकर भाभी की ओट में छिपकर देखना! वाहियात! वाहियात! ये सब ख़ुराफ़ात, गन्दी बातें हैं। भला इनसे मुझे क्या सरोकार!

लेकिन नींद नहीं आ रही थी। मैंने एक मोटी-सी क़ानून की किताब उठा

ली, और एक कठिन क़ानूनी नुक्ते पर कुछ रूलिंग्स पढ़ने लगा। लेकिन वहां तो प्रत्येक अक्षर की ओट से वह झांक रही थी। मुस्करा रही थी। धुत्! भारद्वाज ज़ोर-से हंस पड़े।

मैंने कहा–ठीक है, आप हंस सकते हैं। मेरे दुश्चरित्र और दुराचार का यह प्रमाण जो आपको मिल गया!!

मैं चुप हो गया। और मैंने आंखें बन्द कर लीं। लेकिन वही तरबूज़!!! एक प्रकार से मैं चीख उठा–मेज़र वर्मा ने कहा–रहने दीजिए। बाकी कहानी फिर सुन ली जाएगी। अभी आपकी तबीयत दुरुस्त नहीं है। लेकिन मैंने कहना आरम्भ कर दिया–दूसरे दिन मैंने उसे नहीं देखा। यह नहीं कह सकता कि देखना नहीं चाहा। पर मैंने अपने मन को रोकने में कोई-कसर नहीं रखी। पर बेकार। उसकी छिपी हुई नज़रें झांकती ही रहीं। उसके होंठ मुस्कराते ही रहे। मैंने सुना–उसकी सगाई हो गई है, और इसी साहलग में उसका ब्याह होगा।

दशहरे के दिन मेरा तिलक चढ़ा। बहुत धूमधाम हुई। गाजे-बाजे, जशन-दावत, कहां तक कहूं। पिता का सबसे छोटा बेटा था। वे सबसे अधिक मुझको प्यार करते थे। भीड़-भाड़ में एक होकर मैंने देखा, हर बार मुझे प्रतीत हुआ–वह मुझको देख रही है।

छुट्टियां समाप्त होने पर मैं होस्टल में लौट आया। धीरे-धीरे वह उन्माद बीत गया। स्मृति अवश्य बनी रही, वह भी धुंधली होते-होते छिप गई। अगले वर्ष मेरी शादी हुई। सुषमा ने आकर मेरे जीवन को एक नया मोड़ दिया। सुषमा जैसी पत्नी पाकर मैं कृतार्थ हो गया। वह जैसी सुशिक्षिता है, वैसी ही शीलवती, परिश्रमी और हंसमुख स्वभाव की है। उसके प्रेम, सेवा और विनय से मैं उसमें लीन हो गया। उस लड़की की याद करके और अपनी हिमाकत का विचार करके कभी-कभी मुझे हंसी आ जाती थी–पर कभी मैंने किसीसे अपने मन का यह कलुष कहा नहीं। परीक्षा पास करके मैं घर पर रहकर ज़मींदारी की देखभाल करने लगा। खेती और बागवानी का मुझे शौक था उसमें मैंने मन लगाया। बड़े भाई डिप्टी-कलक्टर होकर बिहार चले गए थे। पिताजी का स्वर्गवास हो गया। मंझले भाई भी केन्द्र के शिक्षा-विभाग में अण्डर सेक्रेटरी हो गए। घर पर केवल

मैं अकेला रह गया। दिन बीतते चले गए। तीन बरस बीत गए। और ईश्वर की कृपा से सुषमा की कोख भरी। मेरे आनन्द का ठिकाना न रहा।

एक दिन बूढ़े सर्वराहकार रोते हुए मेरे पास आए। चौधारे आंसू बहाते हुए उन्होंने कहा–बर्बाद हो गया, छोटे सरकार! लुट गया! लड़की मेरी विधवा हो गई, उसकी तकदीर फूट गई। मेरी इकलौती बेटी थी सरकार, उसे बेटा बनाकर पाला था। उस पर यह गाज़ गिरी।

बूढ़ा बहुत देर तक रोता रहा। यद्यपि वे सब बातें मैं भूल चुका था पर स्मृति के चिह्न तो बाकी ही थे। सुनकर मुझे दुःख हुआ। बूढ़े को तसल्ली दी। और जब वह चला गया, एक बूंद आंसू मेरी आंख से भी टपक पड़ा। वाहियात बात थी। लेकिन मन का कच्चा तो सदा से हूं। मेरा मन द्रवित हो गया। बूढ़े ने कहा था कि वह उसे यहां ले आया है, तब एक बार उसे देखने की भी लालसा हो गई। पर वह सब बात मन की थी–मन में रही। महीनों बीत गए। कभी-कभी उसका ध्यान आता, दया आती, पर कुछ विशेष आकर्षण न था। सुषमा धीरे-धीरे कमज़ोर और पीली पड़ती जा रही थी। मुझे उसकी चिन्ता थी। ज्यों-ज्यों डिलीवरी का समय निकट आ रहा था, मेरी उद्विग्नता बढ़ती जाती थी–इन सब कारणों से मैं उस बेचारी विधवा को भूल ही गया। सुषमा के प्यार ने मुझे अभिभूत कर लिया था। सुषमा मेरे जीवन का आधार थी, और अब मैं इस प्रकार के विचारों को भी मन में रखना पाप समझता था। मुझे पाकर सुषमा भी ख़ुश थी। वह देवता की भांति, मेरी पूजा करती थी। मिसेज़ शर्मा एकदम द्रवित हो उठीं। उन्होंने कहा–भई बन्द करो। आप सचमुच देवता हैं। आप जैसा पति पाने के कारण मैं तो सुषमा बहिन से ईर्ष्या करती हूं।

मैं जैसे चीख पड़ा। मेरे गले की नसें तन गईं और मुट्ठियां भिंच गईं। मैंने कहा–श्रीमती जी, जल्दी अपनी राय कायम न कीजिए, पूरी कहानी सुन लीजिए।

मेरी वहशत और भावभंगी देख मिसेज़ शर्मा डर गईं। वे फटी-फटी आंखों से मेरी ओर टुकुर-टुकुर देखने लगीं। मैं इस योग्य न था कि इस समय उनसे अपने अशिष्ट व्यवहार के लिए क्षमा मांगूं। मैंने कहानी आगे बढ़ाई–एक दिन देखता क्या हूं कि वह सुषमा के पास बैठी है। इस समय वह यौवन से भरपूर थी। उस

समय वह खिलती कली थी तो आज पूर्ण विकसित पुष्प। परिधान उसका साधारण था। पर स्वच्छता और सलीका–जो बहुधा देहात में नहीं देखा जाता–उसकी हर अदा से प्रकट होता था। उसका रंग अब जरा और निखर गया था, अंग भर गए थे और रूप की दुपहरी उसपर चढ़ी थी। अथवा एक ही शब्द में कहूं तो वह इस समय वसन्त की फुलवारी हो रही थी। एकाएक मैंने उसे पहिचाना नहीं, पर दूसरे ही क्षण जब उसने उठकर हाथ जोड़कर मुस्कराकर मुझे प्रणाम किया, मैंने उसे पहचान लिया। हाय री तकदीर! वही मुस्कराहट, वही चितवन है। क्षणभर को मेरे शरीर में रक्त की गति रुक गई और मेरे पैर कांपने लगे। साहस करके मैंने पूछा, 'अच्छी हो' तो उसने लाज से सिर झुकाकर सिर्फ 'जी' कह दिया।

छी छी! फिर वे भूली हुई बातें न जाने कहां से जीवित हो उठीं। वही मुस्कराना, छिपना और आंखें.... मैं तेज़ी से भाग आया। सीधा ऊपर जा दरवाज़ा बन्द कर अपने शयनागार में आ पड़ा। एक आहत हिरन की भांति–जिसे अभी-अभी शिकारी ने तीर मारा हो।

उस दिन मैंने खाना नहीं खाया। सिरदर्द का बहाना करके पड़ा रहा। सुषमा की परेशानी ने मुझे और भी पागल बना दिया। कभी यूडीक्लोन सिर पर डालती, कभी नर्म-नर्म हथेलियों से सिर दबाती, कभी बाल सहलाती, कभी डाक्टर बुलाने का आग्रह करती। मुझ बेईमान, पाखण्डी, मक्कार के लिए वह उस एक ही दिन में आधी रह गई।

मैंने जलती हुई आंखों से मिसेज़ शर्मा की ओर देखा और कहा–कहिए, कहिए, अब भी आपको सुषमा पर ईर्ष्या होती है, परन्तु अभी ज़रा और ठहर जाइए!!

एकाएक मेरी आवाज़ मुर्दे की जैसी मरी हुई हो गई। खूब ज़ोर लगाकर मैं कहने लगा–दूसरे दिन सुबह होते ही मैं ज़मींदारी के ज़रूरी काम का बहाना करके इलाके पर चला गया। 6-7 दिन तक मैं घर नहीं लौटा। आप दाद दीजिए मेरे जानवरपन की, जब कि सुषमा की यह हालत थी, इस कदर नाज़ुक; कोई उसे देखने वाला न था। पहली ही डिलीवरी थी उसे, और नफ्स का गुलाम कहां, किस हालत में फिर रहा था। मैं आपसे नहीं छिपाना चाहता

कि मुझे न खाना भाता था, न नींद आती थी; न दिन चैन पड़ता था, न रात को कल पड़ती थी। वही शैतान आंखें, वही मुंह छिपाकर मुस्कराना, वही गहरे गुलाबी गाल, कम्बख्त न जाने कहां से उभरे चले आते थे, मेरी बदनसीब नज़रों में? जैसे मेरे रक्त की प्रत्येक बूंद में उन आंखों का खेत उग आया था। उस चितवन की, उस मुस्कान की रिमझिम बरसात हो रही थी। जी हां, एक क्षण को भी मैं उसे न भूल सका, एक क्षण को भी मैंने सुषमा को याद नहीं किया, एक क्षण को भी मैंने असहायावस्था पर गौर न किया। अन्त में मैंने अपने-आपको धिक्कार, मन में पक्का इरादा किया, उस शैतान को मैं गांव से निकाल दूंगा, एक क्षण भी न रहने दूंगा।

सातवें दिन मैं घर लौटा। अभी दहलीज पार करके मैं सुषमा के कमरे में जा ही रहा था देखता क्या हूं–सामने से वह आ रही है, मुझे देखकर वह ठिठक रही। निकट आने पर उसने मुस्कराकर हाथ जोड़कर मुझे नमस्कार किया। फिर वह मुस्कराती हुई ही चली गई। अजी, मुस्कराती हुई नहीं–मेरे मन में छिपी समूची वासना का सांगोपांग विवरण पढ़ती हुई। वह गहरे लाल रंग का लहंगा और उसपर चिलकेदार दुपट्टा पहने हुई थी।

भाड़ में जाए यह! गुस्से से होंठ चबाता हुआ मैं सुषमा के कमरे में पहुंचा। कल ही से उसे ज्वर था। मुझे देख वह मुस्कराई और मैं उसकी जलती हुई हथेलियों को मुट्ठी में दबाए देर तक चुपचाप बैठा रहा। कुछ बोलने की ताब ही न रही। सुषमा ही बोली। उसने कहा–'गुमसुम क्यों हो?'

'कुछ नहीं। बहुत थक गया हूं, बहुत दौड़-धूप करनी पड़ी।'

सुषमा एकदम व्यस्त हो उठी। वह लेटी न रह सकी। उसने अधीर स्वर में कहा–मुंह कैसा सूख गया है! बिस्तर लगवाती हूं, ज़रा सो रहो। उसने आवाज़ दी–अरी..., और वह आ खड़ी हुई। मैंने उसकी ओर नहीं देखा। सुषमा ने कहा–ज़रा झटपट यहीं बिस्तर लगा दे। बाबू की तबीयत ठीक नहीं है।

मैंने बहुत ना-नूं की। वहां–सुषमा के सामने मैं अपनी दुर्बलता प्रकट नहीं करना चाहता था। मैंने कहा–नहीं नहीं, ऐसा ही है तो मैं ऊपर अपने कमरे में जा सोऊंगा। मगर तुम आराम करो। तुम्हें ज्वर है।

पर उस साध्वी पतिप्राणा को अपने ज्वर की क्या चिन्ता थी? क्या उसे उस पाखण्डी के मन का ही हाल मालूम था? उसने कहा–तो जा बहिन, ऊपर ही जाकर बिस्तर लगा दे। मेरा निषेध सुषमा ने माना नहीं। उसे भेज दिया। मैं जड़ बना वहीं बैठा रहा।

वह लौटकर आई। उसी तरह मुस्कराकर उसने कहा–भैयाजी का बिछौना बिछा है।

'भैयाजी', यह शब्द जैसे बन्दूक की गोली की भांति मेरे मस्तिष्क में घुस गया। लेकिन मुझे तो गांव की सभी लड़कियां भैयाजी ही कहती हैं। वही गांव का प्राचीन पारिवारिक सम्बन्ध। परन्तु इस समय तो यह शब्द मेरे मुंह पर एक तमाचा था। मैं वहां न ठहर सका। तेज़ी से उठकर ऊपर कमरे में बिस्तर पर आ पड़ा। कमरे की चटखनी भीतर से चढ़ा ली। क्यों? मैं कह नहीं सकता। बहुत देर तक मैं सोता रहा। जब उठा तो शाम हो चुकी थी। उठकर मैं सीधा सुषमा के पास जा बैठा। क्षण-भर बाद ही वह चा' लेकर आई। चा' टेबुल पर रखकर चली गई। सुषमा जानती थी कि मैं इन्तज़ार नहीं कर सकता, खासकर चाय का। पर यह बात क्या यह भी जानती है?

उसके जाने के बाद मैंने सुषमा से कहा–क्या इसे तुमने नौकर रख लिया है? उसने हंसकर कहा–नहीं, नहीं! बहुत अच्छी लड़की है। मुझे अकेली और बीमार देखा तो आप ही मेरे पास आ गई। तभी घर के काम-काज में जुटी है। तुम्हारे जाने के बाद से रोज़ ही दिन-भर यहीं रहती रही है। कितना सहारा मिला मुझे इससे! तुम्हारे ऊपर जाने के बाद ही मैंने इससे कह दिया था तुम चा' का इन्तज़ार नहीं कर सकते। चा' तैयार कर देना। सब बातें मुझसे पूछकर यह न जाने कब से बैठी इन्तज़ार कर रही थी। सुषमा हंस दी। और मैंने मन का उद्वेग छिपाने को एक बिस्कुट समूचा ही मुंह में ठूस लिया।

अब मेरे जीवन का नया अध्याय आरम्भ होने में देर न थी। मुझे सुषमा शीघ्र ही कुसुम-कोमल पुत्र देगी, जो हम दोनों के प्रेम का जीता-जागता प्रमाण होगा। अब मुझे इस शैतानी विचार को मन में ही नहीं लाना चाहिए। फिर मेरा अपना चरित्र है, प्रतिष्ठा है, उसका भी तो मुझे ख़्याल रखना चाहिए। जैसे मेरे भीतर

एक नये बल का संचार हुआ, मेरे ओठों पर हंसी खेल गई, मैंने बड़े आनन्द से चाय का एक प्याला अपने हाथ से बनाकर सुषमा को दिया। सुषमा आनन्द से विभोर हो गई। कुछ तो अपनी अस्वस्थता के कारण–और कुछ मुझे अस्त-व्यस्त देखकर वह बहुत परेशान हो गई थी। अब मेरे हाथ से प्याला लेकर वह ख़ुश हो गई। उसने कहा–अब तो कुछ ही दिनों की बात है। उसकी आंखें हंस रही थीं। और मैं आनन्द-सागर में गोते लगा रहा था। अपनी मूर्खता पर मैं मन ही मन हंसने लगा। चुड़ैल कहीं की। धुत्! धुत्!

सुषमा ने कहा–जाओ, ज़रा घूम आओ, तबीयत ठीक हो जाएगी। खाओगे क्या, मिसरानी से कह दो।

मैंने कहा–सुषमा, आज तो मैं तुम्हारे साथ ही खाऊंगा! जो चाहे बनवा लो। लेकिन, उठना नहीं–तुम्हें ज्वर है। शरीर का ध्यान रखो।

स्त्रियां कितनी भावुक और कोमल होती हैं। मेरी इतनी ही-सी बात पर सुषमा गद्गद हो गई। और मैं अपने को तीसमारखां समझने लगा था। अपनी समझ में तो मैंने सारा ही मैल धो डाला था। अब तो दिल में कहीं किसी कोने में भी न वह हंसी थी, न चितवन। इसे कहते हैं मार पर विजय। मदन-दहन शिव ने इसी भांति किया था। बुद्ध ने भी मार पर इसी भांति विजय पाई थी।

मैं कपड़े बदलकर ज्यों ही सीढ़ियों से उतरा। देखता क्या हूं, वह सुषमा के लिए एक कटोरा दूध लेकर उसके कमरे में जा रही है। मैंने मन में कहा–इसकी ओर देखना ही न चाहिए। मैं आंखें नीची किए दस कदम बढ़ गया। वह भी उसी भांति आंखें नीची किए आगे बढ़ गई। लेकिन न जाने क्यों मैंने ठिठककर मुंह फेर कर उसकी ओर देखा! छी, छी, वह भी मुंह फेरकर मेरी ओर देख रही थी। मुझे उचटकर देखते देख वह चल दी। गुस्से से मेरा शरीर कांपने लगा, और तीर की भांति वहां से बाहर निकल गया। कमाण्डर भारद्वाज ज़ब्त न कर सके और ठठाकर हंस पड़े। बोले–यह गुस्सा किस पर था, उसपर या अपने पर?

क्षण-भर को सभी के चेहरों पर मुस्कान दौड़ गई। पर मिसेज़ शर्मा बहुत गम्भीर थीं। मेरे ऊपर घड़ों पानी गिर गया। मेरी वाणी रुक गई। बहुत देर तक कोई न बोला। मेज़र वर्मा एकाएक बहुत उत्तेजित हो उठे। वे कुर्सी से उछलकर

खड़े हो गए। हाथ की सिगरेट उन्होंने फेंक दी और तेज़ नज़र से मेरी ओर ताकने लगे। मैं समझ गया, मेज़र वर्मा कहानी के दूसरे छोर तक पहुंच चुके हैं। और अब उनके मतिष्क में वह तरबूज़.......

मेरे होंठ नीले पड़ गए, और आंखें पथरा गईं। मैंने एक असहाय मूक पशु की भांति, जिसकी गर्दन पर छुरी चल गई हो, करुण-कातर दृष्टि से मेज़र वर्मा की ओर देखा। मिसेज़ शर्मा घबरा गईं। उन्होंने कहा–आपकी तबीयत तो एकदम बहुत खराब हो गई है, चौधरी साहब।

'नहीं, मैं ठीक हूं।' कुछ प्रकृतिस्थ होते हुए मैंने कहा। मेज़र वर्मा चुपचाप कुर्सी पर बैठकर मेरी ओर ताकते रहे। मरे हुए स्वर में मैंने कहा–मेज़र, सारी बातें मैं न बता सकूंगा। आप और ये सब सज्जन मुझे क्षमा करें। डिलीवरी की खटपट में मैं फंस गया। सुषमा बहुत बीमार हो गई थी। उसे मंसूरी ले जाना पड़ा। पुत्र-जन्म का उत्सव धूम-धाम, शोर-गुल, बाजे-गाजे से हुआ, ये सब बातें क्या कहूं। 4-5 महीने इन सब बातों को बीत गए।

एक दिन शाम को जब मैं घूमकर लौटकर आ रहा था, गांव की जनशून्य राह पर मैंने देखा–चादर में लिपटा हुआ कोई खड़ा है। वही थी, और मेरी ही प्रतीक्षा में खड़ी थी। निकट पहुंचने पर उसने कहा–बड़ी देर से खड़ी हूं ज़रा उधर चलिए–मुझे आपसे कुछ कहना है।

सच पूछिए तो मैं अब उससे सचमुच ही कतराने लगा था। वह नशा तो काफूर हो चुका था, और इधर महीनों से उससे मुलाकात ही नहीं हुई थी। मेरी बिलकुल इच्छा नहीं थी कि मुझे एकान्त में उससे बात करते कोई देख ले। पर मैं उसका अनुरोध न टाल सका। मैंने कहा–क्या बहुत ज़रूरी बात है?

उसकी आंखें भर आईं। उसने धीरे से कहा–जी हां।

और जब हम रास्ते से हटकर उस बड़े बरगद की छांह में गए तब चारों ओर अंधेरा फैल चुका था। उसने एक ही वाक्य में वह बात कह दी। सुनकर मैं ठण्डा पड़ गया। मेरे मुंह से बात न निकली।

बहुत देर वह मेरे उत्तर की प्रतीक्षा करती रही। फिर उसने धीरे से कहा–आपको मैं न किसी झंझट में डालना चाहती हूं, न आप पर मैं कोई बोझ

लादना चाहती हूं। सब कुछ मैं स्वयं भुगत लूंगी। परन्तु पिताजी का देहान्त हो चुका। मेरा अब पृथ्वी पर कोई नहीं है। आप गांव के राजा हैं; रियाया के माई-बाप हैं। मैं और किसी अधिकार की बात नहीं कहती–किसी बदनामी के भय से आप डरें नहीं। मर जाऊंगी, पर आपका नाम न लूंगी। परन्तु, मैं औरत हूं, असहाय हूं। मेरा कोई हमदर्द नहीं, आप ही सब मुझे राह बताइए।

मैं शर्म से गड़ा जा रहा था। समझ रहा था कि वह औरत मुझे कितना कायर समझ रही है। यह कुछ झूठ भी न था। मैंने अन्त में कहा–मुझसे तुम क्या चाहती हो? मैं तुम्हारे लिए क्या कर सकता हूं? आखिर मैं एक इज़्ज़तदार आदमी हूं। तुम्हें यह सोचना चाहिए।

'सोचकर ही तो कह रही हूं।'

'क्या तुम कुछ रुपया-पैसा चाहती हो?'

'नहीं।'

'तब क्या चाहती हो?'

'अपनी इज़्ज़त बचाना। आप राजा रईस हैं, मैं गरीब, अनाथ, विधवा, रांड, स्त्री हूं। जिस परिस्थिति में मैं फंस गई हूं उसके लिए मैं अकेले आपको ज़िम्मेवार नहीं ठहरा सकती। दुर्बलता मेरी भी थी। फिर, मैं तुच्छ स्त्री हूं। सभी भोग मैं ही भोग लूंगी पर इज़्ज़त-आबरू मेरी भी है। मेरे पिता आपके एक ईमानदार सेवक थे। मैं आपके गांव की बेटी हूं, मेरी बदनामी गांव की बदनामी है। वह मैं न होने दूंगी, इसमें आप मेरी मदद कीजिए।

'लेकिन कैसी मदद? रुपया पैसा तो तुम चाहती ही नहीं।'

'जी नहीं?'

'तब मैं क्या करूं?'

'गांव के किसी इज़्ज़तदार गरीब ठाकुर से मेरा ब्याह करा दीजिए।'

'इज़्ज़तदार ठाकुर क्यों ब्याह करने को राज़ी होगा।'

'आप कहेंगे तो होगा। मेरा सहारा हो जाएगा? मेरा कलंक ढका रह जाएगा। और मैं अपनी सेवा से उसे प्रसन्न कर लूंगी।'

अब आप मेरे दिल की भी बात सुन लीजिए। मेरी आंखों में अब मेरे पुत्र

का निर्मल हास्य खेल रहा था। सुषमा प्रसव के बाद मंसूरी से लौटने पर अधिक आकर्षक हो गई थी। मैं अपनी लम्पट वृत्ति पर खीझ रहा था। न जाने मुझे क्या हो गया था उस समय। यही मैं सोचता रहता था। और अब वह आग तो सर्वथा बुझ चुकी थी। पर उससे जलकर जो फफोला पड़ गया था, वह इतना भारी जंजाल हो उठेगा–यह मैंने कभी न सोचा था। और अब मुझे इस औरत में कोई दिलचस्पी भी न थी। इससे सब भांति पीछा छुड़ाने और भविष्य में अपने दाम्पत्य का पूरा आनन्द लेने को मैं बेचैन था। कुछ रुपये-पैसे की बात होती तो मैं उसे दे देता। पर उसका ब्याह रचाना–यह तो एक नया सिर-दर्द था। अब भला मैं किससे कहूं? कैसे कहूं? सुनकर कोई क्या समझेगा, क्या कहेगा? इन्हीं सब बातों पर मैं देर तक विचार करता रहा। कुछ देर बाद मैंने धीमे स्वर में कहा–क्या तुमने किसी आदमी को पसन्द किया है?

'नहीं, पसन्द-नापसन्द की बात ही नहीं है, मुझे आप काना, अन्धा, बहरा, कोढ़ी, अपाहिज़, बूढ़ा–किसीके पल्ले बांध दीजिए। उज्र न होगा। बस, मेरी लाज ढकी रह जाए। मेरे पिता का कुल न कलंकित हो।'

उस समय मैं उस एकान्त में उससे अधिक बात करने को सर्वथा अनिच्छुक था। मैंने केवल टालने की दृष्टि से कह दिया–अच्छा देखूंगा।

मैं चलने लगा। उसने कहा–ज़रा रुकिए। एक बात और है।

'क्या?'

'वह कल गढ़ी में आकर सबके सामने कहूंगी। यहां कहना ठीक नहीं है।'

'अच्छा,' कहकर मैं चल दिया।

दूसरे दिन पहर दिन चढ़े गढ़ी में आई। आकर सीधी कचहरी में जाकर दीवानजी के पास जा खड़ी हुई। उसने कहा–छोटे सरकार से अर्ज करने आई हूं। दीवानजी उसे मेरे पास ले आए। धड़कते हृदय से मैं सोच रहा था–अब यह यहां किसलिए आई है। परन्तु, उसने एक साधारण रैयत की भांति अधीनता दिखाकर कहा–सरकार, मैं असहाय विधवा स्त्री हूं, मेरे पिता ने मरते दम तक रियासत की ईमानदारी से सेवा की है, अब न मेरे मां-बाप हैं, न कोई हित-सम्बन्धी। आप गांव के राजा हैं, इसीसे मैं आपकी शरण आई हूं।

मेरा दम घुट रहा था। पर मैंने मन पर काबू रखकर पूछा–क्या चाहिए। तुम्हें!

'सरकार एक भैंस यदि मुझे खरीद दें तो उसका दूध-घी बेचकर अपना भी पेट पाल लूंगी, सरकार का भी कर्ज़ा चुका दूंगी।'

मैंने बिना किसी आपत्ति के उसे भैंस खरीदवा दी। वह कहती तो मैं उसे दो-चार हज़ार रुपये भी दे सकता था। मैं जानता था कि वह उसका अधिकार था। पर उसने तो मुझसे केवल वही मांगा जो कोई एक साधारण रैयत ज़मींदार से मांगती है। अब यह कैसे कहूं कि उसकी यह मांग मेरी प्रतिष्ठा के लिए ही थी या उसकी प्रतिष्ठा के लिए। उसके बाद वह और दो-चार बार मुझसे एकान्त में मिली। और ब्याह की बात पर उसने ज़ोर दिया। मैंने टालटूल की और अन्त में मैंने साफ इनकार कर दिया।

उस दिन अकस्मात् पुलिस दलबल-सहित उसे लेकर गढ़ी में आ गई। मामला क्या है, इसे जानने के लिए उसके साथ बहुत लोगों की भीड़ थी। सब भांति-भांति की बातें कर रहे थे। पुलिस वालों ने उसे मारा-पीटा भी था। चोट के निशान उसके मुंह और शरीर पर थे। उसके वस्त्र जगह-जगह से फट गए थे। बाल उसके बिखरे थे और चेहरे पर मुर्दनी छाई थी। आंखें उसकी फटी-फटी-सी हो रही थीं। शरीर में जगह-जगह खून लगा था। ओठों से भी खून बह रहा था।

पुलिस का अफ़सर सुशिक्षित तरुण था। वह मुझे जानता था। कहना चाहिए, मेरा मित्र था। पुलिस ने एक औरत के साथ मारपीट की है मेरे गांव में आकर?–यह बात जानकर बहुत गुस्से से मैं लाल हो गया। मेज़र वर्मा उस दिन वहीं थे। गुस्सा इन्हें भी बहुत हुआ। हम लोगों ने पुलिस को खूब खोटी-खरी सुनाई। मैंने कहा–उसने क्या जुर्म किया है, क्या नहीं?–इसकी बात मैं नहीं कहता। पर आपको इसे मारने-पीटने का कोई अधिकार न था।

पुलिस अफ़सर ने शान्तिपूर्वक हमारा–मेरा और मेज़र साहब का गुस्सा सहन किया। फिर उसने कहा–चौधरी साहब, मुझे आपसे एकान्त में कुछ कहना है। यदि गांव आपका न होता तो मैं यहां आता भी नहीं इसे थाने में ले

जाता। पर आपका मुझे बहुत लिहाज़ था–इसीसे।

मैंने कहा–आखिर मामला क्या है?

'आप ज़रा दूसरे कमरे में चलिए।'

मैं, मेज़र वर्मा, वह पुलिस अफ़सर दूसरे कमरे में चले आए। अफ़सर के कहने से मैंने भीतर से चटखनी चढ़ा दी। किसी अज्ञात भय से मेरी अन्तरात्मा कांप उठी। मैं एकटक पुलिस अफसर के मुंह की तरफ देखने लगा। और तब उसने तरबूज़ की मिसाल दी। और मैं अब बयान नहीं कर सकता। मेज़र वर्मा कहेंगे, इन्होंने वह सब देखा है।

'बेशक मैंने देखा था। ऐसा खौफनाक, दिल हिला देनेवाला वाकया ज़िन्दगी भर मैंने नहीं देखा था।' कुछ ठहरकर मेज़र वर्मा बोले–अफ़सर ने मेरी तरफ देखकर–क्योंकि मैं ही ज़्यादा गर्म हो रहा था–व्यंग्यपूर्ण भाषा में कहा–जनाब, आप एक तरबूज़ लेकर उसे सिर से ऊपर उठाकर पटक दें तो कह सकते हैं कि उसका क्या परिणाम होगा?

उस नौजवान पुलिस अफ़सर की यह दिल्लगी मुझे न भाई। मैंने ज़रा गर्म लहज़े में कहा–तरबूज फट जाएगा। लेकिन आपका मतलब क्या है? इस औरत ने क्या तरबूज की चोरी की है?

'जी नहीं! क्या किया है देखिए।' उसने कांस्टेबिल को संकेत किया। और उसने हाथ में लटकते हुए झोले को ज़मीन पर उलट दिया। एक वजनी-सी चीज़ धमाके के साथ ज़मीन पर आ गिरी। वह एक ताज़ा बच्चे की लाश थी। मिसेज़ शर्मा के मुंह से चीख निकल गई। भारद्वाज हाथ की सिगरेट फेंककर खड़े हो गए, दूसरे लोग भी अवाक् रह गए। भारद्वाज ने कहा–क्या ताज़ा बच्चे की लाश? हौरबल–माई गॉड!

लेकिन मेज़र वर्मा ने आगे कहना जारी रखा–बच्चे को शायद पत्थर पर या किसी सख्त चीज़ पर पटका गया था, जिससे उसका सिर उसी तरह फट गया था जैसे ऊंचे से फेंक देने से तरबूज़ फट जाता है। और उसके भीतर से लाल-लाल लोहू–तोबा-तोबा! मेज़र वर्मा वाक्य पूरा किए बिना ही सिर पकड़कर बैठ गए।

फिर उन्होंने कहा–पुलिस अफसर ने बताया कि यह औरत तस्लीम करती

है कि पहले हमल गिराया गया, लेकिन बच्चा ज़िन्दा पैदा हुआ। उसका गला घोंटकर मार डालने की चेष्टा की गई, पर बच्चा मरा नहीं। तब उसे चक्की के पत्थर पर सिर के बल पटक दिया गया। उससे उसका सिर फट गया। पुलिस वालों ने बताया कि मार खाने पर ही इन सब बातों का पता इसने बताया है। पर बच्चा किसका है, यह किसी हालत में बताती नहीं है। इसीसे हम निरुपाय इसे यहाँ लाए हैं। उसने चौधरी साहब से आग्रह किया था कि वह इस औरत से उस आदमी का पता पूंछे और कानून की मदद करें। चौधरी तब बहुत परेशान हो उठे थे, इसका कारण मैं तब नहीं समझा था। अब समझा कि.... अब फिर मैं कहने लगा। कचहरी में मैं पागल की भांति चीख उठा कि उस बालक का पिता मैं था। जी हां, उस बालक का पिता मैं था। वह मेरा बच्चा था। वैसा ही जैसा सुषमा की गोद में हंस-खेल रहा है। लेकिन....

मिसेज़ शर्मा भी एकदम उठ खड़ी हुईं। उन्होंने कहा–बस, बस, चौधरी अब खत्म कीजिए। और वह बिना कुछ कहे चल खड़ी हुई। परन्तु मैंने कहा–'अब तो थोड़ी ही-सी बात रह गई है। मेज़र तो तुरन्त वहां से चल दिए थे। मेरे लिए मामला रफा-दफा करना लाज़िमी हो गया। पुलिस को विदा कर, और अपराध का खोज-पता मिटाकर उसे मैंने उसके घर भिजवा दिया। थोड़ी ही देर बाद एक पड़ौसी के हाथ उसने भैंस मेरे पास भिजवा दी और इसके कुछ ही देर बाद मुझे सूचना मिली कि वह मर गई।'

कहानी खत्म हो गई। और सन्नाटा छा गया। चाय प्यालों में भरी हुई ठण्डी हो गई थी पर किसी ने उसे छुआ भी नहीं। एक-एक करके चुपचाप सब लोग उठकर चल दिए–मुझे प्रतीत हुआ जैसे एक लानत की नज़र मेरे ऊपर फेंककर। मैं खामोश बैठा था। मेरा सिर घूम रहा था। आंखों में उस झोले में से निकली हुई चीज़ और सुषमा की गोद में खेलता-हंसता हुआ मेरा पुत्र! होंठों से खून बहाती फटे कपड़ों में लांछिता वह नारी और गृहिणी-गौरव-मण्डिता सुषमा–सब मूर्तियों जैसे घुलमिलकर मेरे चारों ओर तेज़ी से चक्कर काट रही थीं। भय और आवेश से मैं चिल्ला उठा। मुझे इतना होश है–मेज़र वर्मा ने मुझे घसीटकर अपनी मोटर में डाला था। इसके बाद तो मैं बेहोश हो गया।

नवाब ननकू

सर्दी के दिन और सनीचर की रात, कल इतवार। न दफ़्तर जाने की फिक्र, न किसी काम की चिन्ता। बस बेफिक्री से खाना खाकर जो रज़ाई में घुसे तो अम्बरी तम्बाकू का कश खींचते-खींचते ही अण्टागफील हो गए।

मगर उस मीठी नींद में शुरू ही में विघ्न पड़ गया। नीचे कोई कर्कश स्वर में चिल्ला रहा था, 'बाबू साहब, अजी बाबू साहब!'

उस वक्त आराम में यों खलल पड़ने से तबीयत झल्ला उठी। क्या मज़े की झपकी आई थी! मैंने उठकर खिड़की से सिर निकालकर कहा, 'कौन है भई इस वक्त?'

'अजी हम हैं, नवाब साहब! गज़ब करते हैं आप भाई साहब! अभी लम्हा-भर हुआ है सूरज छिपे, और आपके लिए आधी रात हो गई। चीखते-चीखते गला फट गया। मुहल्ला-भर सिर पर उठा डाला।'

बड़ा गुस्सा आया उस नवाब के बच्चे पर। जी में आया, कच्चा ही चबा जाऊं। मगर ज़ब्त करके कहा, 'कहिए नवाब साहब, इस वक्त कैसे?'

'अजी दरवाज़ा तो खोलिए, या गली में खड़े ही खड़े राग अलापूं।'

मन ही मन ताव-पेंच खाता नीचे उतरा और कुण्डी खोली नवाब साहब चुपचाप पीछे-पीछे ज़ीना चढ़कर ऊपर आए। आते ही मसनद पर बेतकल्लुफी से बैठ गए। कहने लगे, 'खुदा की मार इस सर्दी पर, हड्डियां तक ठण्डी पड़ गईं। मगर उस्ताद, खूब मज़े में आप मीठी नींद ले रहे थे।'

मैंने कहा, 'आपके मारे कोई सोने पाए तब तो! कहिए, इस वक्त कैसे तकलीफ की?'

नवाब साहब ने बेतकल्लुफी से हंसकर कहा, 'योही, बहुत दिन से भाभी साहिबा के हाथ का पान नहीं खाया था, सोचा–पान भी खा आऊं और सलाम भी करता आऊं।'

गुस्सा तो इतना आ रहा था कि मर्दूद को धकेल दूं नीचे। मगर मैंने गुस्सा पीकर कहा, 'पूरे नामाकूल हो तुम! कल इतवार था। कल यह सलाम की रस्म पूरी नहीं कर सकते थे, जो इस वक्त मेरे आराम में खलल डाला?'

नवाब साहब खिलखिलाकर हंस पड़े। जेब से सिगरेट का बक्स और दियासलाई निकालकर एक होंठों में दबाई, दूसरी मेरी ओर बढ़ाते हुए कहा, 'खैर, सिगरेट तो पिओ और गुस्सा थूक दो। हां, चालीस रुपये मेरे हवाले करो और यह रखो संभालकर।'

उन्होंने बगल से एक पोटली निकालकर मेरे आगे सरका दी।

मैंने कहा, 'यह क्या बला है? और इस वक्त रुपयों के बिना कौन कयामत वर्षा हो रही थी?'

नवाब साहब को भी गुस्सा आ गया। कहने लगे, 'कयामत नहीं बर्पा हो रही थी, तो मैं योंही झख मारने आया हूं इस वक्त? हज़रत, यह मेरी भी पीनक का वक्त था।'

'मगर इस वक्त रुपये का तुम क्या करोगे?'

'फेंक दूंगा सड़क पर, तुमसे मतलब?'

'रुपये नहीं हैं।'

'रुपये न होने की खूब कही, बुलाऊं भाभी को?'

'भाभी तुम्हारी क्या तोप से उड़ा देंगी! बुलाओ चाहे जिसको, रुपये नहीं हैं।'

'समझ गया, बेहयाई पर कमर कसे हुए हो। लाओ, चुपके से रुपये दे दो। अभी मुझे सदर तक दौड़ना होगा।'

'सदर तक क्यों?'

'एक बोतल व्हिस्की और गज़क लेने, और क्यों!'

'अच्छा, तो हज़रत को शराब के लिए रुपये चाहिए!'

'जी हां, शराब के लिए, और कबाब के लिए भी। निकालो जल्दी से।'

'कह तो दिया रुपये नहीं हैं?'

'तुमने तो कह दिया, मगर हमने तो सुना ही नहीं।'

'नहीं सुना तो जहन्नुम में जाओ।'

'कहीं भी हम जाएं तुम्हारी बला से, लाओ तुम रुपये दो।'

'रुपये नहीं दूंगा, अब खस्कन्त हो यहां से नवाब।'

'चे ख़ुश। रुपये तो मैं खड़े-खड़े अभी लूंगा तुमसे।'

'क्या तुम्हारा कर्ज़ चाहिए मुझपर?'

'कर्ज़ ही तो मांगता हूं।'

'मैं कर्ज़ नहीं देता।'

'देखता हूं कैसे नहीं दोगे; बुला लो भाभी को भी अपनी हिमायत पर।' नवाब ने गुस्से से आस्तीन चढ़ानी शुरू की।

मुझे बुरी तरह हंसी आ गई। कहा, "क्या मारपीट भी करने पर आमादा हो!'

'मारपीट! तुम मारपीट की कहते हो? मैं तुम्हें गोली न मार दूं तो नवाब ननकू नहीं।'

मैंने हंसकर कहा, 'गोली मार दोगे तो फिर रुपया कहां से वसूल करोगे नवाब साहब?'

'बस, इसी बात को सोचकर तो रह जाता हूं, निकालो रुपये!'

'लेकिन नवाब, तुम तो कभी नहीं पीते थे, आज यह क्या बात है?'

'तो क्या मैं अपने लिए मांगता हूं? मैंने कभी पी है?'

'फिर किसके लिए?'

'राजा साहब के लिए।'

'अच्छा–यह बात है! अब समझा! कोई नई चिड़िया आई है क्या?'

'राजेश्वरी आई है बनारस से।'

'तो तुम क्यों उस शराबी के लिए झख मारते फिरते हो?'

'तब कौन झख मारे? तुम चाहते हो, राजा साहब खुद तुम्हारे दरवाज़े पर आकर चालीस-चालीस रुपल्ली के लिए ज़लील होते फिरें?'

'वे कुछ भी करें, तुम्हें क्या? जो जैसा करेगा, भोगेगा। जिसने लाखों की ज़मीन-जायदाद, ज़र-जवाहरात सब शराब और रण्डी-भंडुओं में फूंक दिए, तुम उससे क्यों हमदर्दी रखते हो?'

'क्या मैं हमदर्दी करता हूं?'

'तब?'

'मैं मुहब्बत करता हूं उनसे भाई, उनकी इज़्ज़त करता हूं।'

'किसलिए–आखिर सुनूं तो?'

'किसलिए! सुनो, पहले तो वे मेरे बड़े भाई, दूसरे ऐसे दाता, ऐसे प्रेमी, ऐसी बाल के धनी, ऐसे दिलवाले...कि दुनिया में चिराग लेकर ढूंढ़ो तो मिल नहीं सकते।'

'शराबी और रण्डीबाज़ भी क्यों नहीं कहते?'

'वह तुम कहो! वे शराब पीते हैं और रण्डियों से आशनाई करते हैं–इसमें किसीका क्या लेते हैं? उन्होंने अपनी लाखों की जायदाद उन्हें दे दी जिन्हें उन्होंने प्यार किया। आज उनका हाथ खाली है, मगर दिल बादशाह है। वे जीते-जी बादशाह रहेंगे। मैं उन्हें पसन्द करता हूं, प्यार करता हूं, इज़्ज़त करता हूं। मैं नहीं बर्दाश्त कर सकता कि वे दुनिया के आगे हाथ फैलाएं।'

'और तुम उनके लिए भीख मांगते फिरते हो!'

'किससे मैंने भीख मांगी है, कहो तो!' नवाब ने तैश में आकर कहा।

'यह अभी तुम चालीस रुपये मांग रहे हो।'

'और यह क्या है?'

नवाब ने सामने की पोटली की ओर इशारा किया।

उसे तो मैं भूल ही गया था। मैंने देखा–वह एक ज़री के काम का कीमती लहंगा है।

नवाब ने कहा, 'बेचना चाहूं, तो खड़े-खड़े दो सौ में बेच दूं। तुमसे तो मैं चालीस ही मांग रहा हूं।'

'लहंगा क्या राजा साहब ने दिया है?'

'वे क्यों देने लगे? अम्मीजान का है। राजेश्वरी आज आई थी। मुझे

बुलाकर राजा साहब ने कहा, 'नवाब, हाथ में इस वक्त कुछ नहीं है, राजेश्वरी के लिए कुछ खाने-पीने का बन्दोबस्त कर दो।' आंखें उनकी शर्म से झुकी थीं और लाचारी से भीग रही थीं। बस, इतनी ही तो बात है।'

'अच्छा, तुम चुपके से घर आए। यह लहंगा उठाया और यहां आ धमके!'

'जी हां, और तुम्हारी नींद हराम कर दी। बहुत हुआ अब, बस, अब लाओ रुपये दो।'

मैंने चुपके से दस-दस के चार नोट नवाब साहब के हाथ पर रख दिए। मेरी आंखों में आंसू आ गए, और मैंने वह लहंगा उसी तरह लपेटकर नवाब की ओर बढ़ाते हुए कहा, 'इसे लेते जाओ।'

नवाब ने आपे से बाहर होकर चारों नोट फेंक दिए। लाल होकर कहा, 'अच्छा, तो हज़रत मुझे भीख देने की जुर्रत करते हैं?'

'नहीं भाई, ऐसा क्यों सोचते हो! मगर यह लहंगा मैं नहीं रख सकता।'

'तो तुम्हारे रुपये भी नवाब नहीं ले सकता, आज राजा कामेश्वरप्रसादसिंह खाली हाथ हैं, और नवाब ननकू अपनी अम्मीजान का लहंगा गिरवी रखने पर लाचार है। मगर आप यह मत भूलिए कि वे दोनों सलीमपुर के राजा महाराज नन्दनसिंह के नुतफे से पैदा हुए हैं, जो तीन बार सोने से तुले थे, और जिन्होंने ग्यारह हाथी ब्राह्मणों को दान दिए थे; जिनकी दी हुई जागीर को सैकड़ों शरीफज़ादों की आस-औलाद आज भोग रही है; इलाके-भर में जिनके पेशाब से चिराग जलते थे।'

मैंने खड़े होकर ख़ुशामद करते हुए कहा, 'वह सब ठीक है नवाब साहब, मगर ये रुपये तुम मेरी तरफ से राजा साहब को नज़र करना।'

'हरगिज़ नहीं, राजा साहब कभी किसीकी नज़र कबूल नहीं करते, तुम यह लहंगा गिरवी रखकर चालीस रुपये देते हो तो दो।'

लाचार मैंने हामी भर ली। लहंगे को उसी तरह लपेटकर रख लिया और नवाब रुपये जेब में रखकर उठ खड़े हुए।

मैंने कहा, 'यह क्या नवाब, भाभी का पान बिना खाए और बिना सलाम किए चले जाओगे?'

'हरगिज़ नहीं!' नवाब ने बैठते हुए कहा, 'बुलाओ तो उन्हें।'

मैंने पत्नी को नीचे से बुलाया। वे बच्चों को दूध पिलाने और सुलाने की खटपट में लगी थीं। नवाब को वे एक लफंगा आदमी समझती थीं, मेरे पास उनका आना-जाना और चाहे जब रुपये-पैसे ले जाना वे हमेशा नापसन्द करती थीं। उन्होंने आकर कहा, 'इस वक्त मेरी तलबी क्यों हुई है?'

'यह इन नवाब साहब से पूछो।'

'यही कहें।'

'पान खिलाइए तो कहूं।'

'कहो, पान भी मिल जाएग़ा।'

'वादे की सनद नहीं, झपाके से दो बीड़े वढ़िया पान ले आइए।'

पत्नी चली गईं और एक तश्तरी में कई बीड़े पान लेकर लौटीं। उनमें से दो बीड़े उठाकर नवाब ने हाथ में लिए, अदब से मेरी पत्नी के सामने खड़े हुए और ज़मीन तक झुककर कहा, "सलाम बड़ी भाभी, आपका यह गुलाम नवाब ननकू आपको सलाम करता है; आपकी दुआ की इस्तदुआ रखता है।'

पत्नी मुस्कराई। उन्होंने कुछ झेंपते हुए कहा, 'कभी बच्चों को तो भेजते नहीं नवाब साहब! एक बार भेजो।'

'जो हुक्म बड़ी भाभी, सलाम।'

नवाब साहब ने और एक सलाम झुकाई और चले गए।

मेरी नींद बहुत रात गायब रही अन्दाज़ा न लगा सका कि यह संसार के सब मनुष्यों से कितना ऊंचा है।

कमरे में एक ओर अंगीठी जल रही थी। राजा साहब पलंग पर लेटे थे और एक खिदमतगार धीरे-धीरे उनके पांव सहला रहा था। राजेश्वरी नीचे फर्श पर बैठी छालियां काट रही थी। चांदी का पानदान सामने खुला था। राजा साहब गंगा-जमुना काम की गुड़गुड़ी पर अम्बरी तम्बाकू पी रहे थे और धीरे-धीरे राजेश्वरी से बातें कर रहे थे।

राजेश्वरी की उम्र चालीस को पार कर चुकी थी। बदन उसका कुछ भारी हो चला था और माथे पर की लटों में चांदी की चमक अपनी बहार दिखा रही थी। फिर भी उसकी पानीदार आंखें और मृदु मुस्कान में अभी भी मोह का नशा भरा था।

राजेश्वरी ने कहा, 'सरकार ने यों नज़रें फेर लीं, मुद्दत हुई एक पैगाम तक नहीं भेजा। सुनती रहती थीं, हुज़ूर के दुश्मनों की तबीयत खराब रहती है। आखिर जी न माना, बेहया बनकर चली आई।'

'मुझे निहाल कर दिया तुमने इस वक्त आकर राजेश्वरी, दिल बाग-बाग हो गया। क्या कहूं बहुत याद करता हूं तुम्हें, मगर....'

'हुज़ूर की नज़रे-इनायत पर मैंने हमेशा फख्र किया है; और मरते दम तक करूंगी।'

'तुम जिओ राजेश्वरी, ईश्वर तुम्हें ख़ुश रखे। यह मूज़ी बीमारी–क्या कहूं, अब तो हिलने-डुलने से भी लाचार हो गया हूं। पर यह सब उस भगवान की दया है। फिर मुझे अपनी लाचारी का क्या गम है, जब तुम दुनिया की तमाम ख़ुशी लेकर यहां आ जाती हो।'

राजेश्वरी ने चार बीड़े पान बनाकर राजा साहब को अदब से पेश किए। राजा साहब ने मुस्कराकर पान लेकर मुंह में रखे।

खिदमतगार ने आकर अर्ज़ की, 'हुज़ूर, कुंवर साहब सलाम के लिए हाज़िर हुए हैं।'

'आएं वे।' राजा साहब ने धीरे से कहा।

कुंवर साहब ने झुककर राजा साहब को सलाम किया और पैताने की ओर अदब से खड़े हो गए।

राजा साहब ने कहा, 'चाची को सलाम नहीं किया बेटे?'

कुंवर साहब ने आगे बढ़कर राजेश्वरी को सलाम किया, और दो कदम पीछे हट गये।

राजेश्वरी खड़ी हुई। आगे बढ़कर कुंवर साहब के पास पहुंची, उनके मुंह पर प्यार से हाथ फेरा, और दो अशर्फियां निकालकर उनकी मुट्ठी में ज़बरन थमा दीं।

कुंवर साहब ने पिता की ओर देखा।

राजा साहब ने कहा, 'ले लो, और चाची को फिर मुकर्रर सलाम करो।'

कुंवर साहब ने झुककर फिर सलाम किया। राजेश्वरी ने दोनों हाथ उठाकर आशीर्वाद दिया। राजा साहब ने इशारा किया और कुंवर साहब चले गए।

एक ठण्डी सांस खींचकर राजा साहब ने कहा, 'इस निकम्मे बाप ने अपने बेटे के लिए कुछ नहीं छोड़ा राजेश्वरी! मगर तसल्ली यही है कि ज़हीन है, पेट भर लेगा।'

'हुज़ूर ऐसा क्यों फरमाते हैं! इन मुबारक हाथों से भीख पाकर लोगों ने रियासतें खड़ीं कर ली हैं। दुनिया में दिल ही तो एक चीज़ है हुज़ूर। भगवान भी यह सब देखता है। वह उस आदमी की औलाद पर बरकत देगा, जिसने अपनी ज़िन्दगी में सबको दिया ही है, लिया किसीसे भी कुछ नहीं।'

राजा साहब ने हाथ बढ़ाकर राजेश्वरी का हाथ पकड़ लिया। बहुत देर तक कमरे में सन्नाटा रहा। दो पुराने किन्तु पानीदार दिल मन ही मन एक-दूसरे को यत्न से संचित स्नेह से अभिषिक्त करते रहे।

आखिर में राजा साहब ने एक ठण्डी सांस भरी और गुड़गुड़ी में एक कश लगाया।

नवाब ननकू हांफते हुए आ बरामद हुए। उनकी नाक पर की ऐनक नाक की नोक पर खिसक आई थी। आते ही उन्होंने खिदमतगार को डांट दी,"अरे कम्बख्त बदनसीब, अंगीठी में और कोयले क्यों नहीं डाले, वह बुझ रही है। नवाब साहब जब तक हुक्म न दें, ये नवाब के बच्चे कोई काम नहीं करेंगे! राजा साहब को दौरा हो गया तो याद रख, कच्चा चबा जाऊंगा। उठ जल्दी, कोयले डाल!'

खिदमतगार चुपके से उठ गया। नवाब ने ही-ही हंसते हुए कहा, 'देखा राजेश्वरी भाभी, ये खिदमतगार साले नवाब ननकू के आगे बन्दर की तरह नाचते हैं। मगर मुंह पर कहता हूं–बिगाड़ दिया है राजा साहब ने। नौकरों को

बहुत मुंह लगाना भी तो अच्छा नहीं।'

'लेकिन नवाब, उन गरीबों को छः-छः महीने तनख्वाह नहीं मिलती है, बेचारे मुहब्बत के मारे पड़े हैं।'

'तो इससे क्या? उनके बाप-दादों ने इतना खाया है कि सात पीढ़ी के लिए काफी है।'

'मगर उन्होंने खिदमत भी तो की है।'

'तो रियासतें भी तो पाई हैं।'

'अच्छा देखूं तो, राजेश्वरी के लिए कौन चीज़ लाए हो!'

'देखिए, और दाद दीजिए नवाब को।'

नवाब ने बोतल बगल से निकाली; और भी बहुत-सा सामान।

'अरे, यह इतनी खटपट किसलिए की नवाब साहब?' राजेश्वरी ने कहा।

'जी, जैसे आप चिउंटी के बराबर तो खाती हैं? फिर आई कितने दिन बाद हैं राजेश्वरी भाभी! जानती हैं, राजा साहब कितना याद करते हैं? जब राजेश्वरी ज़बान पर चढ़ती है, आंखें गीली हो जाती हैं। अम्मीजान कहतीं थीं, बड़े महाराज का भी यही हाल था, ज़रा-सी बात पर दिल भारी कर लेते थे।'

'वे देवता थे नवाब साहब!'

'और ये?'

'ये, इन्हें पहचाना किसने है अभी।'

'दुनिया ऐसों को कभी न पहचान पाएगी।'

खिदमतगार अंगीठी टंच करके रख गया। नवाब साहब ने ख़ुश होकर कहा, 'यह बात है रामधन! मगर देखो, मैंने तुम्हें गाली एक दी है–और ये दो रुपये देता हूं।'

नवाब ने दो रुपये निकालकर रामधन की ओर बढ़ा दिए।

रामधन ने नवाब के पैर छूकर कहा, 'हुज़ूर, आपकी गालियां खाकर ही तो जी रहा हूं। रुपया-पैसा सरकार का दिया बहुत है।'

'मगर यह भी तो लो, महरिया को एक बढ़िया-सी चुनरी ला देना।'

'वह उस दिन हवेली गई थी सरकार, तो बेगम साहिबा ने जाने क्या-क्या

लाद दिया था, गट्ठर भर लाई थी।'

नवाब ने तैश में आकर कहा, 'अबे रुपये लेता है या मंतिख छांटता है, कि लगाऊं धौल?'

रामधन ने रुपये लेकर उन्हें और राजा साहब को सलाम किया।

राजा साहब ने हंसकर कहा, 'देखा राजेश्वरी, नवाब का इनाम देने का तरीका!'

नवाब खिलखिलाकर हंस पड़े। उन्होंने कहा, 'झपाके से तश्तरियां ला, गिलास ला, पैग ला, जल्दी कर।'

क्षण-भर ही में सब सरंजाम जुट गया। राजा साहब तकिये के सहारे उठंग गए। शराब का दौर शुरू हुआ। नवाब ने गिलास में सोडा और शराब भरकर कहा, 'राजेश्वरी, राजा साहब की तन्दुरुस्ती और बरकत के लिए।' तीनों ने हंसती हुई आंखें मिलाईं और शराब की चुस्कियां लेने लगे।

राजेश्वरी ने कहा, 'इस सर्दी में बहुत दौड़-धूप की नवाब साहब!'

'मान गईं न आप नवाब को! लीजिए इसी बात पर दूसरा पैग।'

'नहीं नवाब, मैं तो कभी पीती ही नहीं, मुद्दत हुई, जब से महाराज की तबीयत नासाज़ रहने लगी। आज मुद्दत बाद मुंह से लगा रही हूं।'

'तो पूरी कसर निकालिए राजेश्वरी भाभी! नवाब को इस ठंडी रात में उस साले ठेकेदार से बहुत मगज़पच्ची करनी पड़ी। साला वही रद्दी माल पटील रहा था। मैंने कहा–वह बोतल निकाल जो उस दिन हमारे सरकार की खिदमत में गई थी। और ये कबाब, सच कहता हूं राजेश्वरी भाभी, कस्बे में दूसरा नहीं बना सकता।'

'वाकई बहुत अच्छे बने हैं, मगर आप तो खाते ही नहीं नवाब साहब!'

'वाह, खिलाने में जो मज़ा है वह खाने में कहां! देखा था अम्मी को, यही एक शौक उन्हें मरते दम तक रहा–एक से एक बढ़कर चीज़ें बनाना और खिलाना।'

'मुझे याद है नवाब, मैं तब बहुत बच्ची थी, आपा के साथ आती थी, छोड़ती ही न थीं–खींच ले जाती थीं। कितना खिलाती थीं, क्या कहूं!'

'मगर अब अम्मी तो हैं नहीं, नवाब उनका नालायक लड़का है, उसने विरासत में अम्मी की वह आदत पाई है। लीजिए, यह पैग तो पीना होगा।'

'मगर उधर तो देखो नवाब, महाराज ने सिर्फ होंठों से छूकर गिलास रख दिया है, पी कहां?'

'क्या कहूं राजेश्वरी! तकलीफ देती है, पी नहीं सकता। डाक्टरों ने भी मना कर दिया है। मगर तुम पिओ राजेश्वरी, आज मैं बहुत ख़ुश हूं। लाओ नवाब, राजेश्वरी को एक पैग मैं भरकर दूं।'

'और हुज़ूर एक नवाब को भी।'

'अरे, यह कब से? तुम तो कभी पीते ही नहीं थे।'

'आज ही से, अभी-अभी एक पैग पिया है मैंने।'

राजा साहब ने दो पैग भरकर तैयार किए। गिलास में भरकर कहा, 'लो राजेश्वरी, और तुम भी नवाब।'

'वाह हुज़ूर यों नहीं, ज़रा-सा ज़ूठा कर दीजिए कि यह जाम पाक तबर्रुक हो जाए।' नवाब ने कहा।

राजा साहब हंस दिए, उन्होंने हाथ पकड़कर नवाब को खींचकर छाती से लगा लिया। फिर आंखों में आंसू भरकर कहा, 'ननकू, मेरे प्यारे भाई! हमारी मां दो थीं, मगर वालिद एक थे। फिर भी तुम मेरे सगे भाई हो। ऐसे, जैसा दूसरा मिलना मुश्किल है। और ननकू, मैं सिर्फ तुम्हारे प्यार की बदौलत ही जी रहा हूं।' उन्होंने प्याला होंठों से छुआकर नवाब को दिया और नवाब गटागट पी गए। उनकी आंखों में आंसू और होठों में हंसी बिखर रही थी।

नवाब ने कहा, 'राजेश्वरी भाभी, बहुत दिन से सूने-सूने दिन जा रहे थे। आज तो कुछ जंच जाए।'

'मगर नवाब, गले में अब सुर तो रहे ही नहीं।'

'बेसुरा ही सही।'

महाराज ने हंसकर कहा, 'राजेश्वरी, आज नवाब को बहुत मेहनत करनी पड़ी है, उसकी बात रख लो।'

'जो हुक्म मगर एक अर्ज़ है।'

'कहो।'

'नवाब साहब का जो तबर्रुक बख्सा गया है, वही लौंडी को भी इनायत हो।'

'ओह अच्छा ठहरो, सब्र करो।'

नवाब ने इशारा किया। रामधन तबला, हारमोनियम ले आया।

हारमोनियम नवाब खींच बैठे और रामधन ने चारों ओर तकिए लगाकर राजा साहब को आराम से बिठाकर तबले उनकी गोद में, रज़ाई में लपेटकर रख दिए। अम्बरी तम्बाकू की एक नई चिलम चढ़ा दी। तबले पर एक हल्की चोट देते हुए राजा साहब ने कहा, 'राजेश्वरी, अभी उंगलियों पर लकवे का असर नहीं है। काम दे रही हैं।'

राजेश्वरी ने चुपचाप आंखों में प्यार भरकर राजा साहब पर उंडेल दिया और अलाप लिया। हारमोनियम पर नवाब की अभ्यस्त उंगलियां नाचने लगीं और तबले पर मृदु-मन्द ताल नृत्य करने लगी।

राजेश्वरी की प्रौढ़ स्वर-लहरी ने वातावरण में एक प्यास उत्पन्न कर दी। यह वैसी न थी, जैसी वासना और यौवन की आंधी के झोंकों में मिली रहती है। यहां तीन प्रेमी, विश्वस्त, पुराने और ऊंचे हृदय, अपने भौतिक आनन्द की चरम अनुभूति ले रहे थे। वे लोग आप ही अपनी कला पर मुग्ध थे, आप ही अपनी तारीफ कर रहे थे; आप ही अपने में पूर्ण थे।

'तो हुज़ूर, अब कब?'

'जब मरज़ी हो राजेश्वरी।'

'तबीयत होती है कि कुछ दिन कदमों में रहूं।'

''मैं भी चाहता तो बहुत हूं राजेश्वरी, पर तुम्हारी तकलीफ का ख्याल करके चुप रह जाता हूं। देखती हो, मकान कितना गन्दा है, सिर्फ दो ही खिदमतगार हैं। इन्हें भी महीनों तनख्वाह नहीं मिलती, पर पड़े हुए हैं। तुम इन तकलीफों की आदी नहीं हो।'

‘मगर हुज़ूर क्या मैं उन खिदमतगारों से भी गई-बीती हूं?’

‘नहीं, नहीं, राजेश्वरी, मैं तुम्हें जानता हूं।’

‘मगर हुज़ूर अपने को नहीं जानते। मेरी वह कोठी, जायदाद, नौकर-चाकर सब किसकी बदौलत हैं? हुज़ूर ने जो पान खाकर थूक दिया, उसीकी बदौलत। अब हुज़ूर गरीब हो गए तो पुराने खादिम क्या बेगाने हो जाएंगे?’

राजेश्वरी की आंखें भर आईं। कुछ ठहरकर उसने कहा, ‘शर्म के मारे मैं खिदमतगारों को नहीं लाई, और इस टुटहे इक्के पर आई हूं। मैं कैसे बर्दाश्त कर सकती थी कि मालिक जब इस हालत में हों, उनकी बांदियां ठाठ दिखाएं!’

‘नहीं, नहीं, राजेश्वरी, यह बात नहीं। पर मैं अपनी आंखों से तुम्हें तकलीफ पाते देख नहीं सकता। कभी देखा ही नहीं।’

‘इसीसे हुज़ूर, मुझे अभी ज़बरदस्ती भेज रहे हैं, मेरी नहीं सुनते!’

‘इसीसे राजेश्वरी!’

‘और इस लौंडी का कभी कोई तोहफा भी नहीं कबूल करते। उस बार जब ज़नाना महल नीलाम हो रहा था, मैंने कितनी आरज़ू की थी कि मुझे रुपया चुकता कर लेने दीजिए। पुरखों की यादगार है। सब रियासत गई। अगर रहने का महल....आप मेरे आंसुओं से भी तो नहीं पसीजे हुज़ूर, आप बड़े बेदर्द हैं!’

राजेश्वरी फूटकर रो पड़ी और राजा साहब के सीने पर गिर गई। राजा साहब उसके सिर पर हाथ फेरते रहे! फिर कहा, ‘तुम भी बच्ची हो गई हो राजेश्वरी। अब भला वह उतना बड़ा महल मैं क्या करता? अकेला पंछी। फिर उसमें अब खुल गया ज़नाना अस्पताल। कितने लोगों का भला होता है! बोर्ड ने खामखाह मेरा नाम अस्पताल के साथ जोड़ दिया है।’

‘जी हां खामखाह ही! वह लाखों की स्टेट जो कौड़ियों में दे दी और अब हुज़ूर इस किराये के मकान में बहुत ख़ुश हैं?’

‘बहुत ख़ुश राजेश्वरी, बहुत ख़ुश! न ऊधो का लेन न माधो का देन। लेकिन बहुत देर हो रही है, राजेश्वरी! गाड़ी पकड़नी है, स्टेशन काफी दूर है और रास्ता बड़ा खराब है। तुम्हारा इक्का आ गया।’

‘धक्के दीजिए आप मुझे, बुढ़िया जो हो गई हूं, अब आप यही तो करेंगे।’

राजा साहब असंयत होकर पलंग से आधे उठ गए। राजेश्वरी को खींचकर छाती से लगा लिया। फिर प्यार से उसके गंगा-जमुनी बालों की लटों को उंगलियों में लपेटते हुए कहा, 'बुड्ढा-बुढ़िया कौन होता है राजेश्वरी? मेरी आंखों में तुम वही, नये केले के पत्ते से रूपवाली, अछूते यौवन और अपार प्यारवाली, मेरे दिल और दिमाग की तरावट, राजेश्वरी हो। तुम या मैं भले ही बूढ़े हो जाएं, लेकिन इन आंखों में झांककर जिसने तुम्हें देखा है वह बूढ़ा नहीं, और तुम्हारे भीतर बैठकर जो एक-एक मोती तुम्हारी आंखों में सजाता जा रहा है, वह भी बूढ़ा नहीं।'

राजेश्वरी धीरे से राजा साहब के मुंह के बिल्कुल पास फर्श पर बैठ गई। रामधन अम्बरी तम्बाकू चढ़ाकर गुड़गुड़ी रख गया।

राजा साहब चुपचाप तम्बाकू पीने लगे। तम्बाकू की ख़ुशबू ने कमरे को मस्त कर दिया।

राजेश्वरी ने कहा, 'हुज़ूर, वादा-वक्फ हो।'

राजा साहब ने भौंहें सिकोड़कर राजेश्वरी की ओर देखकर कहा, 'वादा?'

'जी।'

'क्या....?'

'तबर्रुक।'

'ओह, भूली नहीं राजेश्वरी!'

'भूलने की एक कही! कल से आस लगाए हूं। नवाब के सामने फिर नहीं कहा।'

राजा साहब कुछ देर गुड़गुड़ी पीते रहे। फिर कहा, 'ज़रा और पास आओ तो राजेश्वरी।'

राजेश्वरी बिल्कुल राजा साहब के मुंह के पास खिसक गई।

राजा साहब ने गुड़गुड़ी की सोने की मुनाल उसके होठों में लगाकर कहा, 'एक कश खींचो तो राजेश्वरी।'

'लेकिन, लेकिन हुज़ूर....'

'ऐन ख़ुशी होगी, खींचो एक कश।'

राजा साहब की आंखों में प्यार का सारा ही रस उमड़ आया। राजेश्वरी ने आनन्द विभोर होकर गुड़गुड़ी से कश खींचा।

'ख़ुश हुई अब राजेश्वरी?'

'ओह हुज़ूर, कहीं ख़ुशी से मेरी छाती न फट जाए। हुज़ूर ने गुड़गुड़ी खास इनायत करके मेरी सात पीढ़ियों को तार दिया।'

राजा साहब ने खिदमतगार से कहा, 'रामधन, चिलम ठण्डी कर दे और गुड़गुड़ी उस अखबार में लपेटकर इक्के में रख आ।'

राजेश्वरी का मुंह सूख गया। उसने कहा, 'यह आप क्या कर रहे हैं?'

'मेरा दिल बाग-बाग है, तुम दुलखो मत।'

'मगर हुज़ूर.....'

'मैं हुक्म देता हूं—मत बोलो।'

राजेश्वरी का सिर नीचे को झुक गया। उसने खड़ी होकर झुककर राजा साहब को सलाम किया और रोती हुई चली गई। राजा साहब चित्त अपने पलंग पर पत्थर की मूर्ति की भांति निश्चल निर्वाक् पड़े रहे।

'यह क्या तमाशा है रामधन! महाराज मिट्टी की गुड़गुड़ी में तम्बाकू पी रहे हैं। गुड़गुड़ी खास क्या हुई?' नवाब ने कमरे में आते ही हैरान होकर पूछा।

रामधन चुप खड़ा रहा। उसे बाहर जाने का इशारा करते हुए राजा साहब ने मुस्कराकर कहा, 'यहां आओ नवाब, मैं बताता हूं।'

नवाब ननकू एकदम पलंग के पास जा खड़े हुए। राजा साहब ने हंसकर कहा, 'बैठो।'

'मगर मैं पूछता हूं, गुड़गुड़ी खास क्या हुई?'

'बैठो तो कहूं।'

नवाब ने बैठकर कहा, 'कहिए।'

राजा साहब ने रज़ाई से हाथ बाहर निकालकर नवाब का हाथ पकड़ लिया। कहा, 'नाराज़ न हो नवाब, राजेश्वरी को दे दी।'

‘क्या उसने मांगी थी?’

‘नहीं, मगर उसे खाली हाथ कैसे जाने देता! तुम देखते ही हो, खानदान की वही एक चीज़ मेरे पास बची थी।’

नवाब कुछ देर होंठ चबाते रहे, फिर बोले, ‘मगर आप मिट्टी की गुड़गुड़ी में तम्बाकू नहीं पीएंगे। मैं गुड़गुड़ी लाता हूं।’

‘कहां से?’

‘घर से।’

‘कहां पाई?’

‘अम्मीजान की है, बड़े महाराज ने बख्श दी थी। मेरे पास यह अब तक पाक धरोहर थी। अब आज काम आएगी।’

राजा साहब ने कहा, ‘बड़े महाराज ने जो चीज़ बख्श दी, वह मैं वापस कैसे ले सकता हूं!’

‘तो अब हुज़ूर, नवाब को जीने न देंगे।’

राजा साहब हंस दिए। फिर मीठे स्वर में बोले, ‘खैर, इस अम्र पर पीछे गौर कर लिया जाएगा। पर मिट्टी की गुड़गुड़ी में तम्बाकू बहुत मीठा लगता है, नवाब! हां यह कहो, रात सामान कैसे जुटाया था? मैं जानता हूं तुम्हारे पास छदाम न था।’

‘जुट गया यों ही। नवाब हूं, कोई अदना आदमी नहीं।’

‘मगर सच-सच कहो।’

‘झूठ से क्या फायदा। चालीस रुपये बाबू साहब से लिए थे।’

‘बड़ी तकलीफ दी उन्हें। अब ये रुपये दिए कैसे जाएं?’

‘जल्दी नहीं है सरकार, रहन पर लाया हूं, योंही नहीं। जब हाथ खुला होगा, दे देंगे।’

‘रहन क्या रखा?’

‘एक अदद था।’

‘क्या अदद, बताओ।’

‘आप तो धांधली करते हैं, आपको मतलब?’

‘तुम्हें मेरी कसम, नवाब।’

‘ओफ!’

‘कहो, कहो।’

‘अम्मी का लहंगा था।’

राजा साहब निश्चल पड़ गए। उनकी आंखों की दोनों कोरों से आंसू बह रहे थे, और उनका कांपता हुआ हाथ नवाब के दोनों हाथों में था।

•••

लालारुख

इस कहानी में एक कोमल भावुक प्रेम का मोहक रेखाचित्र है। मुग़ल-कालीन ऐश्वर्य की एक सजीव झांकी भी इस कहानी में दिखाई देती है। कथोपकथन की समर्थ पद्धति और भाषा की ललक इस कहानी में देखे ही बनती है। कहानी पढ़ने के समय पाठकों को एक ऐसे भाव-समुद्र में तुरन्त डूब जाना पड़ता है, जो अतिशय सुखद है। प्यार की एक उदग्र मूर्ति इस कहानी में लालारुख के रूप में व्यक्त हुई है।

उस दिन दिल्ली के बाज़ार में बड़ी धूम थी। चारों तरफ़ चहल-पहल ही नज़र आती थी। घर-घर में जलसे हो रहे थे और जशन मनाया जा रहा था, बाज़ार सजाए गए थे। ख़ासकर चांदनी चौक की सजावट आंखों में चकाचौंध उत्पन्न करती थी। असल बात यह थी कि बादशाह आलमगीर की दुलारी छोटी शाहज़ादी लालारुख का ब्याह बुखारे के शाहज़ादे से होना तय पा गया था। इसके साथ ही यह बात भी तमाम दरबारियों और बुखारा के एलचियों से सलाह-मशविरा करके तय पा गई थी, ख़ासतौर से बुखारा के शाहज़ादे ने इस बात पर पूरा ज़ोर दिया था कि उसे कश्मीर के दौलतख़ाने में शाहज़ादी का इस्तक़बाल करने की इजाज़त दी जाए, और बादशाह ने इस बात को मंजूर कर लिया था। उस दिन लालारुख की सवारी दिल्ली के बाज़ारों में होकर कश्मीर जा रही थी, और दिल्ली शहर की यह सब तैयारियां इसी सिलसिले में थीं। जिन सड़कों से सवारी जाने वाली थी, उन पर गुलाब और केवड़े के अर्क का छिड़काव किया गया था। दूकानों की सब कतारें फूलों से सजाई गई थीं। जगह-जगह पर मौलसरी और बेले के गजरों से बन्दनवार बनाए गए थे। बज़ाज़ों ने कमख़्वाब और ज़रबफ्त के थानों को लटकाकर ख़ूबसूरत दरवाज़े तैयार किए थे, जौहरी और सुनारों ने

सोने-चांदी के ज़ेवरों और जवाहरात के क़ीमती जिंसों से अपनी दूकान के बाहरी हिस्से को सजाया था। इन्तिज़ाम के दारोग़ा और बरकन्दाज़ लाल-लाल वरदियां पहने और ज़री की पगड़ियां डाटे घोड़ों पर और पैदल इन्तिज़ाम के लिए दौड़-धूप कर रहे थे। छज्जों और छतों पर लालारुख की सवारी देखने के लिए ठठ-की-ठठ औरतें आ जुटी थीं। परदानशीन बड़े घर की औरतें चिलमनों की आड़ में खड़ी होकर लालारुख की सवारी देखने का इन्तिज़ार कर रही थीं। नजूमियों और ज्योतिषियों से लालारुख की विदाई का मुहूरत दिखा लिया गया था। ठीक मुहूरत पर लालारुख की सवारी लालक़िले से रवानी हुई। सबसे आगे शाही सवारों का एक दस्ता हाथ में नंगी तलवारें लिये चल रहा था। उसके बाद ज़र्क बर्क पोशाक पहने हाथ में बड़े-बड़े भाले लिये, बरकन्दाज़ों का एक झुंड था। इसके बाद तातारी बांदियां तीर-कमान कसे और नंगी तलवार हाथ में लिये, जड़ाऊ कमरपेटी में खंजर खोंसे तीखी निगाहों से चारों तरफ़ देखती हुई आगे बढ़ रही थीं। इसके बाद झूमते हुए शाही हाथी थे, जिन पर ज़रदोज़ी की सुनहरी झूलें पड़ी हुई थीं, और जिनकी सोने की अम्बारियां सुनहरी धूप में चमचमा रही थीं। इनमें महीन रेशमी जाली के पर्दे पड़े हुए थे, जिनमें शाहज़ादी लालारुख की सहेलियां, उस्तानियां, मुग़लानियां और रिश्ते की दूसरी शाही औरतें थीं। इनके पीछे नकीबों की एक फ़ौज थी, जो चिल्ला-चिल्लाकर हुज़ूर शाहज़ादी की सवारी की आमद लोगों पर ज़ाहिर कर रही थी। इसके बाद ख़ास बांदियों और महरियों के पैदल झुरमुट में क़ीमती, जड़ाऊ सुखपाल में शाहज़ादी लालारुख बैठी थी। एक विश्वासपात्री बांदी पीछे खड़ी शाहज़ादी पर धीरे-धीरे पंखा झल रही थी। सुखपाल पर गुलाबी रंग के निहायत ख़ूबसूरत, मकड़ी के जाले की तरह महीन पर्दे पड़े हुए थे। इनके पीछे घोड़े पर सवार एक सरदार ख़ोजा फ़िदाहुसेन था और उसके पीछे मुग़ल सरदारों का एक मज़बूत दस्ता। इसके बाद रसद, डेरे, तम्बू और बल्लियों से लदे हुए बहुत-से ऊंट, खच्चर, हाथी तथा बेलदार मज़दूर चल रहे थे।

लालारुख का सौन्दर्य अप्रतिम था, और उसके कोमल तथा भावुक ख़यालातों की ख्याति देश-देशान्तर तक फैल गई थी। देश-देशान्तरों के शाहज़ादे उसे एक बार देखने को तरसते थे। उसका रंग मोतियों के समान था। उसकी आभा और शरीर की कोमलता केले के नए पत्ते के समान थी। उसके दांत हीरे के-से, और

आंखें कच्चे दूध के समान उज्ज्वल और निर्दोष थीं। उसका भोलापन और सुकुमारता अप्रतिम थी, और निर्मम आलमगीर, जो प्रेम की कोमलता से दूर रहा, इस अपनी नन्ही और भोली बेटी को सचमुच प्यार करता था। उसने अपने हाथों से सहारा देकर उसे सुखपाल में सवार कराया और आंखों में आंसू भरकर विदा कराया।

सवारी जब दिल्ली की सीमा पार करके लहलहाते खेतों, जंगलों और पहाड़ियों पर पहुंची, तो लालारुख ने अपने नाज़ुक हाथों से पर्दा हटाकर एक नज़र दूर तक फैली हुई हरियाली पर डाली, और जो कुछ भी उसने देखा उससे बहुत ख़ुश हुई। आज तक उसे जंगल की हरियाली देखने का मौक़ा नहीं मिला था। शाही महल के झरोखों से भी वह झांक न पाती थी। शाही महल की तड़क-भड़क और बनावट से वह ऊब गई थी, इसलिए जंगल का दृश्य देखकर उसके मन में आनन्द होना स्वाभाविक था। नए-नए दृश्य उसकी आंखों के आगे आते जाते थे। रंग-बिरंगे फूलों से लदे हुए वृक्ष और लताएं, स्वच्छन्दता से चौकड़ी भरते हुए हिरनों के झुंड, चहचहाते हुए भांति-भांति के पक्षी उसके मन में कौतूहल पैदा कर रहे थे। वह उत्फुल्ल नेत्रों से प्रकृति की शोभा निहारती हुई और भांति-भांति के विचारों तथा शंकाओं से उद्विग्न-सी आगे बढ़ रही थी। हर दस कोस पर पड़ाव पड़ता था।

एक दिन जब सुदूर पश्चिम और उत्तर के आकाश की क्षितिज-रेखा में हिमालय की धवल चोटियां प्रातःकाल की सुनहरी धूप-किरणों से चमककर, देखने वालों के नेत्रों में चमत्कार पैदा कर रही थीं और शीतल-मन्द सुगन्ध वासन्ती वायु गुदगुदाकर मन को प्रफुल्ल कर रही थी, लालारुख अपने खेमे में, रेशम के कोमल गद्दे और तकियों में अलसाई-सी पड़ी हुई, अपने यौवन से बिल्कुल बेख़बर होकर अपनी सहचरियों से सुरम्य कश्मीर की सुषमा का बखान सुन रही थी। महलसरा के खोज़ा दारोग़ा ने सामने आकर कौर्निश की, और अर्ज़ की कि कश्मीर से बुखारे के नामवर शाहज़ादे ने हुज़ूर शाहज़ादी की ख़िदमत में एक नामी गवैये को भेजा है, और वह ड्योढ़ियों पर हाज़िर होकर क़दमबोसी की इजाज़त से सरफराज़ होना चाहता है।

लालारुख का चेहरा शर्म से लाल हो गया। उसने कनखियों से अपनी एक सखी की ओर देखा, और फिर मुस्कुराकर वीणा के झंकृत स्वर में कहा, क्या वह सिर्फ़ गवैया है?

'नहीं हुज़ूर, वह एक नामी शायर भी है, और उसकी कविता की भी वैसी ही धम है, जैसी उसके गाने की।'

'क्या वह बुखारे का बाशिन्दा है?'

'नहीं हुज़ूर, वह कश्मीर का रहने वाला है। वह एक कमसिन ख़ूबसूरत और निहायत बाअदब नौजवान है।'

शाहज़ादी ने एक बार दारोग़ा की तरफ़ देखा, और पूछा – क्या कह सकते हो कि शाहज़ादे के साथ उसके किस प्रकार के ताल्लुक़ात हैं?

'जी हां, तहक़ीक़ात से मालूम हुआ कि हज़रत शाहज़ादे के साथ इस नौजवान के बिल्कुल दोस्ताना ताल्लुक़ात हैं।'

'क्या शाहज़ादे ने कुछ ताक़ीद भी लिख भेजी है?'

'जी हां हुज़ूर, उन्होंने लिखा है कि मैं अपने जिगरी दोस्त इब्राहीम को शाहज़ादी का इस्तक़बाल करने और उन्हें गाने तथा कविता से ख़ुश करने को भेजता हूं। शाहज़ादी को उनसे पर्दा करने की ज़रूरत नहीं।'

शाहज़ादी नीची नज़र करके मुस्कुराई, और धीमे स्वर से कहा – बहुत ख़ूब, शाहज़ादे के दोस्त का हर तरह आराम से रहने का इन्तिज़ाम कर दो। इतना कहकर वह जल्दी से ख़्वाबगाह में चली गई, और ख्वाज़ा सरा कौर्निश करके बाहर आया।

कहीं बदली छा रही थी। कश्मीर की घाटियों में लालारुख की छावनी पड़ी थी। चारों तरफ़ सुहावने दृश्य थे। दूर पर्वत-श्रेणियां शोभा बिखेर रही थीं। चांदनी छिटकी थी, और वह बदली में छन-छनकर धरती पर बिखर रही थी। लालारुख ने सुना कोई वीणा के मधुर झंकार के साथ वीणा-विनिन्दत स्वर में मस्ताना गीत गा रहा है। उस प्रशान्त रात्रि में उस सुमधुर गायन और उसके प्रेमभावनापूर्ण शब्दों से लालारुख प्रभावित हो गई। उसने प्रधान दासी को बुलाकर कहा – कौन गा रहा है?

'वही कश्मीरी कवि है।'

'बड़ा प्यारा गीत है?'

'और वह गायक उससे भी ज़्यादा प्यारा है।'

'क्या वह बहुत ख़ूबसूरत है?'

'मगर हुज़ूर के तलुओं योग्य भी नहीं।'

लालारुख मुस्कुराई। उसने कहा – किसी को भेजकर उसे कहला दो, ज़रा नज़दीक आकर गाए।

बांदी 'जो हुक्म' कहकर चली गई। और कुछ क्षण बाद ही मूर्तिमती कविता और संगीत की मधुर धार उस भावुक शाहज़ादी के मानस-सरोवर में हिलोरें लेने लगी।

वह सोचने लगी, जिसका कंठ-स्वर इतना सुन्दर है, और जिसका भाव इतना मधुर है, वह कितना सुन्दर होगा! शाहज़ादी की इच्छा उसे एक बार आंख भरकर देख लेने की हुई। शाहज़ादे ने कहला भेजा था कि उससे पर्दा न किया जाए, परन्तु शाहज़ादी इतनी हिम्मत न कर सकी। उसने प्रधान दासी के द्वारा कवि से कहला भेजा कि वह नित्य इसी भांति शाहज़ादी के लिए गाया करे, तो शाहज़ादी उसका एहसान मानेगी। उस दिन से दिन-भर शाहज़ादी उस अमूर्त संगीत के रूप की कल्पना विविध भांति करने लगी, और जब वह स्वर्ण-क्षण आता तो उस स्वर-सुधा में मस्त हो जाती।

कश्मीर धीरे-धीरे निकट आ रहा था। शाहज़ादे से मिलने का दिन निकट आ रहा था। तमाम कश्मीर में शाहज़ादी के स्वागत की बड़ी तैयारियां हो रही हैं, इसकी ख़बर रोज़ शाहज़ादी को लग रही थी, पर शाहज़ादी का दिल धड़क रहा था। क्या सचमुच यह अमूर्त संगीत एक दिन विलीन हो जाएगा? धीरे-धीरे शाहज़ादी के मन में साक्षात करने की इच्छा बलवती होने लगी।

शालामार की सुन्दर और स्वर्गीय छटा अवलोकन करती हुई लालारुख अनमनी-सी बैठी थी। अब वह उस अमूर्त के दर्शन से नेत्रों को धन्य करना चाहती थी। उसने उस स्निग्ध चांदनी के एकान्त में उस कवि को बुला भेजा था। हाथ में वीणा लिये जब उसने घुटने टेककर शाहज़ादी को अभिवादन किया, तब क्षण-भर के लिए शाहज़ादी स्तम्भित रह गई। उसके होंठ कांपकर रह गए, बोल न सकी। कवि ने कहा – हुज़ूर शाहज़ादी ने गुलाम को रू-ब-रू होने का हुक्म देकर उसे निहाल कर दिया।

'मैं, मैं तुम्हें बिना देखे न रह सकी।'

'शाहज़ादी का क्या हुक्म है?'

'एक बार इस चांदनी में मेरे सामने बैठकर वही प्यारा संगीत सुना दो।'

'जो हुक्म।'

कवि की उंगलियों ने तारों में कम्पन उत्पन्न किया, साथ ही कंठ का मधु प्रवाहित हुआ। शाहज़ादी उसमें खो गई। गाना ख़त्म कर कवि ने साहस करके मुग्धा राजकुमारी का कोमल कर अपने होंठों से लगा लिया। शाहज़ादी चीख़ उठी। उसने अपना हाथ खींच लिया, पर दूसरे ही क्षण उसने कहा, ओह इब्राहीम, मैं तुम्हारे बिना नहीं जी सकती। और वह मूर्च्छित होकर कवि पर झुक गई।

शालामार बाग़ में शाहज़ादी ने कुछ दिन मुकाम करने की इच्छा प्रकट की। कश्मीर से शाहज़ादे के तकाज़े आ रहे थे कि जल्दी सवारी आए, पर शाहज़ादी शाहज़ादे के पास जाते घबराती थी। वह अपना हृदय कवि को दे चुकी थी। वैसी ही चांदनी थी, संगमरमर की एक पटिया पर दोनों प्रेमी बैठे थे। फूलों का ढेर और शीराजी सामने रखी थी। शाहज़ादी ने कहा, 'प्यारे इब्राहीम, इस क़दर मुतफ़िक्र क्यों हो?'

'शाहज़ादी, हम जो कुछ कर रहे हैं उसका अंजाम क्या होगा? शाहज़ादा जब भेद जान लेंगे तो हमारी जान की खैर नहीं। मुझे अपनी ज़रा परवा नहीं, पर आपको उस प्रलय में मैं न देख सकूंगा।'

'ओह इब्राहीम, शाहज़ादे बहुत उदार हैं, वे समझते होंगे मुहब्बत में किसी का ज़ोर-ज़ुल्म नहीं चलता। वे हमें माफ़ कर देंगे।'

'नहीं शाहज़ादी, वे तुम्हें अपनी जान से ज़्यादा चाहते हैं, माफ़ न करेंगे।'

'तो इब्राहीम, मैं ख़ुशी से तुम्हारे साथ मरूंगी। क्या तुम मौत से डरते हो?'

'नहीं दिलरुबा, और ख़ासकर इस प्यारी मौत से।'

'तो फिर यह राज़ क्यों पोशीदा रखा जाए? शाहज़ादे को लिख दिया जाए।'

'ये तमाम ठाट-बाट हवा हो जाएंगे।'

'उसकी परवा नहीं, तुम मेरे सामने बैठकर इसी तरह गाया करना, मैं तुम्हारे लिए रोटियां पकाया करूंगी।'

'प्यारी शाहज़ादी। बेहतर हो, इस ग़ुलाम को भूल जाओ।'

'ऐसा न कहो, यह कलमा सुनने से दिल धड़क उठता है।'

'तो फिर तुम्हारा क्या हुक्म है?'

'शाहज़ादे को मैं सब हक़ीक़त लिख भेजूंगी।'

'तुम क्यों, यह काम मैं करूंगा, फिर नतीजा चाहे जो भी हो।'

इब्राहीम के गिरफ़्तार होने की ख़बर आग की तरह शाहज़ादी के लश्कर में फैल गई। शाहज़ादी ने सुना तो पागल हो गई। खाना-पीना छोड़ दिया। सवारी तेज़ी के साथ आगे बढ़ने लगी। ज्यों-ज्यों कश्मीर नज़दीक आता था, सजावट और स्वागत की धूमधाम बढ़ती जाती थी। परन्तु शाहज़ादी बदहवास थी। शहर में उसका बड़ी धूमधाम से स्वागत हुआ। और जब महल के फाटक में उसकी सवारी घुसी तो उस पर हीरे-मोती बिखेरे गए। शाहज़ादी ने पक्का इरादा कर लिया था कि ज्यों ही वह शाहज़ादे के सामने पहुंचेगी, उसके क़दमों पर गिरकर इब्राहीम की जान-बख़्शी की भीख मांगेगी।

शाहज़ादा जड़ाऊ तख़्त पर बैठा शाहज़ादी के स्वागत करने की प्रतीक्षा कर रहा था। उसके बग़ल में एक दूसरा जड़ाऊ तख़्त शाहज़ादी के लिए पड़ा था। शाहज़ादी ने ज्यों ही हवादान से पैर निकाला, शाहज़ादा उसे देखकर अवाक रह गया। बिखरे बाल, मलिन वेश, सूखा और पीला चेहरा और सूजी हुई आंखें। शाहज़ादी ने आंख उठाकर शाहज़ादे को नहीं देखा। वह आगे बढ़कर तख़्त के नीचे ज़मीन पर लोट गई। उसने शाहज़ादे के पैर पकड़कर कहा – क्षमा, क्षमा, ओ उदार शाहज़ादे क्षमा।

शाहज़ादे ने कहा – उठो शाहज़ादी, तुम्हारे लिए सब-कुछ किया जा सकता है, यह तुम्हारा तख़्त है, इस पर बैठो। शाहज़ादी ने डरते-डरते आंखें उठाकर शाहज़ादे की ओर देखा। 'या ख़ुदा' इतना ही उसके मुंह से निकला, और वह शाहज़ादे की गोद में बेहोश होकर लुढ़क गई।

'हां, तो तुम इब्राहीम की जां-बख़्शी चाहती हो प्यारी।'

'हां प्यारे, तुम इब्राहीम को जानते हो?'

'कुछ-कुछ।'

दोनों ठहाका मारकर हंस पड़े। लालारुख ने शाहज़ादे की गोद में मुंह छिपा लिया।

बावर्चिन

इस कहानी में अन्तिम मुग़ल सम्राट् बहादुरशाह के पतनकाल का और मुग़ल बेगमों के आंसुओं का, जो कभी केवल हीरे-मोती, इत्र और ऐश्वर्य को जानती थीं, ऐसा सचोट रेखाचित्र है, जो हृदय में घाव कर जाता है, साम्राज्यों के पतन में विश्वासघातियों का सदा हाथ रहा है। इसमें भी एक ऐसे ही विश्वासघाती का संकेत किया गया है, जिसके बड़े-बड़े वर्णन मुग़लतख़्त के पतनकाल में इतिहास में पाए गए हैं।

सन् 1845 की 28वीं मई के तीसरे पहर एक पालकी चांदनी चौक में होकर लालक़िले की ओर जा रही थी। पालकी बहुमूल्य कमख़्वाब और ज़री के पर्दों से ढंकी हुई थी। आठ कहार उसे कन्धों पर उठाए थे और सोलह तातारी बांदियां नंगी तलवार लिये उसके गिर्द चल रही थीं। उनके पीछे चालीस सवारों का एक दस्ता था, जिसका अफ़सर एक कुम्मेत अरबी घोड़े पर चढ़ा हुआ था। उसकी ज़रबफ्त की बहुमूल्य पोशाक पर कमर में नाज़ुक तलवार लटक रही थी, जिसकी मूठ पर गंगाजमुनी काम हो रहा था। उसकी काली घनी दाढ़ी के बीच, अंगारे की तरह दहकते चेहरे में मशाल की तरह जलती हुई आंखें चमक रही थीं, जिन्हें वह चारों तरफ़ घुमाता हुआ, अकड़कर, किन्तु ख़ूब सावधानी से पालकी के पीछे-पीछे जा रहा था।

भयानक गर्मी से दिल्ली तप रही थी। तब चांदनी चौक की सड़कें आज की जैसी तारकोल बिछी हुई आईने की तरह चमचमाती न थीं, न मोटरों की घोंघों-पोंपों और सर्राटबन्द दौड़ थी। चांदनी चौक की सड़कों पर काफ़ी गर्द-गुब्बार रहता था। हाथी, घोड़े पालकी और नागौरी बैलों की जोड़ी से ठुमकती हुई बहलियां एक अजब बांकी अदा से उछला करती थीं।

अब जिस स्थान पर घंटाघर है, वहां तब एक बड़ा-सा हौज़ था, जो चांदनी चौक की नहर से मिल गया था, और जहां कम्पनी बाग़ और कमेटी की लाल संगीन इमारत खड़ी है, वहां एक बड़ी भारी किन्तु ख़स्ताहाल सराय थी, जिसकी बुर्जियां टूट गई थीं और जहां अनगिनत खच्चर, टट्टू, बैलगाड़ियां, घोड़े और परदेसी बेतरतीबी से पेड़ों के नीचे या बेमरम्मत कोठरियों से भरे हुए थे।

जिस समय पालकी वहां से गुज़र रही थी, उस समय हौज़ पर ख़ासा धोबीघाट लगा हुआ था। कोई नहा रहा था, कोई साबुन से कपड़े धो रहा था। सराय के टूटे किन्तु संगीन फाटक पर देशी-विदेशी आदमियों का जमघट लगा था।

पालकी अवश्य ही कहीं दूर से आ रही थी। कहार लोग पसीने से लथपथ हो रहे थे। उनका दम फूल रहा था और वे लड़खड़ा रहे थे। पीछे से अफ़सर तेज़ चलने की ताकीद कर रहा था, मगर ऐसा मालूम होता था कि अब और तेज़ चलना असम्भव है।

कहारों में एक बूढ़ा कहार था। उसका हाल बहुत ही बुरा हो रहा था। कुछ क़दम और चलकर वह ठोकर खाकर गिर पड़ा, पालकी रुक गई।

तातारी बांदियां झिझककर खड़ी हो गईं। अफ़सर ने घोड़ा बढ़ाया। बूढ़ा अभी संभला न था। एक चाबुक सपाक से उसकी गर्दन और कनपटी की चमड़ी उधेड़ गया। साथ ही बिजली की कड़क की तरह उसके कान में शब्द पड़े – उठ, उठ, ओ दोज़ख के कुत्ते! देर हो रही है।

कहार ने उठने की चेष्टा की, पर उठ न सका। वह गिर गया। गिरते ही दस-बीस, पचीस-पचास चाबुक तड़ातड़ पड़े, ख़ून का फव्वारा छूटा और कहार का जीवन-प्रदीप बुझ गया!!

लाश को पैर की ठोकर से ढकेलकर अफ़सर ने ख़ूनी आंख भीड़ पर दौड़ाई। एक गठीला गौरवर्ण युवक मैले और फटे वस्त्र पहने भीड़ में सबसे आगे खड़ा था। मुश्किल से रेखें भीगी होंगी। अफ़सर ने डपटकर उसे पालकी उठाने का हुक्म दिया। युवक आगे बढ़ा। दूसरे ही क्षण सपाक-से एक चाबुक उसकी पीठ पर पड़ा और साथ ही ये शब्द – साला, जल्दी!

युवक ने क्रुद्ध स्वर में कहा – जनाब! हुक्म बजा लाता हूं, मगर ज़बान संभाल...

दस-बीस चाबुक खाकर युवक वहीं तड़पकर गिर गया। उसकी नाक और मुंह से ख़ून का फव्वारा बह चला। अफ़सर ने और एक आदमी को कन्धा लगाने का हुक्म दिया। क्षण-भर में पालकी फिर अपनी राह लगी।

चिराग़ जल चुके थे। दीवाने-ख़ास में हज़ारा फ़ानूस की तमाम काफ़ूरी मोमबत्तियां जल रही थीं। जमुना की लहरों से धुलकर पूर्वी हवा झरोखों से छन-छनकर आ रही थी। ख़ास-ख़ास दरबारी बादशाह सलामत के तशरीफ़ लाने की इन्तिज़ारी में अदब से खड़े थे। सामने एक चौकी पर वही युवक लहू-लुहान पड़ा था। अन्तःपुर के झरोखों से परिचारिकाओं के कंठ-स्वर ने कहा – होशियार, अदब क़ायदा निगहदार! यह शब्द-स्वर चोबदारों ने दोहराया – होशियार, अदब क़ायदा निगहदार! उमराव-मंडल और मन्त्रि-मंडल ज़मीन तक सिर झुकाकर खड़ा हो गया। सम्पूर्ण दरबार में निस्तब्धता छा गई। धीरे-धीरे वृद्ध सम्राट बहादुरशाह दो सुन्दरियों के कन्धों का सहारा लिये भीतरी ड्योढ़ी से निकलकर सिंहासन पर आ बैठे। चार बांदियां मोरछल लेकर बग़ल में खड़ी हुईं। चोबदार ने पुकारा – ज़ल्ले इलाही बरामद कर्द मुजरा अदब से!

यह सुनते ही एक उमराव सहमा हुआ अपने स्थान से आगे बढ़ा और सम्राट् के सामने जाकर उसने तीन बार झुककर सलाम किया। चोबदार ने उसके रुतबे और शान के अनुसार कुछ शब्द कहकर सम्राट का ध्यान उधर आकर्षित किया। इसी प्रकार सभी सरदारों ने प्रणाम किया।

इसके बाद बादशाह ने वज़ीर को संकेत किया। वज़ीर ने जवान से कहा – जवान! तुम्हारे हालात बादशाह सलामत अगर्चे सुन चुके हैं, मगर तुम्हारी ख़ास ज़बान से सुनना चाहते हैं। तमाम हालात मुफ़स्सिल में बयान करो।

युवक ने ज़मीन पर लोट-लोटकर सब मामला बयान किया। बादशाह ने फ़रमाया – सब हरूफ़-ब-हरूफ़ सही है। कहां है वह ज़ालिम ज़मीर?

ज़मीर तख़्त के सामने आकर घुटनों के बल गिर गया।

बादशाह ने फ़रमाया – ज़मीर! तुझे कुछ कहना है?

'ख़ुदाबन्द! रहम! रहम!'

बादशाह ने हुक्म दिया – इस ज़ालिम को सीधा खड़ा करो। मगर ठहरो,

मैं इस पर भी रहम किया चाहता हूं। इसे नौकरी से बरख़ास्त किया जाता है और इसका दर्जा इस नौजवान को अता किया जाता है। इसकी तमाम जायदाद ज़ब्त की जाती है और वह उस कहार के घर वालों को बख़्श दी जाती है।

हुक्म देकर बादशाह उठे। तुरन्त चार बांदियों ने सहारा दिया। दरबारी लोग ज़मीन तक झुक गए।

बादशाह ने युवक के निकट आकर कहा – आराम होने तक शाही महलों में रहने की तुम्हें इजाज़त बख़्शी जाती है और शाही हकीम तुम्हारे मालजे को मुकर्रर किए जाते हैं।

युवक ने बादशाह की क़दमबोसी की और पल्ला चूमा। बादशाह धीरे-धीरे अन्तःपुर में प्रवेश कर गए।

अन्तःपुर के उन झरोखों के भीतर, जहां किसी भी दर्द की परछाईं पहुंचनी सम्भव न थी। एक बहुमूल्य मखमली गद्दे पर वह घायल युवक पड़ा अपने प्रारब्ध विकास की बात सोच रहा था। एक ही दुखदायी घटना ने, जिसे शायद ही कोई निमन्त्रित करे, उसके भाग्य का पांसा पलट दिया था। वह सोच रहा था, क्या सचमुच मेरे ये फटे चिथड़े, वह टूटा छप्पर का घर, वह माता का चक्की पीसना, सभी बदल जाएगा। वह जागते-ही-जागते स्वप्न देखने लगा – एक धवल अट्टालिका, दास-दासी, घोड़े-हाथी, सेना और न जाने क्या?

सभी विचारधाराओं के ऊपर उसे एक नवीन विचारधारा मूर्च्छित कर रही थी – वह कौन है? वही क्या इस सब भाग्य-परिवर्तन की कुंजी नहीं? पालकी के उस दुर्भेद्य पर्दे के भीतर...! वह सोच में मूर्च्छित हो गया।

हठात उसकी विचारधारा को धक्का देते हुए कक्ष का पर्दा हटाकर दो दासियों के साथ एक खोजे ने प्रवेश किया। दासियों के हाथ में भोजन की सामग्री थी। स्वप्न-सुख की तरह कहीं वह राजभोग लुप्त न हो जाए, घायल युवक इस भय से लपककर उठा।

ख़ोजे ने कहा – खाना खा लो, और ख़ुदा का शुक्र करो। हुज़ूर शाहज़ादी तुम पर बहुत ख़ुश हैं और वे जल्द तुम्हें देखने को तशरीफ़ लाने वाली हैं।

चन्द्रमा की स्निग्ध ज्योत्स्ना की तरह शाहज़ादी ने कक्ष में प्रवेश किया। दो अल्पवयस्का दासियां परछाईं की तरह उनके पीछे थीं। शुभ्र, महीन रेशमी परिधान पर ज़रदोज़ी और सलमे का बारीक़ काम निहायत फ़साहत से हो रहा था। वह अस्फुटित कुन्दकली के समान, कोमलता और माधुर्य की मूर्तिमती रेखा के समान समस्त भारत के सम्राट की पौत्री शाहज़ादी गुलबानू थी।

केवल क्षण-भर ही वह युवक उस अतिदुर्लभ मुख की ओर देखने का साहस कर सका। उसने उठने की चेष्टा की, परन्तु मानो उसके शरीर का सत निकल गया था। वह गिर पड़ा, गिरे-ही-गिरे उसने ज़रा बढ़कर अपना मस्तक शाहज़ादी के क़दमों पर रख दिया। शाहज़ादी के जूतों में लगे हीरे युवक के मस्तक पर मुकुट की तरह दिप उठे।

शाहज़ादी ने मानो फूल बिखेर दिए। उसने कहा – कल के हादिसे का मुझे बहुत रंज है, पर मैं समझती हूं, अब तुम बहुत अच्छे हो। मैंने पालकी से तमाम माजरा देखा था, मगर कर क्या सकती थी? दादाजान से आते ही शिकायत कर दी थी।

युवक ने ज़रा ऊंचा उठकर शाहज़ादी का आंचल आंखों से लगाया और बार-बार ज़मीन चूमकर कहा – हुज़ूर ख़ुदाबन्द शाहज़ादी, कल अगर हुज़ूर की पालकी की ख़ाक न नसीब होती तो आज यह दिन कहां? जहांपनाह ने इस नाचीज़ ग़ुलाम को निहाल कर दिया। ताबेदार ताउम्र इन क़दमों का नमकहलाल रहेगा।

शाहज़ादी कुछ न कहकर धीरे-धीरे चली गई, परन्तु उसके सांस की सुगन्ध वहां भर गई थी, और उसी के प्रभाव से युवक के घाव भर गए थे। वह उस स्थान को, जहां शाहज़ादी के कमल-पद छू गए थे, अपनी छाती से लगाकर बदहवास पड़ा रहा। उस मूर्ति को चाहे क्षण-भर ही वह देख सका था, पर वह उसके रोम-रोम में रम गई थी। पर दुनिया के पर्दे में कौन-सा ऐसा कोई मर्द बच्चा था, जो फिर उसे एक बार देख लेने का हौसला भी कर सकता?

बारह साल बीत गए। सन् 57 की 24वीं मई थी। ग़दर की आग धू-धू करके जल रही थी। चिनगारियां आसमान को छू चुकी थीं। निकल्सन ने दिल्ली पर घेरा डाल रखा था। भाग्य की रेखा के बल पर बूढ़े और लाचार बादशाह बहादुरशाह

ने बाग़ियों का साथ दिया था। क्षण-क्षण में बाग़ी हार रहे थे। अंग्रेज़ी तोपें कश्मीरी दरवाज़े पर गरज रही थीं। लाहौरी दरवाज़ा सर हो चुका था। फ़तहपुरी मस्जिद के सामने अंग्रेज़ी घुड़सवार और बाग़ियों की लाल होली खेली जा रही थी। लाशों के ढेर में से अधमरे सिपाही चिल्ला रहे थे। अंग्रेज़ बराबर बढ़ते और जो मिलता उसे संगीनों से छेदते चले आ रहे थे। कर्नल वाट्सन के हाथ में कमान थी। इनके साथ थे एक सम्भ्रान्त मुसलमान अमीर जनाब इलाहीबख़्श। वे एक अरबी नफ़ीस घोड़े पर पान चबाते, इतराते बढ़ रहे थे, लोग देख-देखकर भयभीत होकर घरों में छिप रहे थे।

यह इलाहीबख़्श वही घायल युवक थे, जो अपनी जवांमर्दी और चतुराई से दस वर्ष में बादशाह के अमीर और नगर के प्रतिष्ठित तथा प्रभावशाली व्यक्ति बन गए थे। अंग्रेज़ों ने दमदार मुग़लों को जहां तोपों और संगीनों की नोक से वश में किया था, वहां कुछ नमकहराम, संगदिल लोगों को अपनी भेद-नीति और सोने के टुकड़ों से वश में कर लिया था। इलाहीबख़्श भी उनमें से एक थे। दस वर्ष पहले शाहज़ादी के क़दमों पर गिरकर नमकहलाली की जो बात उन्होंने कही थी, वह अब उन्होंने दरगुज़र कर दी थी। वे अब अंग्रेज़ों के भेदिए थे।

दोनों व्यक्ति सराय के सामने जाकर ठहर गए। हौज़ के पास, जहां अब घंटाघर है, बराबर-बराबर फांसियां गड़ी थीं और क्षण-क्षण में चारों तरफ़ गली-कूचों से आदमी पकड़े जाकर फांसी पर चढ़ाए जा रहे थे। कुछ ख़ास क़ैदी इनकी प्रतीक्षा में बंधे बैठे थे। हडसन साहब ने सबको खड़ा होने का हुक्म दिया। इलाहीबख़्श ने उनमें से मुग़ल-सरदारों और राजपरिवार वालों की शनाख़्त की; वे सब फांसी पर लटका दिए गए। इसके बाद, बादशाह क़िले से भाग गए हैं – यह सुनकर एक फ़ौज की टुकड़ी लेकर दोनों तीर की तरह रवाना हुए।

बादशाह सलामत जल्दी-जल्दी नमाज़ पढ़ रहे थे। उनके हाथ कांप रहे थे और आंखों में आंसुओं की धारा बह रही थी। शाहज़ादी गुलबानू ने आकर कहा – बाबाजान! यह आप क्या कर रहे हैं?

'बेटी, अब और कर ही क्या सकता हूं? ख़ुदा से दुआ मांगता हूं, कहता हूं – ऐ दुनिया के मालिक! मेरी मुश्किल आसान कर; यह तख़्त, तैमूर के ख़ून का तख़्त तो आज गया ही, मेरे बच्चों की जान और आबरू पर रहम बख़्श!

गुलबानू ने कहा – बाबा! दुश्मन क़िले तक पहुंच चुके हैं। आपके लिए सवारी तैयार है, भागिए!

बादशाह ने अन्धे की तरह शाहज़ादी का हाथ पकड़कर कहा – भागूं कहां? हाय! वह घड़ी अब आ ही गई!

इसके बाद उन्होंने अपनी जड़ाऊ सन्दूक़ची मंगाई, और परिवार के सब लोगों को बुलाकर एक-एक मुट्ठी हीरे सबको देकर कहा – ख़ुदा हाफ़िज़!

क़िले से निकलकर बादशाह सीधे निज़ामुद्दीन गए। उस वक़्त उनके मुख-मंडल की आभा उतरी हुई थी। कुछ ख़ास-ख़ास ख़्वाजासरा, कहार और इने-गिने शुभचिन्तकों के सिवा कोई साथ न था। चिन्ता और भय से वे रह-रहकर कांप रहे थे। उनकी सफ़ेद दाढ़ी धूल से भर रही थी। बादशाह चुपचाप जाकर सीढ़ियों पर बैठ गए।

ग़ुलाम हुसेन चिश्ती सुनकर दौड़ आए। बादशाह उन्हें देखते ही खिलखिलाकर हंस पड़े। चिश्ती साहब ने पूछा – ख़ैर तो है?

'ख़ैर ही है, मैंने तुमसे पहले ही कह दिया था कि ये बदनसीब ग़दर वाले मनमानी करने वाले हैं। इन पर यक़ीन करना बेवक़ूफ़ी है; ये ख़ुद डूबेंगे और हमें भी डुबाएंगे। वही हुआ, भाग निकले। मुझे तो होनहार दिखाई दे गई थी कि मैं मुग़लों का आख़िरी चिराग़ हूं। मुग़लों के तख़्त का आख़िरी सांस टूट रहा है, कोई घड़ी-भर का मेहमान है। फिर ख़ून-ख़राबी क्यों करूं? इसीलिए क़िला छोड़कर चला आया। मुल्क़ ख़ुदा का है, जिसे चाहे दे, जिसे चाहे ले। सैकड़ों साल तक हमारे नाम का सिक्का चला। अब हवा का रुख़ कुछ और ही है। वे हुकूमत करेंगे, ताज पहनेंगे। इसमें अफ़सोस क्यों? हमने भी तो दूसरों को मिटाकर अपना घर बसाया था! हां, आज तीन दिन से खाना नसीब नहीं हुआ है। कुछ तो ले आओ?'

चिश्ती साहब ने कहा – सिर्फ़ बाजरे की रोटी और सिर्के की चटनी है। हुक्म हो तो हाज़िर करूं।

'वही ले आओ।'

बादशाह ने शान्तिपूर्वक एक रोटी खाकर और पानी पीकर कहा – बस, अब हुमायूं के मकबरे में चला जाऊंगा, वहां जो भाग्य में होगा वह होगा।

हुमायूं के मकबरे में हडसन और इलाहीबख़्श ने आकर बादशाह को गिरफ़्तार करके रंगून भेज दिया।

तीस वर्ष व्यतीत हो गए। दिल्ली में अंग्रेज़ी अमल जमकर बैठ गया था। लालक़िले पर यूनियन जैक फहरा रहा था। फांसियों की विभीषिकाओं ने नगर और ग्राम की जनता के मन में दहल उत्पन्न कर दी थी। भेड़ की तरह दब्बू चुपचाप अंग्रेज़ों के विधान को अटल प्रारब्ध की तरह देख और सह रहे थे। इलाहीबख़्श के पास बादशाही बख़्शीश ही बहुत थी, अब अंग्रेज़ी जागीरों और मेहरबानियों ने उन्हें आधी दिल्ली का मालिक बना दिया था। सरकारी नीलाम में मुहल्ले के मुहल्ले उन्होंने कौड़ियों में पाए थे। उनकी बड़ी भारी अट्टालिका खड़ी मनुष्य के भाग्य पर हंस रही थी। सन्ध्या का समय था। अपनी हवेली के विशाल प्रांगण में तख़्त के ऊपर बढ़िया ईरानी कालीन पर मसनद के सहारे इलाहीबख़्श बैठे अम्बरी तमाखू पी रहे थे, दो-चार मुसाहिब सामने अदब से बैठे जी-हज़ूरी कर रहे थे। मियां जी को, मालूम होता है, बचपन के दिन भूल गए थे। वे बहुत बढ़िया अतलस के अंगरखे पर कमख़्वाब की नीमास्तीन पहने थे।

धीरे-धीरे अन्धकार के पर्दे को चीरती हुई एक मूर्ति अग्रसर हुई। लोगों ने देखा, एक स्त्री-मूर्ति मैला और फटा हुआ बुर्का पहने आ रही है। लोगों ने रोका, मगर उसने सुना नहीं। वह चुपचाप मियां इलाहीबख़्श के सम्मुख आ खड़ी हुई।

मियां ने पूछा – क्या चाहती हो?

'पनाह!'

'कौन हो?'

'आफ़त की मारी!'

'अकेली हो?'

'बिल्कुल अकेली!'

'कुछ काम करना जानती हो?'

'बावर्ची का काम सीख लिया है!'

'तनख्वाह क्या लोगी?'

'एक टुकड़ा रोटी!'

बहुत महीन, दर्द-भरी, कम्पित आवाज़ में इन जवाबों को सुनकर मियां इलाहीबख़्श सोच में पड़ गए। थोड़ी देर बाद उन्होंने नौकर को बुलाकर उस स्त्री को भीतर भिजवा दिया। उस दिन उसी को खाना बनाने का हुक्म हुआ।

मियां इलाहीबख़्श दस्तरख़ान पर बैठे। दोस्त-अहबाबा का पूरा जमघट था। तब तक दिल्ली में बिजली तारों से नहीं बांधी गई थी। सुगन्धित मोमबत्तियां शमादानों में जल रही थीं।

खाना खाने से सभी ख़ुश हुए। नई बावर्चिन की तरीफ़ के पुल बांधने लगे। दोस्तों ने कहा – ज़रा उसे बुलाइए और इनाम दीजिए।

इलाहीबख़्श ने बावर्चिन को बुला भेजा। उसने कहा – आका से दस्त-बदस्ता अर्ज़ है कि मैं ग़ैर मर्दों के सामने बेपर्दा नहीं हो सकती। हां, आका से पर्दा फ़जूल है। दोस्त लोग मन मारकर रह गए। मगर इलाहीबख़्श के मन में प्रतिक्षण बावर्चिन को देखने की बेचैनी बढ़ चली। एकान्त होने पर उन्होंने उसे बुला भेजा। बावर्चिन ने जवाब दिया – मेरे मिहरबान मालिक! सफ़र, मिहनत और भूख से बेदम तथा कपड़ों से गलीज हूं – ख़िदमत में हाज़िर होने के क़ाबिल नहीं।

इलाहीबख़्श स्वयं भीतर गए और बावर्चिन के सामने जा खड़े हुए। बोले – क्या मैं तुम्हारी मुसीबत की दास्तान सुन सकता हूं? यह तो मैं समझ गया कि तुम शरीफ़ ख़ानदान की दुखियारी हो।

बावर्चिन ने अच्छी तरह अपना बुर्का ओढ़कर कहा, मालिक! मेरी कोई दास्तान ही नहीं!

'क्या मुझसे पर्दा रखोगी?'

'यह मुमकिन नहीं है।'

'तब?'

'क्या आप मुझे देखना चाहते हैं?'

'ज़रूर, ज़रूर!'

वह मैला और फटा बुर्का चम्पे की-सी उंगलियों ने हटाकर नीचे गिरा दिया। एक पीली किन्तु अभूतपूर्व मूर्ति, जिसके नेत्रों में पानी और होंठों में रस था, सामने दीख पड़ी।

इलाहीबख़्श ने आंखों की धुंध आंखों से पोंछकर ज़रा आगे बढ़कर कहा – तुम्हें, आपको मैंने कहीं देखा है!

'जी हां, मेरे आका! शेरे दादाजान की मिहरबानी से, लालक़िले के भीतर जब आप मेरी डोली में लगाए जाने के लिए चाबुकों से लहू-लुहान किए गए थे, तब यह बदनसीब गुलबानू आपको तसल्ली देने तथा और भी कुछ देने आपकी ख़िदमत में आई थी। उम्मीद थी, मर्द औरत की अमानत – ख़ासकर वह अमानत, जो दुनिया की चीज़ नहीं, जिसके दाम जान और क़ुर्बानी हैं – संभालकर रखेंगे। पर पीछे यह जानने का कोई ज़रिया न रहा कि हुज़ूर ने वह अमानत किस हिफ़ाज़त से कहां छिपाकर रखी? ग़दर में वह रही या मेरे बाबाजान के तख़्त के साथ वह भी गई?

इलाहीबख़्श का मुंह काला पड़ गया। बदहवासी की हालत में उनके मुंह से निकल पड़ा – आप शाहज़ादी गुलबानू...?

गुलबानू ने शान्त स्वर में कहा – वही हूं जनाब! मगर डरिएगा नहीं! अगर ग़दर में मेरी अमानत लुट भी गई होगी, तो वह मांगने जनाब की ख़िदमत में नहीं आई हूं। अब गुलबानू शाहज़ादी नहीं हुज़ूर की कनीज़ है – महज़ बावर्चिन है! मेरे आका, क्या बांदी के हाथ का खाना पसन्द आया? क्या बदनसीब गुलबानू की नौकरी बहाल रह सकेगी?

इलाहीबख़्श बेहोश होने लगे। वे सिर पकड़कर वहीं बैठ गए। गुलबानू ने पंखा लेकर झलते हुए कहा – जनाब के दुश्मनों की तबीयत नासाज़ तो नहीं, क्या किसी को बुलाऊं?

इलाहीबख़्श ज़मीन पर गिरकर शाहज़ादी का पल्ला चूमकर बोले – शाहज़ादी, माफ़ करना! मैं नमकहराम हूं।

'मैं जानती हूं। मगर हुज़ूर, यह तो बहुत छोटा क़सूर है। क्या हुज़ूर यह नहीं जानते कि औरतें दिल और मुहब्बत को सल्तनत से बहुत बड़ी चीज़ समझती हैं? क्या आप यक़ीन करेंगे कि बारह साल तक मैं आपकी उस ज़मीन में घायल तड़पती सूरत को आंखों में बसाकर जीती रही। जो कुछ बन सका बाबाजान

से कहकर किया। मैं जानती थी कि मिल न सकूंगी, मगर आपको दुनिया में एक रुतबा देने की हसरत थी – वह पूरी हुई।'

इलाहीबख़्श पागल की तरह मुंह फाड़कर सुन रहे थे।

शाहज़ादी ने कहा – जब बाबाजान ने आपके दग़ा और अंग्रेज़ों से आपके मिल जाने का हाल कहा, तो दिल टूट गया। मगर उस दिल से अब काम ही क्या? वह टूटे या साबूत रहे, आख़िर अनहोनी तो हो गई – एक बार फिर मुलाक़ात हो गई। जहे-क़िस्मत!

इलाहीबख़्श भागे। वे चुपचाप घर से निकले। नौकर-चाकर देख रहे थे। उसके बाद किसी ने फिर उन्हें नहीं देखा!

अबुलफ़ज़ल-वध

अबुलफ़ज़ल-वध एक प्रसिद्ध कहानी है। आचार्य श्री ने मुग़लकाल के इतिहास की एक घटना को बहुत कुशलता से कहानी रूप में पेश किया है। सलीम को शराबी, निकम्मा और गुनहगार बताकर अबुलफ़ज़ल ने अकबर के कान भरे थे। अन्त में वीरसिंहदेव ने उसका सिर काटकर सलीम के लिए सम्राट् बनने का मार्ग खोल दिया।

बरौन के दुर्ग के पच्छिम भाग में एक भग्न शिवमन्दिर के भीतर तीन व्यक्ति बैठे किसी गुरुतर विषय पर परामर्श कर रहे थे। मौसम बहुत ख़राब था। दिन-भर वर्षा हुई थी। अब भी बूंदें गिर जाती थीं। कड़ाके की सरदी थी और रात्रि अत्यन्त अन्धकारमयी थी। हवा ज़ोर से चलकर पहाड़ से टकराती थी और उसका भयानक गर्जन दिल को दहला देता था।

तीन व्यक्तियों में एक तेजस्वी पुरुष था। उसकी बहुमूल्य वेश-भूषा, पगड़ी पर हीरे का तुर्रा और कंठ में अंगूर के बराबर बड़े-बड़े मोतियों की माला तथा ज़री के कमरपेटे में जवाहरात से जड़ी हुई मूठ की पेशकब्ज़ उस व्यक्ति के उच्च पद को और उसकी तीखी, चीते के समान चितवन, सहज गम्भीर स्वर, रोबदार मुख उसके प्रकृत वीरत्व को स्पष्ट कर रहा था। वह व्यक्ति बुंदेलखंड के स्वर्गीय महाराज मत्करशाह के सातवें पुत्र, बैरोन के ठिकानेदार राजा वीरसिंह जी थे, जिनकी वीरता ने बुंदेलखंड में आनन्द, श्रद्धा और प्रतापी मुग़ल-साम्राज्य में आतंक जमा दिया था, और जिन्होंने बाहुबल से हाल ही में मुग़ल-फ़ौजदार से भंडेर और ईरिच के इलाक़े छीनकर क़ब्ज़ा कर लिया था।

दूसरा व्यक्ति, जो उनकी दाहिनी ओर वीर-भाव से बैठा था, एक पैंतीस वर्ष की आयु का मुसलमान व्यक्ति था। इसकी छोटी-छोटी, घनी-काली मूंछें और

छटी हुई दाढ़ी के बीच सुन्दर, अतिगौर मुख और उस पर बड़ी-बड़ी, किन्तु लाल डोरों से संयुक्त स्थिर आंखें देखने वालों पर बिना प्रभाव डाले नहीं रहती थीं। वह व्यक्ति एक लाल रंग का कश्मीरी दुशाला कमर में लपेटे, अपनी तलवार की मूठ को दृढ़ता से मुट्ठी में पकड़े मानो कोई भारी बात सोच रहा था, और मन-ही-मन उसकी सम्भावना और औचित्य पर विचार कर रहा था। इसका नाम था मिरज़ा गौर।

तीसरा व्यक्ति एक पचीस-छब्बीस वर्ष का बिल्कुल नवयुवक, सुन्दर नवयुवक था। उसकी स्वच्छ बड़ी-बड़ी आंखें उसके मन की स्वच्छता की द्योतक थीं। प्रशस्त माथा सच्चरित्रता प्रकट कर रहा था। उसकी चौड़ी छाती और अस्थिर होकर बैठने का ढंग प्रमाणित कर रहा था कि जिस गुरुतर कार्य की चर्चा हो रही है, उस पर विचार-परामर्श करने में देर करने की अपेक्षा कुछ झटपट कर डालना ही उत्तम है। उसका हाथ अपनी तलवार पर था, और लगभग आधी तलवार नंगी खिंची हुई थी। उसका सुन्दर मुंह क्रोध से तमतमा रहा था, और बड़े-बड़े श्वासों से उसकी छाती उठ-बैठ रही थी। यह राजा साहब का विश्वस्त शरीर-रक्षक मुकुट था।

राजा वीरसिंह जी कुछ देर स्वस्थ होकर बोले – देखो मिरज़ा, सब बातों की ऊंच-नीच ठीक-ठीक सोच लो। रामशाह ने विश्वासघात तो किया है, पर मेरे बड़े भाई हैं।

'महाराज, राजाओं का भाई कोई नहीं है, यह तलवार है। वह भी तभी तक, जब तक हाथ में रहे। आप स्वयं सोच देखिए, और उपाय क्या है?'

मुकुट ने बीच ही में उतावली से कहा – अपराध क्षमा हो महाराज, मुझे आज्ञा दीजिए, मैं रामशाह महाराज का अभी सिर काट लाऊंगा। ऐसा विश्वासघात भाई के साथ! धिक्कार!!

'ठहरो मुकुट, सब बातों पर धीरज से विचार कर लो, क्रोध करने को बहुत समय है। देखो, उन्होंने परसों पांच हज़ार सेना लेकर दुर्ग में प्रवेश किया था।'

'जी हां, और क़सम खाकर कहा था कि दो दिन को दुर्ग ख़ाली कर दो, मैं तुम्हारा भाई हूं। विश्वास करो, हम समझाकर शाही सेना वापस कर देंगे। दुर्ग भी दो दिन में तुम्हें दे देंगे। पर उसी दिन दस हज़ार शाही सेना और दुर्ग में बुला ली, और आप पर रात्रि को सोते समय छापा मारा। महाराज, मैं कभी

क्षमा न करूंगा।'

महाराज वीरसिंह हंस दिए। उन्होंने कहा, 'अच्छी बात है मत करना, पर पन्द्रह हज़ार सेना से लड़ोगे कैसे?'

'क्या मेरी तलवार में दम नहीं?'

'बहुत है।'

'तब?'

'इससे बहुत काम लिया जाएगा; मुकुट, अभी इसे सुरक्षित रहने दो। हां, मिरज़ा, फिर तुम्हारा क्या विचार है? देखो, उधर सम्राट अकबर की शत्रुता, इधर एक वंश, एक रक्त के भाई का विश्वासघात। घर का द्रोह तो कुछ करने ही न देगा।'

'परन्तु महाराज, सम्राट् स्वयं बड़ी मुसीबत में हैं। उधर मेवाड़ में युद्ध हो रहा है, प्रताप ने उनकी जान आफ़त में डाल रखी है। इधर सलीम ने विद्रोह का झंडा खड़ा किया है। महाराज, दिल्ली के तख़्त का यह गृह-कलह ही हमारी सन्धि है। महाराज को इससे लाभ उठाना चाहिए।'

'तुम चाहते क्या हो?'

'महाराज, चुपचाप प्रयाग चलकर सूबेदार और शाहज़ादे सलीम से मुलाक़ात करें; फिर जो कुछ होना होगा, स्वयं ही हो जाएगा।'

'और यदि शाहज़ादे ने मुझे शरण न दी?'

'शाहज़ादा स्वयं आपकी शरण में आवेगा, इसका ज़िम्मा मेरे ऊपर रहा।'

'यह कैसे?'

'उसे महाराज की सहायता की बड़ी ज़रूरत है।'

'किस तरह?'

'यह महाराज वहां चलकर ही जानेंगे।'

राजा वीरसिंह सोचने लगे। अन्त में कहा, 'मिरज़ा, अब और कोई उपाय नहीं, चलो प्रयाग। विलम्ब का काम नहीं, अभी कूच होगा। मुकुट, घोड़े ले आओ।'

'जो आज्ञा,' कहकर मुकुट उठकर चला गया। दोनों योद्धा लम्बी यात्रा की तैयारी करने लगे।

इलाहाबाद दुर्ग के रंगमहल से सटे हुए एक छोटे-से, किन्तु अत्यन्त सुसज्जित कमरे में शाहज़ादा सलीम चिन्ता-मग्न, म्लान-मुख बैठे थे। उनका पीला और दुबला चेहरा, कुछ गढ़े में धंसी हुई उनींदी आंखें उनकी विलासिता को स्पष्ट कर रही थीं। कमरे में केवल एक अल्पवयस्क, सुन्दर दास मोरछल लिये खड़ा था। नकीब ने आकर अर्ज़ की, 'ख़ुदाबन्द, राजा वीरसिंह बुंदेला क़दमबोसी को हाज़िर हैं।'

शाहज़ादे ने उतावली से कहा, 'उन्हें ले आओ न।'

राजा वीरसिंह ने सम्मुख आकर कौर्निश की। शाहज़ादे ने सम्भ्रान्त उठकर राजा साहब को छाती से लगा लिया, और बराबर बैठाकर कहा, 'राजा साहब, आपकी बहादुरी की तरीफ़ बहुत सुनी है, तभी दोस्ती की ख़्वाहिश थी, वह आज पूरी हुई। आप जो मेरे पास तशरीफ़ ले आए, इससे मेरी ही इज़्ज़त अफज़ाई हुई है। अब आप दरगाह को अपना घर समझें, और ऐसा कोई काम बताकर मुझे ममनून करें, जो इस बात को साबित करे कि मैं आपका सच्चा दोस्त बनने का कितना ख़्वास्तगार हूं।'

राजा वीरसिंहदेव सलीम की इतनी चापलूसी और उत्सुकता देखकर दंग रह गए, कुछ भी न समझ सके। उन्होंने कहा, 'हज़रत शाहज़ादा, आप मुझ नाचीज़ को क्यों शर्मिन्दा करते हैं? मैं तो आपकी पनाह आया हूं। बादशाह और ख़ास मेरे बड़े भाई ने मेरे साथ दग़ा की है। फुसलाकर क़िला ख़ाली करा लिया, और धोखा देकर रात को वध करने की चेष्टा की। इन दोस्तों और इस तलवार के बल से जान बचाकर भागा हूं। मिरज़ा गौर ने मुझे दरगाह में आने की सलाह दी है। शाहज़ादा मुझ शरणागत की इतनी आवभागत करेंगे, मैंने यह सोचा भी न था।'

सलीम ने कहा, 'राजा साहब, आप मेरी आंखें और भुजा हैं। आप मेरे सलाहकार और दोस्त हैं। मैं आपके लिए जान भी दूंगा। कहिए, आप क्या चाहते हैं?'

वीरसिंह की आंखों से आंसू निकल आए। उन्होंने क्षण-भर शाहज़ादे की

तरफ़ देखा, और कहा, 'शाहज़ादा, तब यह सेवक भी रक्त की एक-एक बूंद आपको देगा। मेरे बादशाह शहंशाह अकबर नहीं, आप हैं। आज से आप मेरे मालिक हैं।'

सलीम ने सिर से पगड़ी उतारकर कहा, 'मालिक सबका ख़ुदा है, मैं आपका भाई, छोटा भाई हूं और दिली दोस्त हूं। यह पगड़ी लीजिए और अपनी मुझे दीजिए। आपने मुझे बादशाह कहा है, मैं आपको बुंदेलखंड का महाराज कहता हूं।'

महाराज ने उठकर पगड़ी आदरपूर्वक ले ली। सलीम भी उठ खड़ा हुआ, महाराज ने अपनी पगड़ी शाहज़ादा को दी। दोनों एक बार फिर गले मिले।

अब काम की बात का परामर्श होने लगा। धीरे-धीरे सलीम ने दिल की गांठ खोल दी। कहा, 'महाराज, आप जानते हैं, मेरा परम शत्रु कौन है?'

'कौन?'

'वह बूढ़ा बाघ, वह शेख़!'

'कौन शेख़?'

'वह पाजी, पाखंडी अबुलफज़ल, जो आलिम कहाता है, और सिपहसालार से भी ऊंचा रुतबा रखता है।'

'शेख़ क्या कहते हैं?'

'बादशाह सलामत को मेरे विरुद्ध उसी ने भड़काया है। वह मुझे शराबी, निकम्मा और गुनहगार समझता है। महाराज, वह ग़ुलाम बादशाह सलामत की दाढ़ी का बाल हो रहा है।' सलीम कुछ देर चुप रहे। पर मानो उनका मन बेचैन हो रहा था, कुछ बात थी, जो निकलना चाहती थी। महाराज चुपचाप ये उतार-चढ़ाव देख रहे थे।

सलीम ने फिर कहा, 'महाराज, वह फिर दक्षिण से आ रहा है, दक्षिण को फ़तह करके वह इस बार बादशाह के और भी मुंह लग जाएगा। वह मेरा इस बार नाश कर डालेगा।' इतना कह सलीम ने आतुर होकर महाराज का हाथ ज़ोर से पकड़कर कहा, 'महाराज, मेरी मदद कीजिए, दोस्ती निभाइए। सलीम को आप नाशुकरा न पावेंगे?'

'शाहज़ादा क्या चाहते हैं?'

'यही कि वह आने न पावे, बादशाह से मिलने भी न पावे। उसे आप क़ैद कर लीजिए या मार डालिए।'

'और यदि वह युद्ध न करे?'

'वह बड़ा मगरूर और ग़ुस्सैल है, ज़रूर लड़ पड़ेगा।'

'परन्तु शाहज़ादा ज़रा सोचिए, यह काम क्या मुनासिब होगा? बादशाह सब बात जानेंगे, तब...'

'आह महाराज, आप भी मुझे नाउम्मीद करेंगे?'

'शाहज़ादा, यह काम अच्छा नतीजा न लाएगा।'

'यह काम तो होना ही चाहिए।'

'आप सब आगा-पीछा सोचिए तो।'

'महाराज, बुंदेलखंड के महाराज, वह जब तक ज़िन्दा है, तब तक मैं मरा हुआ हूं।'

महाराज सोच में पड़ गए। सलीम ने कहा, "महाराज, मेरा तख़्त, इज़्ज़त, आज़ादी सब इसी काम पर है। उसे रोकिए, क़ैद कीजिए या मार डालिए। वह मेरे कलेजे का कांटा है, उसे निकालिए। देखिए, यह पगड़ी यदि आपकी दी हुई न होती, और इसकी यदि मैं इज़्ज़त न करता, तो इसे अभी आपके क़दमों पर धरता। महाराज, दोस्ती का हक़ अदा कीजिए।'

महाराज ने गहरी सांस ली। उन्होंने कहा, 'शाहज़ादा, मैं आपकी इच्छा पूरी करूंगा। पर मुझे अभी जाना होगा।'

सलीम फड़क गया। उसने अपना सुनहरी काम का ज़िरह-बख़्तर महाराज को पहनाया, अपनी जड़ाऊ तलवार उनकी कमर में बांधी, और सिरोपाव देकर सैयद मुज़फ़्फ़रअली के साथ विदा कर दिया।

शेख अबुलफ़ज़ल जल्दी-जल्दी कूच करता बढ़ रहा था। बादशाह सलामत का हुक्म था कि वह जल्दी-से-जल्दी उनसे मिले। वास्तव में बादशाह को शेख़ की फ़ौज और उसकी अक्ल की भी बहुत ज़रूरत थी। नरवर जाकर महाराज वीरसिंहदेव ने डेरा जा जमाया। उनके साथ बहुत ही कम सेना थी, परन्तु अब

और कुछ हो भी नहीं सकता था। वीरसिंहदेव ने शेख़ से कहला भेजा, 'मैं आपसे मुलाक़ात किया चाहता हूं, बिना मुझसे मुलाक़ात किए आप आगे नहीं बढ़ सकते।'

अबुलफ़ज़ल क्रोध में भभक उठा। एक तुच्छ राजा का इतना साहस! ग़ुस्से में भरकर कहा, 'मेरा घोड़ा ले आओ। मैं अकेला ही उससे मुलाक़ात करूंगा, और उसका सिर काट लाऊंगा। उसकी ऐसी हिमाकत!' एक पठान सरदार ने कहा, 'जनाब, बेहतर है, इस वक़्त लड़ाई-झगड़े को बचा जाएं, बादशाह सलामत का हुक्म तो आप पर ज़ाहिर ही है।'

शेख़ ने घोड़े की रास खींचकर कहा, 'मैंने दखिन फ़तह किया है। अब इस तरह चाहे भी जो कोई आकर मेरा रास्ता रोकेगा, और ज़बर्दस्ती मुलाक़ात करेगा, तो हो चुका। रास्ता छोड़ो।' बूढ़े शेख़ ने दर्प से गर्दन तानी और घोड़े को एड़ लगा दी।

महाराज ने सुना, तो नंगी पीठ घोड़े पर चढ़कर दौड़े। बीच मैदान में ही दोनों की मुठभेड़ हो गई। शेख़ ने तलवार खींचकर कहा, 'तुम्हीं वीरसिंहदेव हो?'

'मैं ही हूं शेख़ साहब, मेरी आपसे एक अर्ज़ है!'

'अर्ज़ सुनने की मुझे फ़ुर्सत नहीं! वार रोको,' इतना कहकर शेख़ ने वार किया।

महाराज ने पीछे हटकर कहा, 'शेख़ साहब, ज़रा ठहरिए; मेरी बात सुन लीजिए।'

शेख़ ने कहा, 'तुझ पर लानत है, लड़ाई के वक़्त बातें करना चाहता है! तूने मुझे रोकने की ज़ुर्रत क्यों की? शेख़ अबुलफ़ज़ल इस गुस्ताख़ी को यों ही नहीं बर्दाश्त करेगा।'

शेख़ ने तड़ातड़ वार करने शुरू किए। महाराज वीरसिंहदेव ने और कुछ वार बचाए। अन्त में वे भी युद्ध करने लगे। दोनों ओर की सेनाएं कुछ क्षण युद्ध देखती रहीं। हठात मुग़ल-दल अर्राकर दौड़ पड़ा। महाराज की सेना भी टूट पड़ी। एक बार महाराज ने फिर युद्ध रोकने की चेष्टा की, परन्तु इतने ही में एक गोली शेख़ की कनपटी को चीरती हुई निकल गई। शेख़ तत्क्षण मरकर धरती में गिर गए। उनके गिरते ही शाही फ़ौज तितर-बितर हो गई। महाराज खिन्न वदन शिविर में लौट आए।

शाहज़ादा सलीम अन्तःपुर के निकट, नज़रबाग के बीचोबीच, एक संगमरमर के चबूतरे पर, क़ीमती ईरानी क़ालीन पर बिछे हुए एक सोने के सिंहासन पर, मसनद लगाए बैठे थे। मिरज़ा गौर ने एक थाल शाहज़ादे के सामने पेश किया। सलीम ने कहा, 'क्या लाए हो?'

'तोहफ़ा है हुज़ूर!' मिरज़ा ने लाल रेशमी रूमाल उठा लिया, थाल में अबुलफ़ज़ल का सिर था।

सलीम उछल पड़े। उन्होंने कहा, 'मिरज़ा, तुम्हें भरपूर इनाम मिलेगा, महाराज कहां हैं?'

'वे बाहर शाहज़ादे के हुक्म की इन्तिज़ारी में खड़े हैं।' महाराज ने धीरे-धीरे आकर शाहज़ादे को कौर्निश करके कहा, 'शाहज़ादा, आशा है, आप सन्तुष्ट होंगे, वह अनुचित काम मैंने अन्ततः अंजाम दे दिया।'

शाहज़ादे ने ख़ुशी में कहा, 'महाराज, आपने हमें सारा राज्य दे दिया। आपने हमारा अधिकार दृढ़ कर दिया है।' इसके बाद उन्होंने संकेत किया। एक ख़ोजा सोने की थाल में मोती-जवाहरात और बहुत-सी बहुमूल्य वस्तुएं भर लाया। सलीम ने खड़े होकर महाराज को बुंदेलखंड का राजतिलक कर दिया। वह रत्नभरा थाल, एक जड़ाऊ माला, एक राजछत्र, दो चंवर भेंट किए।

प्रबुद्ध

अमिताभ बोधिसत्त्व गौतम बुद्ध की प्रभाव-सत्ता की समता विश्वमानवों में केवल ईसा कर सकता है, वह भी आंशिक। तिस पर गवेषणाएं ऐसी हैं कि कहा जाता है – ईसा बौद्ध शिष्य है। गौतम बुद्ध ने ईसा से छः सौ वर्ष पूर्व भारत में जन्म लेकर जिस धर्म-चक्र का प्रवर्तन किया, वह विश्व का सर्वप्रथम सर्वसभ्य विश्वधर्म था। सारे संसार की सभ्य, अर्धसभ्य जातियों का उसने संयम, प्रेम, त्याग और अहिंसा का सन्देश दिया और जिस काल सामन्तशाही तथा स्वेच्छा-जीवन ही रूढ़िवाद बना हुआ था, धर्म और जीवन को उसने व्यावहारिक और सरल रूप दिया। मनुष्य की जाति को उसने वह दिव्य चक्षु दिया, जिससे वह ज्ञानावलोकन कर अपना और औरों का भला कर सके। प्रस्तुत कहानी में उसी दिव्यात्मा के जीवन-रेखाचित्र भाव-ध्वनि में अंकित हैं। यह कहानी सन् 1926 में लिखी गई थी और इसके लिखने में नौ माह लगे थे। उन दिनों हिन्दी में बौद्ध साहित्य का अध्ययन विरल था और आचार्य के साहित्य-प्रांगण में प्रवेश का भी प्रभात था। इस दृष्टि से कहा कहानी में उदीयमान भावी महान साहित्यकार के दर्शन होते हैं। कहानी में भाव-कल्पना और मानसिक घात-प्रतिघात का प्रभावशाली और गम्भीर प्रदर्शन है तथा कथनोपकथन शैली में सतेज प्रवाह है, जो भावों और विचारों के अद्‌भुत एकत्व का प्रकटीकरण करता है – कहानी में महाप्राण बुद्ध के अन्तर्द्वन्द्व को साकार किया गया है।

वृद्ध महाराज शुद्धोदन विशेष प्रसन्नवदन दिखाई पड़ रहे थे। वे प्रासाद के भीतरी अलिन्द में एक स्फटिक मणि की पीठ पर बैठे थे। उन्होंने

सम्मुख कुछ दूर पर खड़े हुए प्रतिहार को पुकारकर कहा – अरे! देख तो युवराज सिद्धार्थ अभी मृगया से लौटे या नहीं?

प्रतिहार ने आगे बढ़ और धरती पर बल्लम टेककर कहा – परम परमेश्वर, परम वैष्णव, महाभट्टारकपादीय महाकुमार अभी-अभी मृगया से लौटे हैं, और वे वायु-मंडप में विश्राम कर रहे हैं।

'अच्छा-अच्छा, महानायक प्रबुद्धसेन और महामात्य विजयादित्य को यहां भेज दो।'

प्रतिहार ने नतमस्तक हो प्रस्थान किया। महाराज ने चंवरवाहिनी को संकेत से निकट बुलाकर कहा – जा, राजमहिषी से कह दे कि आज ही तो भांड-वितरण का दिन है, सभी राजकुमारियां आ गई होंगी। वे स्वयं उनकी शुश्रूषा करें। ऐसा न हो कि किसी को खिन्न होने का अवसर मिले।

महानायक प्रबुद्धसेन ने अलिन्द में आ स्थिर भाव से सम्मुख खड़े होकर और खड्ग को उष्णीष से लगाकर पुकारा – परम परमेश्वर, परम वैष्णव...

महाराज ने बीच में ही हंसकर कहा – महानायक, आज सभी सेना सज्जित करनी चाहिए। ज्यों ही कुमार सिद्धार्थ अन्तिम भांड-वितरण करें, त्यों ही जयघोष और सैनिक अभिवादन होना चाहिए। आज ही कुमार सिद्धार्थ सेना को पताका प्रदान करेंगे।

महानायक ने नतमस्तक होकर कहा – महाराज की जय हो। समस्त सेना सज्जित होकर भट्टारकपादीय महाराजकुमार के अन्तिम भांड-वितरण की प्रतीक्षा कर रही है।

महामात्य विजयादित्य ने आ, नतजानु होकर महाराज का अभिवादन किया। महाराज ने प्रफुल्ल वदन होकर कहा – महामात्य! अब तो समय उपस्थित है, फिर विलम्ब क्यों? सभी राजकुमारियां आ तो गईं? तुम कुमार सिद्धार्थ को तृतीय अलिन्द में ले जाओ, वहीं भांड-वितरण किया जाएगा। हां, तुम कुमार के सर्वथा निकट रहना और उनकी गतिविधि का सूक्ष्म निरीक्षण करते रहना। नेत्रों का तारतम्य और ओष्ठ-प्रस्फुरण, गूढ़ मनोगत भावों को प्रदर्शित कर देगा। ज्यों ही तुम देखो, कुमार किसी कन्या के प्रति आकर्षित हुए हैं, त्यों ही तुम शंख-ध्वनि करना, और पुरोहित को शुभ-संवाद देकर मेरे निकट भेज देना। – इतना कहकर महाराज हंस दिए।

वृद्ध महामात्य भी हंसे। उन्होंने कहा – जो आज्ञा, परन्तु कोली राजकन्या यशोधरा अभी तक नहीं आई हैं। वह...

बीच में ही एक दंडधर ने उपस्थित हो, उच्च स्वर में जयनाद करके कहा – कोली राजकन्या भट्टारकपादीय महाराजकुमार से भांड-प्रसाद पाने की अभिलाषा से आई हैं। वे द्वार पर उपस्थित हैं।

महाराज ने हठात खड़े होकर कहा – जाओ, जाओ, राजमहिषी से कहो कि वे राजनन्दिनी का यथेष्ट स्वागत करें।

महामात्य ने नतमस्तक होकर कहा – तो अब मैं जाता हूं।

'शिवास्ते पन्थानः सन्तु!'

महाराज फिर अलिन्द में अकेले रह गए। उस समय न जाने कितनी सुखद स्मृतियां उनके हृपिंड को विकसित कर रही थीं।

वायु-मंडप की एक स्वच्छ शिला पर राजकुमार सिद्धार्थ विषण्णवदन बैठे थे। उनके शरीर पर केवल एक उत्तरीय और अधोवस्त्र था। वे मानो किसी गहन चिन्ता में मग्न थे। वसन्त की मृदुल वायु उनके काक-पक्ष को लहरा रही थी। कुसुम-गुच्छ झूम-झूमकर सौरभ बिखेर रहे थे। तप्त स्वर्ण के समान उनकी शरीर-कान्ति उन महीन वस्त्रों से बिखरी पड़ती थी। उनका मुख, चिन्तन की गम्भीर भावना के कारण प्रस्फुटित कैशोरावस्था की उत्फुल्लता से रहित हो गया था; पर उसका अप्रतिम सौन्दर्य कुछ और ही रंग ला रहा था। उनकी सुडौल गर्दन, विशाल वक्षस्थल, प्रलम्ब बाहु और केहरी जैसी ठवन असाधारण थी। सुकोमल हृद्गत भाव, सुकुमार देह और पुंसत्व का उद्गम एक अलौकिक मिश्रण बना रहा था। वे शिलाखंड पर बैठे दोनों हाथों में जान देकर सम्गुख पुष्करिणी में खिले एक कमल पुष्प पर बार-बार मत्त भ्रमर का प्रणय-आक्रमण देख रहे थे। परन्तु उस विनोद का कुछ प्रभाव उनके हृदय पर था – यह नहीं कहा जा सकता। उनकी दृष्टि भ्रमर पर थी अवश्य, पर वे किसी गूढ़ जगत में विचर रहे थे। कभी-कभी उनके होंठ फड़क उठते और कोई शब्द-ध्वनि उनमें से निकल जाती थी। वे इतने मग्न थे कि कब कौन उनके निकट आ खड़ा हुआ है, यह उन्हें ज्ञात ही नहीं हुआ।

पीछे से स्पर्श पाकर उन्होंने चौंककर देखा और सम्भ्रान्त भाव से खड़े होकर वे आगत वृद्ध पुरुष को प्रणाम करते हुए बोले – आर्य की उपस्थिति का कुछ भी भान नहीं हुआ!

वृद्ध महापुरुष ने हंसकर कहा – होगा कैसे, तुम स्वयं उपस्थित रहो तब न? क्षण-भर भी एकान्त हुआ, और तुम गम्भीर चिन्तन में मग्न हुए। कुमार! क्या प्रतापी शाक्यवंश के एकमात्र उत्तराधिकारी के लिए यह उचित है?

'आर्य क्षमा कीजिए। मैं भविष्य में इसका ध्यान रखूंगा; परन्तु...आज मेरी परीक्षा हो गई न?'

'आशातीत! तुम्हारे जैसे अन्यमनस्क शिष्य से मुझे इतनी आशा न थी। सभी कहते थे कि कुमार लक्ष्य-वेध न कर सकेंगे। तुम अभ्यास ही कब करते थे? परन्तु आज तुम्हारा हस्त-लाघव देखकर मैं गद्‌गद हो गया। कुमार! मैं धन्य हुआ। तुम शाक्यवंश के दीपक होगे। मैं भविष्यवाणी करता हूं – तुम अप्रतिम योद्धा...' वृद्ध पुरुष कुमार के कन्धे पर स्नेह से हाथ रखकर उपर्युक्त वचन कह रहे थे।

कुमार ने बीच में ही बात काटकर कहा – आर्य! पुरजन फिर तो मेरी परीक्षा का हठ न करेंगे?

'कभी नहीं, वे पूर्ण सन्तुष्ट हैं, सर्वत्र ही तुम्हारी अप्रतिम शस्त्रकला की चर्चा हो रही है। पर तुम क्या विशेष थके हुए हो?'

'तनिक भी नहीं।'

'तब यह एकान्त-सेवन क्यों? यह गम्भीर चिन्तन क्यों? और यह विषण्ण मुखमुद्रा क्यों?'

'आर्य अत्यन्त स्नेह के कारण ऐसा विचार करते हैं। परन्तु...अरे! महामात्य इधर ही आ रहे हैं – आर्य, हमें आगे बढ़कर अमात्यवर का अभिवादन करना चाहिए।'

दोनों व्यक्ति वायु-मंडप के द्वार तक बढ़ आए। महामात्य ने हंसकर कहा – आयुष्मन! आज तुम आखेट में विजय प्राप्त कर आए। इस समाचार से अन्तःपुर में विशेष उल्लास हो रहा है; महिषी की इच्छा है कि आज सभी राजकुमारियां समुपस्थित हैं, कुमार उन्हें अपने हाथों से रत्न-भांड प्रदान कर उन्हें

प्रतिष्ठित करें।

कुमार ने सलज्ज भाव से कहा – माता की जैसी आज्ञा। तीनों व्यक्ति धीरे-धीरे प्रासाद की ओर चल दिए।

उषा की अलौकिक रश्मि-रेखा की तरह सबके अन्त में कोलराजनन्दिनी यशोधरा ने कक्ष में प्रवेश किया, मानो उन्हें देखते ही कुमार सिद्धार्थ का चिरनिद्रित यौवन जागरित हो उठा। वे धीरे-धीरे सौरभ, आलोक और शोभा बिखेरती हुई व्यास-पीठ तक पहुंचकर कुमार के सम्मुख खड़ी हो गईं; वे सिमट रही थीं और झुक रही थीं; न जाने अविकसित यौवन के भार से अथवा लज्जा के भार से। वे सम्मुख खड़ी होकर भूमि पर दृष्टि गड़ाए पद-नख से धरती पर बिछे स्फटिक-प्रस्तर पर रेखा खींचने का व्यर्थ प्रयास कर रही थीं।

कुमार चित्र-लिखित-से देखते रह गए। वे जागरित भी प्रसुप्त-से थे। कुमार के निकट खड़े अमात्यवर ने कहा – राजनन्दिनी को भांड प्रदान करो आयुष्मन।

कुमार ने घबराकर इधर-उधर देखा और अस्त-व्यस्त स्वर में कहा – शुभ्रे! तुमने अति विलम्ब किया, भांड तो सभी वितरण हो चुके।

राजनन्दिनी क्षण-भर उसी तरह खड़ी रहीं। फिर उन्होंने ऋतु प्रणाम करके लौटने का उपक्रम किया।

कुमार असंयत होकर आगे बढ़े और कंठ से मणिमाला निकालकर उन्होंने कुमारी के गले में डाल दी। कुमारी ने दृष्टि उठाकर कुमार के प्रदीप्त स्वर्णमुख की ओर देखा। वे पत्ते की तरह कांपने लगीं और उनका मुख प्रस्वेद से भीग गया। कुमार जड़वत खड़े थे। हठात महामात्य ने शंख-ध्वनि की। क्षण-भर में भुशंडिकाएं गर्ज उठीं। उसके बाद ही विविध वाद्य-ध्वनि से राजप्रासाद गुंजायगान हो गया।

कुमार ने विचलित होकर कहा – आर्य! यह क्या हुआ? पर उन्होंने देखा, कक्ष में वे हैं और पुष्प-भार से झुकी हुई लतिका के समान राजनन्दिनी यशोधरा हैं। उन्होंने साहस करके कहा – राजनन्दिनी क्या प्रतिदान की अभिलाषा रखती है!

कुमारी के अधरोष्ठ में एक क्षीण हास्य-रेखा और कपोलों पर लाली आई

और गई। उन्होंने नतजानु होकर महाराजकुमार को अभिवादन किया और उसके बाद वहां से चली गईं।

क्या हम प्रेम की व्याख्या करें? उस प्रेम की, जहां शरीर-सम्पत्ति प्रेम का माध्यम नहीं है; जहां केवल प्राणों में प्राणों का लय है; जो नेत्रपटल पर नहीं तौला जाता; केवल आत्मा जिसमें विभोर होती है; जो जीवन से मृत्यु तक और मृत्यु से परे भी वैसा ही पारिजात-कुसुम की तरह अक्षय विकसित रहता है; वासना का यहां सम्पर्क नहीं; भोग और तृप्ति का यहां प्रसंग नहीं; अभिलाषा और अरुचि दोनों ही यहां नहीं; जहां सुख नहीं, आनन्द है; जहां कुछ भी प्राप्त करने की अभिलाषा नहीं – सब-कुछ प्राप्त है। इस पृथ्वी-तल पर दाम्पत्य जीवन में यह प्रेम किस महाभाग ने प्राप्त किया?

गौतम ने यशोधरा का आंचल खींचकर कहा – गोपा प्रिये! अब बस करो, चंगेरी तो भर चुकी। अब इन पुष्पों को लताओं में इसी तरह विकसित छोड़ दो। ये कल तक तो खिले रह सकेंगे? देखो जिन डालियों के पुष्प तुम तोड़ चुकी हो वे कितनी अशोभनीय हो गई हैं?

'होने दो, आर्यपुत्र! ये कल फिर फूलों से लद जाएंगी। यह तो प्रकृति का स्वभाव है। आप व्यर्थ ही इतना विषाद करते हैं।'

'व्यर्थ? नहीं प्रिये! इन कुसुम-लतिकाओं के प्रति तुम्हारा आचरण नितान्त निष्ठुर है। अभी प्रातःकाल तो तुम इन्हें अपने हाथों सींच रही थीं – सो क्या इसीलिए?'

और नहीं तो क्या? आर्यपुत्र क्या मुझे ऐसी ही निःस्वार्थ समझे बैठे हैं? – मैंने सींचा है तो फूल भी चुनूंगी। यह तो जगत की गति ही है। और यह निष्ठुर आचरण क्या इतना ही? अभी तो मैं रुचि से गूंथकर माला बनाऊंगी। ये यूथिका, चम्पा और कुन्द क्या यों ही अस्त-व्यस्त चंगेरी में पड़े रहेंगे, जैसे आर्यपुत्र के विचार पड़े रहते हैं?'

'उलाहना मत दो प्रिये! तुम्हें तो उदार होना ही चाहिए। तुम राजनन्दिनी हो, हाय-हाय! क्या तुम इन कोमल पुष्पों को सुई से विद्ध भी करोगी?'

'आर्यपुत्र! देखते रहें, मैं एक-एक को विद्ध करूंगी। मैं राजनन्दिनी हूं, पालन करना, कर ग्रहण करना और दंड-भय से शासन और सुव्यवस्था बनाए रखना

मेरा कर्तव्य है। जल-सिंचन करके मैंने पालन किया, पुष्प-चयन करके कर ग्रहण कर रही हूं, और अब सूची-शस्त्र के बल से सुव्यवस्था करके माला बनाऊंगी। फिर आर्यपुत्र के वक्षस्थल पर वह सुशोभित होगी। और मेरे परिश्रम का वेतन मुझे प्राप्त होगा,' – इतना कहकर गोपा हंस पड़ी।

महाराजकुमार सिद्धार्थ ने उसे दृढ़ता से पकड़कर कहा – पर मैं विद्रोह करूंगा, अब मैं तुम्हें अधिक यह कर-शोषण नहीं करने दूंगा, प्रिये! चाहो तो मुझे दंड दो।

'अच्छी बात है? मैं तुम्हें बांधकर डाले देती हूं।'

इतना कहकर गोपा ने अपने दृढ़ भुज-पाश में कुमार को बांध लिया।

महाराजकुमार के अन्तस्तल में सदैव जागरित प्रबुद्ध सत्ता उस मद से क्षण-भर को मूर्च्छित हो गई। उन्होंने पत्नी-श्रेष्ठ को प्रगाढ़ आलिंगन करके चुम्बन किया।

गोपा ने हंसकर कहा – आर्यपुत्र! स्मरण रखें कि यह अनुग्रह वेतन में नहीं काटा जाए, पुरस्कार-मात्र समझा जाए?

राजकुमार हंस पड़े। उन्होंने कहा – गोपा प्रिये! उस दिन तो तुम इतनी चपला न थीं, जिस दिन भांड-वितरण...

'आर्यपुत्र के पास इसी बात का क्या प्रमाण है कि मैं बालिका हूं?' गोपा ने बात काटकर कहा।

'वही तो हो प्रिये! यह नेत्र और यह अधरोष्ठ, इन्हें क्या मैं भूल जाऊंगा? ओह, इन्हींने तो मुझे ठगा।'

राजकुमार मानो एक गम्भीर चिन्तन में पड़ गए।

गोपा ने व्याज कोप से कहा – आर्यपुत्र को भ्रम हुआ है। वे थीं राजनन्दिनी यशोधरा – कोलकुमारी, और मैं हूं भगवती गोपा – शाक्यसिंहासन की युवराज्ञी।

'अच्छा, अच्छा, प्रिये! अब चलो, प्रासाद में चलें, सूर्य अस्त हो रहा है; तुम्हें शीत का भय है।'

'जो आज्ञा आर्यपुत्र!'

‘अर्द्धरात्रि तो कब की व्यतीत हो गई। त्रिशिरा नक्षत्र आकाश के मध्य-भाग में आ गए। आर्यपुत्र क्या शयन न करेंगे?’

‘ओह प्रिये! तुम अभी तक जाग रही हो?’

‘सारा संसार मोहमयी निद्रा में शयन कर रहा है।’

‘हाय! यह कैसे दुख का विषय है!’

‘कैसा घोर अन्धकार है।’

‘पर मेरा हृदय प्रकाशित है।’

‘मेरे प्रभु! तुम्हारे इतने निकट होने पर भी मैं उस प्रकाश की एक किरण भी नहीं देखती।’

‘मैं उसे संसार के प्राणि-मात्र को दिखाने की बात सोच रहा हूं प्रिये।’

‘इस स्तब्ध अन्ध निशा में?’

‘अन्ध निशा तो मानव-हृदय में ओतप्रोत है। तुम समझती हो जब सूर्योदय होगा, तब वह छिन्न-भिन्न हो जाएगी?’

‘मैं मूर्ख स्त्री और क्या सोचूंगी?’

‘नहीं गोपा, आत्मप्रतारणा की आवश्यकता नहीं; पर इस बात को तो सोचो। मानव-आत्मा न जाने कब से उसी प्रकार से सो रही है जैसे इस समय संसार। और वह उसी प्रकार अन्धकार में व्याप्त है जैसे इस समय पृथ्वी। यह निद्रा और अन्धकार कुछ समय में दूर हो जाएगा, उषा का उदय होगा, जगत सुन्दर हो जाएगा, प्रकृति भांति-भांति के रंग का श्रृंगार करेगी, आलोक से आकाश और भूलोक शोभायमान होगा, आह! कैसी सुन्दर बात है, परन्तु मानव-हृदय का अन्धकार और सुषुप्ति तब भी दूर न होगी। यह अक्षय अन्धकार, यह चिर-मोहनिद्रा मनुष्य पर शाप है। मनुष्य-जाति के इस दुर्भाग्य पर तुम्हें करुणा नहीं आती?’

‘और इस अनन्त मानव-समुदाय में अकेले आर्यपुत्र जागरित हैं?’

‘प्रिये! व्यंग्य क्यों करती हो?’

‘अच्छा, आर्यपुत्र! इस अन्धकार में जागरित होकर किस सौभाग्य की आशा करते हैं? इस अन्धकार में तो जागरित पुरुष की अपेक्षा सुख से सोए पुरुष

ही अधिक भाग्यशाली हैं?'

कुमार ने उत्तेजित होकर गोपा का हाथ पकड़ लिया। कहा – किन्तु, यदि उनका कभी प्रभात न हो तो? उस निद्रा का कभी अवसान न हो तो?

गोपा विचलित हुई, निरुत्तर हुई। वह पति के निकट बैठकर कुछ सोचने लगी।

सिद्धार्थ ने कहा – प्रिये! यदि मैं अपने प्रकाश की रेखा से इस अन्धकार को छिन्न-भिन्न कर सकूं? जागरित होकर मानव-समाज सुन्दर आलोक देखे तो, गोपा? क्या हमारा जीवन धन्य न होगा?

'अवश्य,' गोपा ने दृढ़ता से कुमार का हाथ पकड़कर कहा।

'तब इसके लिए हृदय विदीर्ण करना पड़ेगा।'

'विदीर्ण?'

सिद्धार्थ कुछ न बोले। दोनों महाप्राण आन्दोलित हो रहे थे। 'हृदय-विदीर्ण करना होगा...?' गोपा का माथा घूमने लगा। वह ज़ोर से कुमार का आलिंगन करके रोने लगी। वह बहुत कुछ कहना चाहती थी, पर कुछ कह न सकती थी; वह बहुत दिन से एक आशंका को मन से दूर करने की चेष्टा कर रही थी, पर कर नहीं सकती थी। कुमार के भाव को वह कुछ समझ न सकी। पर 'हृदय-विदीर्ण' होने की भावना वह सह न सकी – वह पति के वक्षस्थल पर गिरकर फूट-फूटकर रो उठी।

एक बार महाराजकुमार की अन्तर्हित प्रबुद्ध सत्ता फिर मूर्च्छित हुई। उन्होंने गोपा को गाढ़ा आलिंगन करके बार-बार उसका चुम्बन किया। धीरे-धीरे दोनों प्राणी शयनकक्ष की ओर चले गए।

'देखो प्रिये, यह क्या हो रहा है?' कुमार ने मुझकर डाली पर झुके एक पुष्प की ओर संकेत करके कहा।

गोपा ने देखा और वह आश्चर्यचकित हो कुमार की तरफ़ देखकर बोली – आर्यपुत्र का अभिप्राय क्या है?

'अभी कुछ देर पूर्व सूर्य की किरणों ने इस पुष्प को छुआ, यह खिल पड़ा।

सूर्य तो अस्त हो रहा है और यह मुर्झा रहा है; अब यह सूखकर झड़ जाएगा,' यह कहकर उन्होंने पत्नी की ओर देखा।

गोपा कुमार की मुख-मुद्रा को एकटक देख रही थी। कुमार ने फिर कहा – गोपा प्रिये! मनुष्य का जीवन भी ऐसा ही है। – उनकी दृष्टि गोपा के मुख से हटकर एक बार दोलायमान हुई और फिर वह दूर क्षितिज पर डूबते हुए सूर्य पर अटक गई। मुख पर कुछ हास्य-रेखा आई, पर वह गई नहीं। वे जड़वत वैसे ही बैठे रहे।

गोपा घबरा गई। उसने कहा – आर्यपुत्र, अब और क्या विचार रहे हैं?

कुमार ने चौंककर कहा – ओह, कुछ भी तो नहीं, प्रिये! आज मैं नगर में गया था। वहां मैंने राजपथ पर एक पुरुष देखा, वह एक लाठी के सहारे बड़े कष्ट से चल रहा था। उसके नेत्र इतने विभ्रम थे कि उनकी अपेक्षा नेत्र न होते तो हानि न थी; दांत सभी गिर गए थे। उससे उसका मुख तो विकृत हो ही गया था, वाणी भी अस्पष्ट हो गई थी, उसकी खाल काली होकर लटक गई थी और हड्डियां चमक रही थीं। उसका अंग-अंग कांप रहा था। वह बड़े चाव से मेरी ओर देख रहा था। मैं उसके निकट गया। उसने कांपते-कांपते हाथ ऊपर उठाकर मेरा अभिवादन किया और कहा – कुमार! एक दिन मैं तुमसे भी अधिक सुन्दर था और एक दिन तुम भी ऐसे ही हो जाओगे। मैंने सोचकर देखा। प्रिये! उसका कथन सत्य हो सकता है।

गोपा कुमार की ओर देखती रही; उसके होंठ कांपकर रह गए। कुमार बोले – कुछ आगे चलने पर एक और हृदयद्रावक दृश्य देखा। एक पुरुष को लोग उठाकर ले जा रहे थे। मैंने उन्हें रोककर पूछा : यह क्या है? उन्होंने कहा : यह मर गया है। मैंने उसे देखा, वह न हिल सकता था, न बोल सकता था; उसमें प्राण नहीं था। वे उसे भस्म करने को ले जा रहे थे। एक ने कहा : अन्त में सभी को ऐसा होना पड़ेगा।

राजकुमार हठात उठ खड़े हुए। उन्होंने शून्यदृष्टि से आकाश की ओर देखा। उनके हृदय को मानो कोई ज़ोर से मन्थन कर रहा था। उन्होंने कातर कंठ से गुनगुनाकर कहा – वह कैसी भयानक दशा है! राजा और रंक यहां विवश हैं? क्या इस दुख से छूटने का कोई उपाय ही नहीं है? फिर तो ये सुख, राजप्रासाद, धन और अधिकार विडम्बनामात्र हैं? जब ये चिरस्थायी ही नहीं, जब उस

अवश्यम्भावी अवस्था के प्रतिकार में ये समर्थ ही नहीं तब? – उन्होंने ज़ोर से पुकारकर कहा – गोपा प्रिये! तब?

गोपा कुमार की मुख-मुद्रा और भाव-भंगी से डर गई। उसने त्रस्त स्वर में कहा – आर्यपुत्र, क्या सोच रहे हैं?

'प्रिये! कोई गूढ़ वस्तु कहीं छिपी है!'

'इस राज-सम्पदा से, अधिकार-सत्ता से भी अधिक?'

'हां।'

'इस यौवन, सौन्दर्य और आनन्द से भी अधिक?'

'हां।'

'आपकी इस चिरकिंकरी से भी अधिक?'

'ओह, गोपा प्रिये, ठहरो! वह गूढ़ वस्तु हमें प्राप्त करनी चाहिए।'

'और वह है कहां?'

'मैं उसे ढूंढूंगा, वह मनुष्य-मात्र के दुख को दूर करने की तालिका होगी,' उनके होंठ फड़कने लगे और नेत्र उन्मीलित हो गए।

गोपा एक बार कम्पित हुई। उसने कुमार का हाथ पकड़कर उठाया और कहा – आर्यपुत्र! नगर-निरीक्षण तो आपने किया, अब मेरी सारिका का निरीक्षण भी कीजिए, देखिए यह आपकी तरह मेरा नाम पुकारना सीख गई है। आज आपको उस मयूर के जोड़े को स्वयं भोजन कराना होगा। इसके सिवाय आज आप अन्धकार-निरीक्षण न कर सकेंगे? अभी से शयन-कक्ष में रहना होगा।

बहुत चेष्टा करने पर उसके होंठों पर हास्य आया। कुमार ने अन्यमनस्क होकर कहा – अच्छा प्रिये! तुम्हारी ही बात रहे।

'पुत्र! हे भगवान! यह नया बन्धन उत्पन्न हो गया! गोपा क्या कम थी? वह आनन्द और हास्य का मधुर अमृत एक क्षण भी मुझे नीरस नहीं रहने देना चाहता। परन्तु जो स्वभाव से नीरस है, वह सरस होगा कैसे! गोपा के प्रेमपाश को तोड़ने में मैं कितना बल लगा चुका, वह टूटा नहीं। अब यह पुत्र? अरे! कैसा सुन्दर है यह! इसे केवल एक बार देखने के लिए मैंने समस्त संयम नष्ट

कर दिया। वह स्वर्ण की दीप्त कान्ति धारण करने वाला अर्द्धनिमीलित नेत्र, छोटा-सा मुख, मानो मेरी ही एक सजीव छाया – मुझसे पृथक परन्तु मेरे प्राणों की एक कोर! मैंने प्राण दिया और गोपा ने शरीर। गोपा के समान ही सुन्दर और प्रिय, कोमल और रुचिर। अरे! वह मेरा पुत्र है। हम दोनों के प्राण और शरीर जिस महायोग में एक राशि पर आए, वह इन्द्रियातीत आनन्द का आदान-प्रदान जिस क्षण हुआ, उसकी ऐसी स्थायी स्मृति? गोपा! जादूगरनी, यह क्या किया? उस एक क्षण के करोड़वें हिस्से की आनन्द-लहर को तूने ऐसा स्थिर बना दिया? मैंने उसे गोद में उठाया। गोपा का वह मूक अनुरोध और वह अप्रतिम उल्लास? गोपा के नेत्रों में मानो उसके प्राण ही आ गए थे। उसने उसे मेरी गोद में दिया और मेरे चरण-चुम्बन किए – यह इतनी विनय क्यों? तब की गोपा प्रिया अब मातृभाव में आप्लावित हुई! अच्छा ठहरो, उसके नेत्र कैसे थे? गोपा ने कहा था, ठीक मेरे जैसे! अरे! कहीं मैंने ही जन्म नहीं ले लिया? नहीं तो उस अबोध बालक पर मेरी इतनी ममता क्यों होती? मेरा उसका परिचय कबका है?'

राजकुमार को कोमल शय्या पर नींद न आई। वे चुपचाप उठकर उपवन में टहलने लगे। उनके विचारों में फिर उत्तेजना उत्पन्न हो गई। वे पुत्र की बात को सोचते-सोचते चिन्ता में मग्न हो गए – ऐं! यह कैसा सुख, यह कैसा सौभाग्य, जिसमें निद्रा का भी नाश हो गया? सारा संसार तो सो रहा है। यही तो चिन्तनीय विषय है, जो सुख है, वह भी दुख का मूल है। कोई भी ऐसा मनुष्य नहीं, जो मानव-जीवन की इस कठिन व्याधि का उपाय जानता हो। राजकुमार एक जामुन के वृक्ष के नीचे बैठकर जीवन, मरण और उत्पत्ति के विचार में मग्न हो गए।

उस अभेद्य अन्धकार में मानो उनके दिव्य चक्षु खुल गए। उनसे उन्होंने देखा : संसार का सुख दुखदायी, मृत्यु अनिवार्य और भवितव्य है, पर यह जानकर भी लोग अज्ञान के अन्धकार में ही अपना जीवन व्यतीत करते हैं, और सत्य की खोज नहीं करते। कुमार का हृदय अगाध दया से भर गया।

हठात राजकुमार ने देखा, सम्मुख वृक्ष के नीचे एक गम्भीर महापुरुष खड़े हैं। कुमार ने पूछा – तुम कौन हो? और कहां से आते हो?

'मैं श्रमण हूं, बुढ़ापे के दुखों और रोगों की पीड़ा तथा मृत्यु के भय से मैं घर-द्वार का परित्याग करके निकला हूं; मैं मुक्ति का अन्वेषक हूं; क्योंकि संसार के सब पदार्थ नष्ट हो जाते हैं, केवल सत्य ही सदा साथ रहता है। प्रत्येक वस्तु

बदलती रहती है, कोई पदार्थ स्थिर नहीं है। मैं अक्षय आनन्द को चाहता हूं, मैंने संसार त्याग दिया है। मैं भिक्षा मांगकर खा लेता हूं। मैंने इन्द्रियों को वश में कर लिया है, मैं अपने उद्देश्य में तत्पर हूं।'

'मैं भी इन्द्रियों के विषयों की निस्सारता को अच्छी तरह समझ गया हूं। मुझे भोग से घृणा हो गई है। मेरा जीवन मुझे शून्य दीखता है। क्या तुम कह सकते हो कि इस अशान्त जगत में कहीं शान्ति मिल सकती है?'

'जहां उष्णता है वहां शीतलता भी है, पर महान सुख के लिए महान परिश्रम भी करना होगा। पापविद्ध व्याकुल आत्मा को उस कल्याण-मार्ग का शोध करना चाहिए, जो निर्वाण की ओर जाए। निर्वाण-सरोवर में स्नान करने से सारे पाप धुल जाएंगे।'

'आह! तुम्हारा समाचार शुभ है। मेरे पिता और पत्नी मुझे राजकाज में लगाना चाहते हैं। वे घराने की कीर्ति के इच्छुक हैं, वे कहते हैं कि यह समय धर्म-जीवी बनने के लिए उपयुक्त नहीं।'

'आह, यही समय है जब मोह का अन्धकार आत्मा पर छाया हुआ है।'

'महाश्रमण! धर्मान्वेषण का समय आ गया, मैं उन सब बन्धनों को तोड़े डालता हूं, जो धर्म-प्राप्ति में बाधक हैं।'

राजकुमार ने एक बार उच्च अट्टालिका की ओर देखा। श्रमण ने कहा – कुमार सिद्धार्थ! तुम्हारी जय हो! तुम महान हो! तुम तथागत हो! देखो, सत्य को पराकाष्ठा तक पहुंचाना। जिस प्रकार सूर्य सब ऋतुओं में स्थिर होकर अपने नियमित मार्ग पर चलता है, उसी प्रकार तुम भी सत्य-पथ पर अटल रहना। तुम 'बुद्ध' होगे, तुम लक्षावधि मनुष्यों की बुद्धि को शुद्ध करोगे, तुम जगत के पथ-प्रदर्शक होगे।

सिद्धार्थ ने देखा, महापुरुष यह कहते-कहते अन्तर्धान हो गए। वे उठ खड़े हुए। उन्होंने कहा – मैंने सत्य का साक्षात कर लिया। मैं अब बन्धनों को तोड़ूंगा। मैं बुद्ध-पद प्राप्त करूंगा।

वे धीरे-धीरे गम्भीर चिन्तन करते हुए अलिन्द की ओर लौटे।

माता और पुत्र सुख-नींद में बेसुध सो रहे थे। गोपा के अरुण अधर पर हास्य

की रेखा फैल रही थी, और उनके बीच कुन्दकली के समान दांत चमक रहे थे। वह किस सुख-स्वप्न को देख रही है? – कुमार क्लान्त भाव से खड़े-खड़े यही सोचने लगे। गोपा का एक हाथ शिशु के वक्ष पर था। उस सुगन्धित कक्ष में शिशु का छोटा, किन्तु अतिमनभावन मुख दीप्त हो रहा था। सिद्धार्थ का हृदय भर आया। उन्होंने प्रण किया : मैं संकल्प पर स्थिर रहूंगा। फिर भी उनके नेत्रों से अश्रुधारा बह चली। वे बोले – और यह शोकावेग कितना दुर्धर्ष है? इस धारा के वेग को रोकना कितना कठिन है? कुमार आगे बढ़कर शय्या के पास घुटनों के बल बैठ गए। एक बार उन्होंने शिशु का मुंह चूमने का उपक्रम किया, पर जागने के भय से वे वैसे ही बैठे रहे। गोपा की सुख-निद्रा पर उनकी दृष्टि थी। अश्रु-वेग से उमड़ रहे थे। अन्त में उन्होंने हृदय में वह साहस संचित किया जो पृथ्वी पर कभी किसी तरुण ने नहीं किया था। वे धीरे से उठे। उन्होंने दोनों हाथों की मुट्ठी बांधकर आकाश में स्तब्ध तारागणों की ओर देखा, और फिर एक दृष्टि गोपा के स्निग्ध यौवन और शिशु के अज्ञात मोह पर डाली और चल दिए।

पृथ्वी पर अन्धकार छा रहा था। उन्होंने फाटक पर आकर देखा, चन्न उपस्थित है।

'चन्न, क्या तुम जागरित हो?'

'परम परमेश्वर महाभट्टारकपादीय युवराज की जय हो!'

'चन्न, एक घोड़ा तो ले आओ।'

'जो आज्ञा।'

तारों के क्षीण प्रकाश में वह महान राजकुमार राजपाट, सुख-भोग और ऐश्वर्य पर लात मारकर महान प्रकाश की खोज में जा रहा था।

'चन्न! बस, अब आवश्यकता नहीं। तुम घोड़ा लेकर राजधानी लौट जाओ।'

'स्वामिन, मैं आपको प्राण रहते न छोड़ूंगा।'

'चन्न! लो ये बहुमूल्य वस्त्र भी तुम ले जाओ। अब कहो, तुम्हारा स्वामी कौन है?'

'महाराज-युवराज! यह आप क्या कह रहे हैं?'

'ठहरो!' युवराज ने तलवार से अपने सुन्दर केश-गुच्छ काटकर तलवार चन्न के सम्मुख रखकर कहा – लो इसे भी संभालो।

चन्न धरती पर गिरकर रोने लगा। वह बोला – प्रभु! मैं कदापि-कदापि न जाऊंगा।

'चन्न! वत्स! हठ मत करो। शोक भी मत करो, आनन्दित हो। मैं सत्य की खोज में जा रहा हूं। मैं जगत को आनन्द प्रदान करूंगा। जाओ वत्स! पिता जी और गोपा को धैर्य प्रदान करना।'

एक आन्तरिक तेज से दीप्त पुरुष की तरह सिद्धार्थ चल दिए। चन्न पछाड़ खाकर गिर पड़ा। सिद्धार्थ के नेत्र सत्य के प्रचंड उत्साह से देदीप्यमान हो रहे थे। उनका यौवन-सौन्दर्य उस पवित्र तेज में परिवर्तित हो गया था, जो उनके श्रीमुख पर दृष्टिगोचर हो रहा था।

राजगृह महानगरी जनपूर्ण हो रही थी। प्रतापी बिम्बसार वहां के सम्राट थे। जब मध्याह्न काल होता – गृहस्थ भोजन कर चुकते – वीतरागी सिद्धार्थ भिक्षा-पात्र हाथ में लिये नगर की गलियों में भिक्षा मांगने निकलते। वह प्रभावान मुखमंडल, विनम्र गति, पृथ्वी पर झुके हुए नेत्र और ओष्ठसम्पुट से मृदु-ध्वनि से निकलने वाला 'कल्याण' शब्द नगरवासियों के लिए अपूर्व था। वे प्रत्येक घर से एक ग्रास भोजन ग्रहण करते थे, और बारह ग्रास लेकर नगर के बाहर चले जाते थे। जनपथ और राजपथ पर उनके पीछे भीड़ लगी रहती। आबालवृद्ध उनके लिए मार्ग छोड़ देते, उनके भिक्षा-पात्र में ग्रास डालकर कृतार्थ होते और सोचते : कोई महान मुनि नगर में आए हैं।

सम्राट बिम्बसार ने सुनकर गुप्तचरों के द्वारा जाना कि शाक्यवंश का राजा राजपाट त्याग वनवासी हुआ है। वह राजकीय वस्त्र पहन, स्वर्ण-मुकुट सिर पर धारण कर, अमात्यों सहित उससे मिलने आया। मुनि सिद्धार्थ वृक्ष के नीचे गम्भीर मुख-मुद्रा किए बैठे थे। बिम्बसार ने प्रणाम कर कहा – आपके हाथ में राज्य-रश्मि शोभा देती है, भिक्षा-पात्र नहीं। आपका तारुण्य इस तपस्या के योग्य नहीं। श्रेष्ठ और ज्ञानी पुरुषों को शक्ति-सम्पन्न होना चाहिए। धर्म खोकर धनी होना उत्तम नहीं, पर धन, धर्म और बल को प्राप्त कर जो इन्हें दूरदर्शिता से भोग करे वह मेरा गुरु है।

मुनि सिद्धार्थ ने आंख उठाकर सम्राट् को देखा और कहा – राजन! आप धार्मिक और विवेकी हैं, आपका कथन सत्य है; पर मैं सारे बन्धनों से पृथक हो चुका हूं। क्योंकि मैं निर्वाण का इच्छुक हूं। जिसे उस सच्चे ज्ञान की अभिलाषा है, उसे उन सब बातों से विरक्त हो जाना चाहिए, जो उसके चित्त को अपनी ओर खींचती हैं। उसके लिए काम, क्रोध, लोभ, मोह अधिकार और वासनाओं का त्याग करना परमावश्यक है। मैंने वैभव की असारता को समझ लिया है, और अब मैं अमृत के धोखे विष-पान नहीं करूंगा। सम्राट! आप मुझ पर करुणा करने का कष्ट न उठाइए। करुणा के पात्र वे हैं, जो संसार की चिन्ता में दिन-रात व्याकुल रहते हैं, जिनके हृदय में न शान्ति है और न मन में एकाग्रता। हे राजन, कहिए तो, एक राजा और भिक्षुक की मृतक देह में क्या अन्तर है?

सम्राट बिम्बसार ने बद्धांजलि होकर प्रणाम किया और कहा – हे त्यागी! आप धन्य हैं! आपकी कामना पूर्ण हो। परन्तु आप पूर्ण बुद्ध होने पर एक बार मुझे अपना शिष्य स्वीकार कर कृतार्थ अवश्य करें।

मुनि सिद्धार्थ ने सम्राट की प्रार्थना को स्वीकार किया।

'हे विद्वानो! क्या आप ही प्रसिद्ध दार्शनिक और तत्त्ववेत्ता आराद और उदरक हैं! मैं आपसे आत्मा के विषय की जिज्ञासा करने आया हूं!'

'हे मुनि! हम वही हैं। तुम्हें जो संशय हो, कहो।'

'मैं यह जानना चाहता हूं कि आत्मा क्या है?'

'आत्मा वह है जो देखता, चखता, सूंघता और छूता है; फिर भी वह न तुम्हारा शरीर है, न आंख कान नाक और न मुख। आत्मा वह है जो त्वचा द्वारा छूता है, जिह्वा से रस लेता है, आंख से देखता है और कान से सुनता है।'

'हे विद्वानो! आत्मा की मुक्ति क्या है?'

'जिस प्रकार पक्षी पिंजरे से छूटकर स्वतन्त्रता प्राप्त करता है, उसी प्रकार आत्मा सब बन्धनों और उपाधियों से छूटने पर मुक्त हो जाता है।'

'परन्तु क्या उष्णता अग्नि से भिन्न है? मनुष्य रूप, रस, वासना, संस्कार, बुद्धि, चित्त आदि का संघात है; यही संघात तो 'मैं' है; वही 'मैं' तो आत्मा है। तब वह भिन्न सत्ता कैसे हुई? और जब तक वह 'अहं' शेष है, तब तक तुम्हारी

वास्तविक मुक्ति कदापि नहीं हो सकती।'

'परन्तु मुनि! क्या तुम अपने चारों ओर कर्म-फल को नहीं देखते? वह कौन-सी बात है, जिसने मनुष्यों के आचार, विचार, अधिकार, जाति और वैभव में भिन्नता उत्पन्न कर दी है? वह कर्म-फल ही तो है।'

'कर्म-फल तो है ही, पर आत्मवाद का आधार क्या है? संसार में कोई काम, वस्तु, फल या विचार नहीं हो सकता, यदि उसके पूर्व उसका कारण विद्यमान न हो। किसान जो बोएगा, फ़सल पर वही काटेगा। परन्तु 'अहं' की भिन्न सत्ता और उसका शरीरोत्तर गमन इसका प्रत्यक्ष प्रमाण क्या है? क्या मेरी व्यक्ति-विशेषता प्रवृत्ति और मन – दोनों का संघात नहीं है? क्या मेरे व्यक्ति-वैशिष्ट्य में शारीरिक और मानसिक दोनों शक्तियां सम्मिलित नहीं हैं? यदि किसी मनुष्य के अन्दर से भूख-प्यास, चलना-फिरना, रोना-हंसना आदि निकाल दिए जाएं, तो फिर उसकी मनुष्यता की क्या सार्थकता रह गई? उन प्राकृत और दैहिक बातों के बिना मनुष्य यथार्थ में क्या है? जिस प्रकार कल का 'मैं' आज के 'मैं' का पूर्वज है, और कल के 'मैं' ने आज के 'मैं' में जन्म लिया है, एवं आज का 'मैं' कल के 'मैं' में फिर जन्म लेगा, उसी प्रकार पूर्व-जन्मों का अनादि प्रवाह चल रहा है।'

'हे मुनि! तुम अभी मूर्ख हो।'

'हे विद्वानो! तुम अभी मनन करो।'

कुमार सिद्धार्थ वहां से चल दिए। उस बिल्व-वन में पांच तपस्वी कठोर तप कर रहे थे। मुनि सिद्धार्थ ने भी तप करना शुरू किया। छह वर्ष के कठोर तप से उनका शरीर सूखकर लकड़ी के समान हो गया, वे मृतप्राय हो रहे थे, परन्तु उन्होंने सोचा – खेद है कि इन उपवासों और व्रतों से मुझे कुछ भी शान्ति नहीं मिली। यह सब मिथ्या है। वे उठे, उन्होंने स्नान किया, परन्तु दुर्बलता के कारण गिर पड़े। गोप-कन्या नन्दा ने दया कर उन्हें खीर दी, जिससे उनके शरीर में बल का संचय हुआ। वे तपश्चर्या छोड़कर धीरे-धीरे स्वस्थ होने लगे। अन्ततः वहां से भी चल दिए।

बोधि-वृक्ष निकट आ गया। मुनि ने उसे देखा। पृथ्वी कम्पायमान होने लगी। जगत में प्रकाश छा गया। मार – जो विषयों का पोषक और मृत्यु का प्रेरक है तथा सत्य का शत्रु है – आया। उसकी तीनों लुभावनी पुत्रियां अपनी राक्षसी

सेना के साथ थीं। सम्मुख आए मार ने भयानक गर्जना की। मुनि बोधि-वृक्ष के नीचे शान्त बैठे रहे। उनकी तीनों पुत्रियों ने उन पर बाण फेंके। पर प्रबल जितेन्द्रिय के हृदय में कोई तामसी इच्छा न उत्पन्न हुई। तब समस्त दुष्ट आत्माओं ने उन पर एक साथ आक्रमण किया, पर नारकीय ज्वालाएं सुगन्धित पवन के झोंकों में परिवर्तित हो गईं, वज्रपात ने कमल पुष्प का रूप धारण कर लिया। मार पराजित होकर भागा। एक अलौकिक तेज दिशाओं में व्याप्त हो गया।

मुनि सिद्धार्थ ध्यान मग्न थे। वे संसार की विपत्तियों, कष्टों और दुष्कर्मों के बुरे परिणामों को प्रत्यक्ष देख रहे थे। सोच रहे थे – संसार की यह कैसी विचित्र गति है? वे एकाएक बोल उठे – धर्म सत्य है, धर्म ही मनुष्य को अज्ञान, पाप और दुखों से बचाता है। जीवन-विकास की बारह कड़ियां हैं, जिन्हें द्वादश निदान कहते हैं। सत्यचतुष्टय ये हैं – (1) दुख, (2) दुख का कारण, (3) दुखों की समाप्ति, (4) अष्टांग मार्ग (जिन पर चलने से दुखों का नाश होगा)। मुनि सिद्धार्थ इस सिद्धान्त को प्राप्त करके बुद्ध हो गए। वे बोले – धन्य है वह, जिसने धर्म को समझ लिया। धन्य है वह, जो किसी को हानि नहीं पहुंचाता। धन्य है वह, जिसने पापों पर विजय प्राप्त की है! वही महापुरुष है – ज्ञानी है, बुद्ध है।

बुद्ध इन सिद्धान्तों की प्राप्ति से उदीयमान तेज से दिप रहे थे। वे शान्त और गम्भीर मुद्रा में बैठे थे। दो व्यक्तियों ने आकर उनके चरणों में सिर रख दिया।

'हे मनुष्यो! तुम्हारा कल्याण हो! तुम कौन हो?'

'हे प्रभु, मेरा नाम तपुस है और इसका मल्लिका; हम व्यापारी हैं। यह चावल की रोटी और शहद हमारे पास है; इसे ग्रहण कर कृतार्थ करें।'

'हे सज्जनो! मैंने तुम्हारा भोजन ग्रहण किया। बुद्ध-पद प्राप्त होने पर यह मेरा प्रथम भोजन हुआ। हे धर्मात्माओ! तुम तथागत बुद्ध के प्रथम शिष्य बने। तथागत बुद्ध का कथन है – जगत का कोई अन्याय, अत्याचार और पाप स्वार्थ से रहित नहीं है। सारे दोषों का मूल स्वार्थी मन के अन्दर है। पाप न धरती में है, न आकाश में; न हवा में, न पानी में; न रात में, न दिन में; वह स्वार्थी मनुष्य के मन में है। ज्ञान तो तभी मिल सकता है जब स्वार्थ की निस्सारता और अस्थिरता का पूर्ण ज्ञान हो जाए। मनुष्य उच्च और आदर्श जीवन तभी प्राप्त कर सकता है जब उसे यह निश्चय हो जाए कि स्वार्थ-त्याग के बिना कोई मनुष्य आत्मिक जीवन के पवित्र सुख को अनुभव नहीं कर सकता। यथार्थ सुख

स्वार्थ-परायणता और विषय-भोग में नहीं है, कृत्रिमता और आडम्बर को दूर करने में है।'

इतना कहकर बुद्ध मौन हो गए। दोनों व्यापारियों ने चरणों में गिरकर कहा – हे प्रभु, हम बुद्ध की शरण हैं, हम बुद्ध के धर्म को ग्रहण करते हैं।

बुद्ध ने नेत्र उठाकर देखा और दोनों हाथ ऊंचे करके कहा – कल्याण! कल्याण!!

मगध में हलचल मच गई थी। सभी की जिह्वा पर एक ही बात थी : शाक्य मुनि पतियों को बहकाकर पत्नियों से अलग करता है। वह वंशों का नाश करता है।

बुद्ध अपने प्रमुख शिष्यों सहित राजगृह में पधारे थे। भिक्षु जब नगर में निकलते तब लोग कहते – देखें, अब किसकी बारी आती है!

सारिपुत्र और मौद्‌गलायन, अश्वजित आचार्य महाकश्यप और उनके भ्राता – सभी भगवान बुद्ध के शिष्य हो गए थे। जो प्रख्यात और तत्त्वदर्शी था, राजगृह का वह महाधनपति यशस भी बुद्ध की शरण जा चुका था और उसके महाधनवान चारों मित्र, जो काशी में रहते थे, उसके अनुयायी बन चुके थे।

मगध के सम्राट् बुद्ध के दर्शन को पधारे। सहस्रावधि मनुष्य उनके साथ थे। वे लाखों की सम्पदा भेंट को लाए थे। राजा के साथ उसके सभी मन्त्री और सेनानायक थे। उन्होंने देखा : जटिलों के आचार्य महाकश्यप के साथ भगवान बुद्ध बैठे हैं। सम्राट् ने चकित होकर सोचा कि शाक्य मुनि ने क्या कश्यप को अपना आध्यात्मिक गुरु माना है या कश्यप गौतम का शिष्य हो गया है?

बुद्ध ने सम्राट के संशय को समझकर कहा – कश्यप! तुमने कौन-सा ज्ञान प्राप्त किया है, और वह कौन-सी बात है, जिसने तुमको अग्नि-पूजा और कष्टदायक तपश्चर्या छोड़ने के लिए बाध्य किया है?

कश्यप ने कहा – अग्नि की उपासना से दुखों और प्रपंचों के चक्र में पड़े रहने के अतिरिक्त और कोई लाभ नहीं हुआ। अब मैंने इसे त्याग दिया है। तपस्याओं और पशु-बलिदानों के स्थान में मैं सर्वोच्च निर्वाण की प्राप्ति के लिए लगा हूं।

तब बुद्ध ने आंख उठाकर सम्राट् की ओर देखा और कहा – जो अपने 'अहं' रूप को जानता है, और समझता है कि इन्द्रियां अपने-अपने कार्यों को किस प्रकार करती हैं, वह स्वार्थ और अहंकार के फेर में नहीं पड़ता और अभय शान्ति उपलब्ध करता है। संसार को 'मैं' का ख़याल है। मेरा शरीर, मेरा धन, मेरा नाम, मेरा रूप, मेरा शत्रु, उसने मुझे गाली दी, उसने मुझे धोखा दिया, उसने मुझे बदनाम किया, इत्यादि संकल्प-विकल्प ही समस्त झूठे भयों और दुष्ट भावों के उत्पादक हैं। कोई कहते हैं कि यह 'मैं' मृत्यु के पश्चात स्थिर रहता है। कोई कहता है, उसका अन्त हो जाता है, परन्तु वे दोनों भूल पर हैं। इन्द्रियों का पदार्थों के सन्निकर्ष से ज्ञान उत्पन्न होता है। जैसे सूर्य की शक्ति से शीशे में अव्यक्त अग्नि व्यक्त हो जाती है, उसी प्रकार इन्द्रियां और पदार्थों के मिलने से स्मृति आदि का क्रमशः विकास होता है और चेतन-शक्ति की भिन्न-भिन्न अवस्थाओं में बदलने से उस सत्ता का प्रादुर्भाव होता है जिसे 'अहं' कहते हैं। बीज से अंकुर फूटता है, परन्तु अंकुर से बीज नहीं फूटता। दोनों एक नहीं हैं। इस प्रकार 'अहं' एक भ्रम है, 'मैं' क्षणिक है। वह क्षण-क्षण में बदलता है। जो इस तत्त्व को समझेगा वह काम, क्रोध, लोभ, मोह को क्षणिक परिणाम समझ, उन्हें दबाने की कोशिश करेगा। स्वार्थ की प्रबल प्रवृत्ति को रोको और फिर तुम मन की उस निश्चय अवस्था को प्राप्त करोगे जो पूर्ण शान्ति, परम पुरुषार्थ, और सत्य ज्ञान की दात्री है।

– माता जिस प्रकार बच्चे के लिए प्रतिक्षण आत्मबलिदान करती है, उसी प्रकार सत्य-ज्ञाता विवेकी को शुद्ध हृदय से परहित की सदा कामना करनी चाहिए। यह भावना जितनी प्रौढ़ होगी उतना ही निर्वाण-पद निकट होगा। यही बौद्ध धर्म है।

बुद्ध जब उपदेश देकर शान्त हुए तब सम्राट् ने नतमस्तक होकर कहा, 'भगवन! जब मैं राजकुमार था, तब पांच भावनाएं मेरे मन में थीं : (1) मैं राजा होऊ, वह पूरी हुई; (2) पवित्रात्मा बुद्ध मेरे ही शासन-काल में मेरे राज्य में पधारें, वह भी पूरी हुई; (3) मैं उनकी सेवा में उपस्थित होकर उनका सत्कार करूं, यह भी पूर्ण हुई; (4) मैं भगवान का पवित्र उपदेश सुनूं, यह भी पूरी हुई; (5) मैं भगवान के धर्म को समझ सकूं, वह भी पूर्ण हुई। प्रभो! आपका सत्य महान है। आप उस बात को स्थापित करते हैं, जो अब तक अस्त-व्यस्त रही है। आपने उसे व्यक्त किया, जो अब तक अव्यक्त था। आपने उन्हें मार्ग बताया, जो अब

तक भटके थे। आप अन्धकार में पड़े हुओं के लिए दीपक जलाते हैं। आज मैं बुद्ध की शरण लेता हूं; संघ की शरण लेता हूं; धर्म की शरण लेता हूं।

बुद्ध ने कृपा-दृष्टि से सम्राट् को देखा और समस्त उपस्थित मंडल बुद्ध-धर्म में दीक्षित हो गया।

कपिलवस्तु में उल्लास था, पिता का आतिथ्य स्वीकार करने भगवान बुद्ध सात वर्ष बाद लौटे हैं। महाराज शुद्धोदन अपने मन्त्रिगण सहित स्वागत को आए। वे अपने पुत्र के तेज और सौन्दर्य को दूर से देख गद्गद हो गए। उन्होंने मन-ही-मन कहा – निस्सन्देह यह मेरा पुत्र है। कुमार सिद्धार्थ का ऐसा ही रूप-रंग था। परन्तु यह महामुनि अब सिद्धार्थ नहीं रहा। वह बुद्ध है, पवित्रात्मा है, सत्य का स्वामी और मनुष्यों का शिक्षक है।

वे रथ से उतर पड़े और आनन्दाश्रु बहाते हुए बोले – आज सात वर्ष बाद मैंने तुम्हें देखा है। क्या तुम जानते हो कि तुम्हें देखने की मुझे कितनी इच्छा थी?

प्रणाम करके बुद्ध पिता के पास बैठ गए। राजा के जी में आया कि उनका नाम लेकर पुकारें। पर साहस न हुआ।

वे मानो मन-ही-मन कह रहे थे – पुत्र सिद्धार्थ! आ और पिता के पास पुत्र की भांति रह। अन्त में उन्होंने कहा – मैं यह सारा राजपाट तुम्हें सौंपना चाहता था; पर देखता हूं, राज्य को तुम तुच्छ समझते हो।

बुद्ध ने कहा – पिता! आपका हृदय प्रेमपूर्ण है, पर आपका जितना प्रेम मुझ पर है, उतना ही यदि प्रजा पर भी हो तो आपको सिद्धार्थ से बढ़कर पुत्र मिल सकते हैं। आप मेरे लिए मन से पुत्र-भाव निकाल डालिए। यदि आप अपने सामने उसे बुद्ध (ज्ञानी) देखेंगे, जो सत्य का शिक्षक और सदाचार का प्रचारक है तो आपको निर्वाण की शान्ति प्राप्त होगी।

राजा पुत्र की यह वाणी सुनकर आह्लादित हुए। वे आंसू भरकर कहने लगे – आश्चर्यजनक परिवर्तन है। इस परिवर्तन से हृदय को दुख और व्याकुलता नहीं होती। पहले मैं शोकपूर्ण था, मानो मेरा हृदय फट जाएगा। अब मैं प्रसन्न हूं। तुमने जगत के लिए राज्य-सुख त्यागा। अच्छा, तुम संसार में अष्टांग मार्ग का प्रचार करो।

प्रातःकाल भगवान बुद्ध भिक्षा-पात्र लेकर नगर में भिक्षा के लिए चले। नगर में हाहाकार मच गया। रथ और हाथियों पर सवार होकर जो पुरुष रत्न बिखेरता था, वह नंगे पैर घर-घर एक ग्रास अन्न मांगता है।

राजा ने कहा – वत्स गौतम! ऐसा न करो, मैं तुम्हारे भोजन का प्रबन्ध कर दूंगा।

'पर यह हमारी धर्म-परिपाटी है।'

'पर तुम उस राजवंश के हो जिसने कभी भिक्षा नहीं मांगी।'

'मैं उस बुद्ध-वंश में हूं, जो सदा भिक्षा-वृत्ति पर सन्तोष करता आया है।'

राजा अवाक हो, उन्हें राजमहल में ले आए। राजमन्त्रियों और अन्तःपुर की स्त्रियों ने बुद्ध की अर्चना की।

बुद्ध ने पूछा – गोपा कहां है? वह क्यों नहीं आई?

एक दासी ने बद्धांजलि होकर कहा – स्वामिन, वे कहती हैं, भगवान को स्वयं ही उनके पास आना चाहिए।

बुद्ध तत्क्षण उठकर चल दिए। चार प्रमुख शिष्य उनके साथ थे। गोपा – आनन्द और प्रेम की मधुर लतिका गोपा – अपने सप्तवर्षीय पुत्र के साथ अपनी समस्त कटु स्मृतियों को कसकर छाती में छिपाए, उस महावीतरागी, अतीत-प्रियपति को धरती पर दृष्टि दिए अपने कक्ष में आते देख रही थी। द्वार के निकट पहुंच बुद्ध ने अपने शिष्य सारिपुत्र मौद्गलायन से कहा – मैं तो माया-पाश से मुक्त हुआ, पर यशोधरा अभी बद्ध है। उसने मुझे चिरकाल से नहीं देखा। वह वियोग से व्याकुल है। यदि मिलन-अभिलाषा अब भी पूर्ण न होगी, तो उसका हृदय फट जाएगा। इसलिए मैं तुम्हें सावधान किए देता हूं कि यदि वह मुझे छूना चाहे तो रोकना मत। सारिपुत्र मौद्गलायन ने विनम्र होकर कहा – जैसी भगवान की आज्ञा।

वह मलिनवस्त्रा और धूलि-धूसरितवेशा, केशविहीना यशोधरा, मूर्तिमती, वियोग और विषाद की छाया चुपचाप खड़ी एकटक उन्हें देख रही थी। वह इस बात को भूल गई कि उसका पति अब जगद्गुरु और सत्य का अन्वेषक है। वह सम्मुख आते ही बुद्ध के पैर पकड़, फूट-फूटकर रोने लगी। जब वह प्रकृतिस्थ हुई तब उसने श्वसुर को देखा और हट गई। राजा ने कहा – यह

उसका मनोवेग नहीं है, हृदयस्थ प्रकृत प्रेम के स्रोत का प्रवाह है। जब उसे ज्ञात हुआ कि तुमने केश काट डाले हैं, तब उसने भी इसका अनुसरण किया। जब उसने सुना कि तुमने सभी भोजन त्याग दिए, तब उसने भी सब-कुछ छोड़ दिया। यह मृत्पात्रों में खाती और भूमि पर सोती है। उससे बड़े-बड़े राजकुमारों ने विवाह की प्रार्थना की, तब उसने कहा – मेरे स्वामी का मुझ पर पूर्ण अधिकार है, और मैं अब भी उनके चरणों की दासी हूं।

बुद्ध ने करुण एवं गम्भीर स्वर में कहा – कल्याण बुद्धे! तुम धन्य हो। तुम बड़ी पुण्यात्मा हो। तुम्हारी पवित्रता, सुशीलता और भक्ति ने मुझे लाभ पहुंचाया है और मैं सत्य-ज्ञान को उपलब्ध कर चुका हूं। तुम्हारा हार्दिक दुख और शोक अवर्णनीय है। परन्तु तुमने जो आध्यात्मिक सम्पत्ति अपने श्रेष्ठ और शुद्धाचरण से प्राप्त की है, वह तुम्हारे समस्त दुखों को आनन्द में परिवर्तित कर देगी।

यशोधरा ने धैर्य धारण कर मन के वेग को रोका। अब वह समझ गई कि यह महापुरुष मेरा पति नहीं, जगत का महान धर्मगुरु है। उसने दृढ़ता से कहा – हे स्वामी! पिता की सम्पत्ति पर पुत्र का अधिकार होता है। यह आपका पुत्र है। आपके पास चार ख़ज़ाने हैं, उन्हें मैंने नहीं देखा; पर आप उन्हें अपने पुत्र को प्रदान करें। इतना कहकर उसने सप्तवर्षीय बालक को बुद्ध के चरणों में डाल दिया।

बुद्ध ने कहा – तुम्हारा मातृत्व धन्य है। तुम्हारे पुत्र को मैं ऐसा द्रव्य न दूंगा जो नाशवान हो और जो उसे शोक और चिन्ता में डाले। मैं उसे चारों सत्य का भेद समझाऊंगा, यदि उसमें उन्हें धारण की योग्यता हुई।

बालक ने कहा – हे पिता! मैं योग्य बनूंगा।

'वत्स! तुम्हारा कल्याण हो! तुम मेरे साथ आओ।'

बालक को अग्रसर कर बुद्ध लौट गए। गोपा अपने उरा एकमात्र हृदयधन को भी गंवाकर ठगी-सी खड़ी रह गई।

एशिया के महासाम्राज्य उस बुद्ध के सत्य-कर्म के सम्मुख झुके और वह महान धर्मात्मा पृथ्वी पर सदा के लिए अमर हो गया।

भिक्षुराज

आचार्य द्वारा बौद्ध भूमि पर लिखित सब कहानियों में भिक्षुराज सर्वाधिक प्रसिद्ध और कहानी के टेकनिक की दृष्टि से परिपूर्ण कहानी है। कहानी में सम्राट अशोक के तपस्वी पुत्र-पुत्री की यशोगाथा चित्रित है, जो अत्यन्त भावशाली और सशक्त शैली में है।

मसीह के जन्म से ढाई सौ वर्ष प्रथम। ग्रीष्म की ऋतु थी और सन्ध्या का समय, जब कि एक तरणी काम्बोज के समुद्र-तट से दक्षिण दिशा की ओर धीरे-धीरे अनन्त सागर के गर्भ में प्रविष्ट हो रही थी।

इस क्षुद्रा तरणी के द्वारा अनन्त समुद्र की यात्रा करना भयंकर दुःसाहस था। वह तरणी हल्के, किन्तु दृढ़ काष्ठफलकों को चर्म-रज्जु से बांधकर और बीच में बांस का बंध देकर बनाई गई थी, और ऊपर चर्म मढ़ दिया गया था। वह बहुत छोटी और हल्की थीं, पानी पर अधर तैर रही थी, और पक्षी की तरह समुद्र की तरंगों पर तीव्र गति से उड़ी चली जा रही थी। तरणी में एक ओर कुछ खाद्य-पदार्थ मृद्‌भांडों में धरा था, जिनका मुख वस्त्र से बंधा हुआ था। निकट ही बड़े-बड़े पिटारों में भूर्जपत्र पर लिखित ग्रन्थ भर रहे थे।

तरणी के बीचोबीच बारह मनुष्य बैठे थे। प्रत्येक के हाथ में एक-एक पतवार थी, और वह उसे प्रबल वायु के प्रवाह के विपरीत दृढ़ता से पकड़े हुए था। उनके वस्त्र पीतवर्ण थे, और सिर मुंडित–प्रत्येक के आगे एक भिक्षा-पात्र धरा था। उनके पैरों में काष्ठ की पादुकाएं थीं।

तेरहवां एक और व्यक्ति था। उसका परिच्छद भी साथियों जैसा ही था। किन्तु उसकी मुख-मुद्रा, अन्तस्तेज और उज्ज्वल दृष्टि उसमें उसके साथियों से विशेषता उत्पन्न कर रही थी। उसकी दृष्टि में एक अद्‌भुत कोमलता थी, जो

प्रायः पुरुषों में, विशेषकर युवकों में, नहीं पाई जाती। उसके मुख की गठन साफ़ और सुन्दर थी। उसके मुख पर दया, उदारता और विचारशीलता टपक रही थी।

वह सबसे ज़रा हटकर, पीछे की तरफ़ बैठा हुआ था और उसका एक हाथ नाव की एक रस्सी पर था। उसकी दृष्टि सागर की चमकीली, तरंगित जल-राशि पर न थी। वह दृष्टि से परे किसी विशेष गम्भीर और विवेचनीय दृश्य को देख रहा था। उसका मुख समुद्र-तीर की उन हरी-भरी पर्वत-श्रेणियों की ओर था, और उनके बीच में छिपते सूर्य को वह मानो स्थिर होकर देख रहा था। उसकी ठुड्डी उसके कन्धे पर धरी थी। कभी-कभी उसके हृदय से लम्बी श्वास निकलती और उसके होंठ फड़क जाते थे।

इसके निकट ही एक और मूर्ति चुपचाप पाषाण-प्रतिमा की भांति बैठी थी, जिस पर एकाएक दृष्टि ही नहीं पड़ती थी। उसके वस्त्र भी पूर्ववर्णित पुरुषों के समान थे। परन्तु उसका रंग नवीन केले के पत्ते के समान था। उसके सिर पर एक पीत वस्त्र बंधा था, पर उसके बीच से उसके घुंघराले और चमकीले काले बाल चमक रहे थे। उनके नेत्र शुक्र नक्षत्र की भांति स्वच्छ और चंचल थे। उसका अरुण अधर और अनिन्द्य सुन्दर मुखमंडल सुधावर्ती चन्द्र की स्पर्धा कर रहा था। वास्तव में वह पुरुष नहीं, बालिका थी। वह पीछे की ओर दृष्टि किए उन क्षण-क्षण में दूर होती उपत्यका और पर्वत-श्रेणियों को करुण और डबडबाई आंखों से देख रही थी, मानो वह उन चिरपरिचित स्थलों को सदैव के लिए त्याग रही थी। मानो उन पर्वतों के निकट उसका घर था, जहां वह बड़ी हुई, खेली। वह वहां से कभी पृथक न हुई, और आज जा रही थी सुदूर अज्ञात देश को, जहां से लौटने की आशा ही न थी।

यह युवक और युवती ससागरा पृथ्वी के चक्रवर्ती सम्राट् मगधपति प्रियदर्शी अशोक के पुत्र महाभट्टारकपादीय महाकुमार महेन्द्र और महाराजकुमारी संघमित्रा थे, और उनके साथी बौद्ध भिक्षु। ये दोनों धर्मात्मा, त्यागी, राजसन्तति – आचार्य उपगुप्त की इच्छा से सुदूर सागरवर्ती सिंहलद्वीप में भिक्षुवृत्ति ग्रहण कर बौद्ध-धर्म का प्रचार करने जा रहे थे। महाराजकुमारी के दक्षिण हाथ में बोधि-वृक्ष की टहनी थी।

आकाश का प्रकाश और रंग धुल गया, और धीरे-धीरे अन्धकार ने चारों ओर से पृथ्वी को घेर लिया। बारहों मनुष्य चुपचाप अपना काम मुस्तैदी से कर रहे थे। क्वचित ही कोई शब्द उनके मुख से निकलता हो, कदाचित वे भी अपने

स्वामी की भांति भविष्य की चिन्ता में मग्न थे। इसके सिवा उस अचल एकनिष्ठ व्यक्ति के साथ बातचीत करना सरल न था।

अन्ततः पीछे का भू-भाग शीघ्र ही गम्भीर अन्धकार में छिप गया। कुमारी संघमित्रा ने एक लम्बी सांस खींचकर उधर से आंखें फेर लीं। एक बार बहन-भाई दोनों की दृष्टि मिली। इसके बाद महाकुमार ने उसकी ओर से दृष्टि फेर ली।

एक व्यक्ति ने विनम्र स्वर में कहा – स्वामिन! क्या आप बहुत ही शोकातुर हैं? दूसरा व्यक्ति बीच में ही बोल उठा :

'क्यों नहीं, हम अपने पीछे जिन वनस्थली और दृश्यों को छोड़ आए हैं, अब उन्हें फिर देखने की इस जीवन में क्या आशा है? और, अब आज जिन मनुष्यों से मिलने को हम जा रहे हैं, उनका हमें कुछ भी परिचय नहीं है। उनमें कौन हमारा सगा है? केवल अन्तरात्मा की एक बलवती आवाज़ से प्रेरित होकर हम वहां जा रहे हैं। आचार्य की आज्ञा के विरुद्ध हममें कौन निषेध कर सकता था।'

एक और व्यक्ति बोल उठा। उसकी आंखें चमकीली और चेहरा भरा हुआ एवं सुन्दर था। उसने कहा – जब तुम इस प्रकार खिन्न हो तब वहां चल ही क्यों रहे हो? अब भी लौटने का समय है। वह मुस्कुराया। महाकुमार महेन्द्र ने मुस्कुराकर मधुर स्वर से कहा – भाइयो! जब मैंने इस यात्रा का संकल्प किया था, तब तुमने क्यों मेरे साथ चलने और भले-बुरे में साथ देने का इतना हठ किया था? ऐसी क्या आपत्ति थी?

एक ने धीमे स्वर में उत्तर दिया – स्वामिन! हम आपको प्यार करते थे।

दूसरे ने मन्द हास्य से कहा – वाह! यह ख़ूब जवाब दिया! मैं स्वामी को प्यार करता हूं, इसलिए उसकी जो आज्ञा होगी वह मानूंगा; जहां वह लिवा जाएगा, वहां जाऊंगा! – फिर गम्भीरतापूर्वक कहा – और मैं समझता हूं कि मैं उन अपरिचित मनुष्यों को भी प्यार करता हूं, जो इस असीम समुद्र के उस पार रहते हैं।

यह कहकर उसने उस अन्धकारावृत दक्षिण दिशा की ओर उंगली उठाई, जहां शून्य भय के सिवा कुछ दीखता न था। उसने फिर कहा – जो आत्मा के गहन विषयों से अनभिज्ञ है, जो तथागत के सिद्धान्तों को नहीं जान पाए हैं, जो दुख में मग्न अबोध संसारी हैं, उन्हें मैं प्यार करता हूं। तथागत की आज्ञा

है कि उन पर अगाध करुणा करनी चाहिए। मेरा हृदय उनके प्रेम से ओतप्रोत है। मुझे ऐसा प्रतीत होता है कि वे हमें बुला रहे हैं, चिरकाल से बुला रहे हैं। आह! उन्हें हमारी अत्यन्त आवश्यकता है। वे भवसागर में डूब रहे हैं, चूंकि तथागत की ज्ञान-गरिमा से वे अज्ञात हैं। हम उन्हें अक्षय प्रकाश दिखाने जा रहे हैं। निस्सन्देह हमें कठिनाइयों और आपत्तियों का सामना करना पड़ेगा। हमारे पास रक्षा की कोई सामग्री नहीं और शस्त्र भी नहीं। फिर भी अहिंसा का महामोहास्त्र तो हमारे हाथ है, जो अन्त में सबसे अधिक शक्तिशाली है।

वह धीमी और गम्भीर आवाज़ उस अन्धकार को भेदन करके सब साथियों के कानों में पड़ी। मानो सुन्दर पर्वत-श्रेणियों से टकराकर हठात उनके कानों में घुस गई हो। बारहों मनुष्यों में सन्नाटा छा गया, और सबने सिर झुका लिये। इन शब्दों की चमत्कारिक, मोहिनी शक्ति से सभी मोहित हो गए।

दो घंटे व्यतीत हो गए। तरणी जल-तरंगों से आन्दोलित होती हुई उड़ी चली जा रही थी। राजनन्दिनी ने मौन भंग किया। कहा – भाई, क्या मैं अकेली उस द्वीप की समस्त स्त्रियों को श्रेष्ठ धर्म सिखा सकूंगी?

महाराजकुमार ने मृदुल स्वर में कहा – आर्या संघमित्रा! यहां तुम्हारा भाई कौन है? क्या तथागत ने नहीं कहा है कि सभी सद्धर्मी भिक्षु-मात्र हैं?

'फिर भी महाभट्टारकपादीय महाराजकुमार...।'

'भिक्षु न कहीं का महाराज है, न महाराजकुमार।'

'अच्छा भिक्षुश्रेष्ठ! क्या मैं वहां की स्त्रियों के उद्धार में अकेली समर्थ होऊंगी?'

'क्या तथागत अकेले न थे? उन्होंने जम्बु महाद्वीप में कैसे क्रान्ति कर दी है।'

'किन्तु भिक्षुवर! मैं अबला स्त्री...'

'तथागत की ओतप्रोत आत्मा का क्या तुम्हारे हृदय में बल नहीं?'

संघमित्रा ध्यान-मग्न हो गई।

एक मनुष्य बीच में ही बोल उठा – क्या हम लोग तीर के निकट आ गए हैं? समुद्र की लहरें चट्टानों से टकरा रही हैं।

महाकुमार ने चिन्तित स्वर में कहा – अवश्य ही हम मार्ग भटक गए हैं, और निकट ही कोई जल-गर्भस्थ चट्टान है। आप लोग सावधानी से तरणी का संचालन करें। – इतना कहकर उसने एक दृष्टि चारों ओर डाली।

क्षण-भर बाद ही तरणी चट्टान से जा टकराई। कुमारी संघमित्रा औंधे मुंह गिर पड़ी, और समस्त सामग्री अस्त-व्यस्त हो गई। कुमार ने देखा, चट्टान जल से ऊपर है। वे उस पर कूद पड़े। खड़े होकर उन्होंने अनन्त जल-राशि को चारों ओर देखा। इसके बाद उन्होंने साथियों से संकेत करके, नीचे बुलाकर कहा – हमें यहीं रात काटनी होगी। प्रातःकाल क्या होता है, यह देखा जाएगा। सबने वहीं फलाहार किया, और उस ऊबड़-खाबड़, उजाड़ और सुनसान, क्षुद्र चट्टानों पर वे चौदह व्यक्ति बिना किसी छांह के अपनी-अपनी बांहों का तकिया लगाकर सो रहे।

प्रातःकाल सूर्य की सुनहरी किरणें फैल रही थीं। समुद्र की उज्ज्वल फेन-राशि पर उनकी प्रभा एक अनिर्वचनीय सौन्दर्य की सृष्टि कर रही थी। समुद्र शान्त था, जलचर जन्तु जहां-तहां सिर निकाले, निश्शंक, स्वच्छ वायु में श्वास ले रहे थे। कुछ दूर पर छोटे-छोटे पक्षी मन्द कलरव करते उड़ रहे थे; वे नेत्र और कर्ण दोनों को ही सुखद थे।

महाकुमारी आर्या संघमित्रा चट्टान पर चढ़कर, सुदूर पूर्व दिशा में आंख गाड़कर कुछ देख रही थीं। महाराजकुमार ने उसके निकट पहुंचकर कहा – आर्या संघमित्रा, क्या देख रही हैं?

संघमित्रा के होंठ कम्पित हुए। उसने संयत होकर, विनम्र और मृदु स्वर में कहा – भिक्षुवर! जिस पृथ्वी को हमने छोड़ा है, वह यहीं सम्मुख तो है। पर ऐसा प्रतीत होता है मानो युग व्यतीत हो गया और माता पृथ्वी के दूसरे छोर पर हम आ गए। सोचिए, अभी हमें और भी आगे, अज्ञात प्रदेश को जाना है। क्या वहां हम ठहरकर सद्धर्म-प्रचार कर सकेंगे? देखो, प्रियजनों की दृष्टियां हमें बुला रही हैं, यह मैं स्पष्ट देख रही हूं। उसने अपना हाथ दूरस्थ पहाड़ियों की धुंधली छाया की तरफ़ फैला दिया, जहां पृथ्वी और आकाश मिलते दीख रहे थे। इसके बाद उसने महाकुमार की ओर मुड़कर कहा – भाई, नहीं-नहीं, भिक्षुराज! चलो लौट चलें। घर लौट चलें। सद्धर्म-प्रचार का अभी वहां बहुत क्षेत्र है।

महाकुमार ने कुमारी के और भी निकट आकर उसके सिर पर अपना शुभ हस्त रखा, और मन्द-मन्द स्वर में गम्भीर मुद्रा से कहा – शान्तं पापम् आर्या संघमित्रा! शान्तं पापम्। महाकुमारी वहीं बैठकर नीचे दृष्टि किए रोने लगी।

कुमार की वाणी गद्गद हो गई थी। उसने कहा – आर्या! हमने जिस महाव्रत की दीक्षा ली है, उसे प्राण रहते पूर्ण करना हमारा कर्तव्य है। सोचो, हम असाधारण व्यक्ति हैं। हमारे पिता चक्रवर्ती सम्राट् हैं। मैं इस महाराज्य का उत्तराधिकारी हूं। मैं जहां भिक्षाटन करने जा रहा हूं, कदाचित उसका राजा करद होकर मेरे पास भेंट लेकर आता। परन्तु मैं उस प्रदेश की गली-गली में एक-एक ग्रास अन्न मांगूंगा, और बदले में सद्धर्म का पवित्र रत्न उन्हें दूंगा। क्या यह मेरे लिए और तुम्हारे लिए भी आर्या संघमित्रा, अलभ्य कीर्ति और सौभाग्य की बात नहीं? क्या तथागत प्रभु को छोड़कर और भी किसी सद्धर्मी ने ऐसा किया था? प्रभु की स्पर्धा करने का सौभाग्य तो भूत और भविष्य में आर्या संघमित्रा! हमी दोनों जीवों को प्राप्त होगा; तुम्हें मुझसे भी अधिक, क्योंकि सम्राट की कन्या होकर भिक्षुणी होना स्त्री-जाति में तुम्हारी समता नहीं रखता। आर्या! इस सौभाग्य की अपेक्षा क्या राजवैभव अति प्रिय है? सोचो! यह अधम शरीर और अनित्य जीवन जगत के असंख्य प्राणियों का कैसा नष्ट हो रहा है। परन्तु हमें उसकी महाप्रतिष्ठा करने का कैसा सुयोग मिला है, कदाचित भविष्य-काल में सहस्रों वर्षों तक, हम लोगों की स्मृति श्रद्धा और सम्मानसहित जीवित रहेगी।

इतना कहकर महाकुमार मौन हुए। कुमारी धीरे-धीरे उनके चरणों में झुक गई। उसने अपराधिनी शिष्या की भांति प्रथम बार सहोदर भाई से मानो भ्रातृ-सम्बन्ध त्यागकर अपनी मानसिक दुर्बलता के लिए करबद्ध हो क्षमा-याचना की, और महाकुमार ने कर्मठ भिक्षु की भांति उसका सिर स्पर्श करके कहा – कल्याण!

इसके बाद ही नौका तैयार हुई, और वह फिर लहरों की ताल पर नाचने लगी। बारहों साथी निस्तब्ध-से समुद्र की उत्तुंग तरंगों में मानो उस क्षुद्र तरणी को घुसाए लिए जा रहे थे। एक दिन और एक रात्रि की अविरल यात्रा के बाद समुद्र-तट दिखाई दिया। उस समय धीरे-धीरे सूर्य डूब रहा था, और उसका रक्त प्रतिबिम्ब जल में आन्दोलित हो रहा था। महाकुमारी ने सूर्य की ओर देखा और मन-ही-मन कहा – सूर्यदेव! अभी उस चिर-परिचित प्रभात में मैं एक अविकसित अरविन्द-कली थी। तुम्हारी स्वर्ण-किरण के सुखद स्पर्श से पुलकित होकर खिल

पड़ी। मैं अपनी समस्त पंखुड़ियों से खिलकर दिन-भर निर्लज्ज की भांति तुम्हें देखती रही। हाय! किन्तु तुम कितनी उपेक्षा से जा रहे हो! जाते हो तो जाओ, मैं अपना समस्त सौरभ तुम्हारे चरणों में लुटा चुकी हूं। अब सूखकर रजकण में मिल जाना ही मेरी चरम गति है।

उसने अति अप्रकट भाव अस्तगत सूर्य को प्रणाम किया, और टप से एक बूंद आंसू उसकी गोद में रखे बोधि-वृक्ष पर टपक पड़ा।

तट आ गया, और महाकुमार गम्भीर मुद्रा से उस पर कूद गए। उसके बाद उन्होंने मुस्कुराते हुए महाकुमारी को संकेत करके कहा – आर्या संघमित्रा! आओ, हम अभीष्ट स्थान पर पहुंच गए। इस क्षण से यह तट निर्वाण-तट के नाम से पुकारा जाए।

सबने चुपचाप सिर झुका लिया। तेरहों आत्माएं एक के बाद दूसरी, उस अपरिचित किनारे पर सदैव के लिए उतर पड़ी, और प्रार्थना के लिए रेत में घुटनों के बल धरती में झुक गईं!

वह राजवंशीय भिक्षु उस स्थान पर समुद्र-तट से और थोड़ा आगे बढ़कर ठहर गया। उसके तेरहों साथी उसके अनुगत थे। उन्होंने उस बोधि-वृक्ष की वहां स्थापना की। पत्थर और गारा इकट्ठा करके उन्होंने विहार बनाना शुरू किया। धीरे-धीरे भवन-निर्माण होने लगे, और आसपास की अर्ध सभ्य जातियों में उसकी ख्याति होने लगी। झुंड-के-झुंड स्त्री-पुरुष इस सुन्दर, सभ्य, विनम्र तपस्वी के दर्शन करने की, उसका धर्म-सन्देश और प्रेममय भाषण सुनने को आने लगे। इस पुरुष-रत्न के सतेज स्वर, बलिष्ठ शरीर, निरालस्य स्वभाव, आनन्दमय और सन्तोषपूर्ण जीवन, दयालु प्रकृति ने उन सहस्रों अपरिचितों के हृदयों को जीत लिया। वे उसे प्राणों से अधिक प्यार करने लगे। उनके ज़ोरदार भाषण में वे महाप्रभु बुद्ध की आत्मा को प्रत्यक्ष देखने लगे। उनके पुराने अन्धविश्वास – उपासनाएं – कुरीतियां इतनी शीघ्रता से दूर हो गईं, और वे अपने इस प्यारे गुरु के इतने पक्के अनुगामी हो गए कि उस प्रान्त-भर में उसकी चर्चा होने लगी, और शीघ्र ही वह स्थान टापू-भर में विख्यात हो गया, और वहां नित्य मेला रहने लगा।

धीरे-धीरे वह वन्य प्रदेश विशाल अट्टालिकाओं से परिपूर्ण हो गया। अब

वह एक बड़ा विहार था, और उसमें केवल वही चौदह भिक्षु न थे, किन्तु सैकड़ों भिक्षु-भिक्षुणियां थीं, जो जगत के सभी स्वार्थों और सुखों को त्यागकर पवित्र और त्यागपूर्ण जीवन व्यतीत करने लगी थीं।

समुद्र की लहरें किनारों पर टकराकर उनके परिजनों की आनन्द-ध्वनि की प्रतिध्वनि करती थीं, और उन महात्मा राजपुत्र और राजपुत्री एवं उनके साहसी साथियों को उत्साह दिलाती थीं, और अब उनके मन में कोई खेद न था। वे सब अति प्रफुल्लित हो अपने कर्तव्य का पालन कर रहे थे।

भिक्षुराज ध्यानावस्थित बैठे कुछ विचार कर रहे थे। आर्या संघमित्रा बोधि-वृक्ष को सींच रही थीं। एक भिक्षु ने बद्धांजलि होकर कहा – स्वामिन, सिंघल द्वीप के स्वामी महाराज तिष्य ने आपको राजधानी अनुराधपुर ले जाने के लिए राजकीय रथ और वाहन तथा कुछ भेंट भी भेजी है; स्वामी की क्या आज्ञा है?

युवक भिक्षुराज ने बाहर आकर देखा, सौ हाथी, सौ रथ और दो सहस्र पदातिक एवं बहुत-से भिन्न-भिन्न यान हैं। साथ में राजकीय छत्र-चंवर भी हैं। महानायक ने सम्मुख आ, नतजानु हो प्रणाम कर कहा – प्रभु, प्रसन्न हों। महाराजा की विनय है कि पवित्र स्वामी अनुचरों सहित राजभवन को सुशोभित करें। वाहन सेवा में उपस्थित हैं। कुछ तुच्छ भेंट भी है।

यह कहकर महानायक ने संकेत किया – तत्काल सौ दास विविध सामग्री से भरे स्वर्ण-थाल ले, सम्मुख रखकर पीछे हट गए। उनमें बड़े-बड़े मोतियों की मालाएं, रत्नाभरण, बहुमूल्य रेशमी वस्त्र, सुन्दर शिल्प की वस्तुएं, बहुमूल्य मदिराएं और विविध सामग्री थी। महाकुमार ने देखा, एक क्षीण हास्य-रेखा उनके होंठों में आई, और उन्होंने महानायक की ओर देखकर गम्भीर वाणी से कहा – महानायक, भिक्षुओं के भिक्षा-पात्र में कहां यह राजसामग्री समाएगी; मेरे जैसे भिक्षुओं को इसकी आवश्यकता ही क्या? इन्हें लौटा ले आओ। महाराज तिष्य से कहना, हम स्वयं राजधानी में आते हैं।

भिक्षुराज ने यह कहा, और उत्तर की प्रतीक्षा किए बिना ही अपने आसन पर आ बैठे। राज्यवर्ग अपनी तमाम सामग्री सहित वापस लौट गया।

राजधानी वहां से दूर थी, और यात्रा की कोई भी सुविधा न थी, परन्तु उस टापू के राजा तिष्य को सद्धर्म का सन्देश सुनाना परमावश्यक था। यदि

ऐसा हो जाए, तो टापू-भर में बौद्ध सिद्धान्तों की व्याप्ति हो जाए।

महाकुमार ने तैयारी की। कुमार और बारहों साथी तैयार हो गए। और, वह दुर्गम यात्रा प्रारम्भ की गई। प्रत्येक के कन्धे पर उनकी आवश्यक सामग्री और हाथ में भिक्षा-पात्र था। वे चलते ही चले गए। पर्वतों की चोटियों पर चढ़े। घने, हिंस्र जन्तुओं से परिपूर्ण वन में घुसे। वृक्ष और जल से रहित रेगिस्तान में होकर गुज़रे। अनेक भयंकर गार और ऊबड़-खाबड़ जंगल, पेचीली जंगली नदियां उन्हें पार करनी पड़ी। अन्त में राजधानी निकट आई।

राजा अन्धविश्वासों से परिपूर्ण वातावरण में था। सैकड़ों जादूगर, मूर्ख, पाखंडी उसे घेरे रहते थे। उन्होंने उसे भयभीत कर दिया कि यदि वह उन भिक्षु-यात्रियों से मिलेगा तो उस पर दैवी कोप होगा और वह तत्काल मर जाएगा। परन्तु उसने सुन रखा था कि आगन्तुक चक्रवर्ती सम्राट अशोक के पुत्र और पुत्री हैं। उसमें सम्राट् को अप्रसन्न करने की सामर्थ्य न थी। उसने उनके स्वागत का बहुत अधिक आयोजन किया। उसे ख़याल था, महाराजकुमार के साथ बहुत-सी सेना-सामग्री, सवारी आदि होंगी। पर जब उसने उन्हें पीत वस्त्र पहने, पृथ्वी पर दृष्टि दिए, नंगे पैरों धीरे-धीरे पैदल अग्रसर होते और महाराजकुमारी तथा अन्य अनुचरों को उसी भांति अनुगत होते देखा तो वह आश्चर्यचकित रह गया, और जब उसने सुना कि उसकी समस्त भेंट और सवारी उन्होंने लौटा दी है, और वे इसी भांति पैदल भयानक यात्रा करके आए हैं तो वह विमूढ़ हो गया। कुमार पर उसकी भक्ति बढ़ गई। उसने देखा, राजकुमार के सिर पर मुकुट और कानों में कुंडल न थे, पर मुख कान्ति से देदीप्यमान हो रहा था। उन्होंने हाथ उठाकर राजा को 'कल्याण' का आशीर्वाद दिया। राजा हठात उठकर महाकुमार के चरणों में गिर गया। समस्त दरबार के सम्भ्रान्त पुरुष भी भूमि पर लोटने लगे।

महाकुमार ने प्रबोध देना प्रारम्भ किया, और कहा :

'राजन, क्षमा हमारा शस्त्र और दया हमारी सेना है। हम इसी राजबल से पृथ्वी की शक्तियों को विजय करते हैं। हम सद्धर्म का प्रकाश जीवों के हृदयों में प्रज्वलित करते फिरते हैं। हम त्याग, तप, दया और सद्भावना से आत्मा का शृंगार करते हैं। हे राजन, हम अपनी ये सब विभूतियां आपको देने आए हैं। आप इन्हें ग्रहण करके कृतकृत्य हूजिए।'

राजा धीरे-धीरे पृथ्वी से उठा। उसने कहा – और केवल यही विभूतियां ही आपके इस प्रशस्त जीवन का कारण हैं?

राजकुमार ने स्थिर गम्भीर होकर कहा – हां।

'इन्हीं को पाकर आपने साम्राज्य का दुर्लभ अधिकार तुच्छ समझकर त्याग दिया?'

'हां, राजन!'

'और इन्हीं को पाकर आप भिक्षावृत्ति में सुखी हैं, पैदल यात्रा के कष्टों को सहन करते हैं, तपस्वी जीवन से शरीर को कष्ट देने पर भी प्रफुल्लित हैं।'

'हां, इन्हीं को पाकर।'

'हे स्वामी! वे महाविभूतियां मुझे दीजिए, मैं आपका शरणागत हूं।'

भिक्षुराज ने एक पद आगे बढ़कर कहा – राजन, सावधान होकर बैठो।

राजा घुटनों के बल धरती पर बैठ गया। उसका मस्तक युवक भिक्षुराज के चरणों में झुक रहा था।

महाकुमार के कमंडलु से पवित्र जल निकालकर राजा के स्वर्ण-खचित राज-मुकुट पर छिड़क दिया, और कहा :

'कहो –

बुद्धं शरणं गच्छामि।
संघं शरणं गच्छामि।
सत्यं शरणं गच्छामि।'

राजा ने अनुकरण किया। तब भिक्षुराज ने अपने शुभ हस्त राजा के मस्तक पर रखकर कहा – राजन उठो। तुम्हारा कल्याण हो गया। तुम प्रियदर्शी सम्राट के प्यारे सद्धर्मी और तथागत के अनुगामी हुए।

इसके बाद राजा की ओर देखे बिना ही भिक्षु-श्रेष्ठ अपने निवास को लौट गए।

उनके लिए राजमहल में एक विशाल भवन निर्माण कराया गया। और उसमें श्वेत चन्दोवा ताना गया था, जो पुष्पों से सजाया गया था। महाकुमार ने वहां बैठकर

अपने साथियों के साथ भोजन किया और तीन बार राजपरिवार को उपदेश दिया। उसी समय तिष्य के लघु भ्राता की पत्नी अनुला ने अपनी पांच सौ सखियों के साथ सद्धर्म ग्रहण किया।

सन्ध्या का समय हुआ, और भिक्षु-मंडली पर्वत की ओर जाने को उद्यत हुई। महाराज तिष्य ने आकर विनीत भाव से कहा – पर्वत बहुत दूर है, और अति विलम्ब हो गया है, सूर्य छिप रहा है, अतः कृपा कर नन्दन उपवन में ही विश्राम करें।

महाकुमार ने उत्तर दिया – राजन, नगर में और उसके निकट वास करना भिक्षु का धर्म नहीं।

'तब प्रभु महामेघ उपवन में विश्राम करें; वह राजधानी से न बहुत दूर है, न निकट ही।'

महाकुमार सहमत हुए, और महामेघ उपवन में उनका आसन जमा।

दूसरे दिन तिष्य पुष्प-भेंट लेकर सेवा में उपस्थित हुआ। महाकुमार ने स्थान के प्रति सन्तोष प्रकट किया। तिष्य ने प्रार्थना की कि वह उपवन भिक्षु-संघ की भेंट समझा जाए, और वहां विहार की स्थापना की जाए।

भिक्षुराज ने महाराज तिष्य की यह प्रार्थना स्वीकार कर ली। महामेघ अनुष्ठान के तेरहवें दिन, आषाढ़ शुक्ल त्रयोदशी को महाकुमार महेन्द्र, राजा का फिर आतिथ्य ग्रहण करके, अनुराधपुर के पूर्वी द्वार से मिस्सक पर्वत को लौट चले।

महाराज ने यह सुना तो वह अनुला और सिंहालियों को साथ लेकर, रथ पर बैठकर दौड़ा।

महेन्द्र और भिक्षु तालाब में स्नान करके पर्वत पर चढ़ने को उद्यत खड़े थे। राजवर्ग को देखकर महाकुमार ने कहा – राजन, इस असह्य ग्रीष्म में तुमने क्यों कष्ट किया?

'स्वामिन, आपका वियोग हमें सह्य नहीं।'

'अधीर होने का काम नहीं। हम लोग वर्षा-ऋतु में वर्षा-अनुष्ठान के लिए यहां पर्वत पर आए हैं, और वर्षा-ऋतु यहीं पर व्यतीत करेंगे।'

महाराज तिष्य ने तत्काल कर्मचारियों को लगाकर 68 गुफाएं वहां निर्माण

करा दी, और भिक्षुगण वहां चतुर्मास व्यतीत करने को ठहर गए। एक दिन तिष्य ने कहा :

'स्वामिन, यह बड़े खेद का विषय है कि लंका में भगवान बुद्ध का ऐसा कोई स्मारक नहीं, जहां उसकी भेंट-पूजा चढ़ाकर विधिवत अर्चना की जाए। यदि प्रभु स्मारक के योग्य कोई वस्तु प्राप्त कर सकें, तो उसकी प्रतिष्ठा करके उस पर स्तूप बनवा दिया जाए।'

महाकुमार महेन्द्र ने विचार कर सुमन भिक्षु को लंका-नरेश का यह सन्देश लेकर सम्राट प्रियदर्शी अशोक की सेवा में भारतवर्ष भेज दिया।

उसने सम्राट से महाकुमार और महाकुमारी के पवित्र जीवन का उल्लेख करके कहा – चक्रवर्ती की जय हो! महाकुमार और लंका-नरेश की इच्छा है कि लंका में तथागत के शरीर का कुछ अंश प्रतिष्ठित किया जाए, और उसकी पूजा होती रहे।

अशोक ने महाबुद्ध के गले की एक अस्थि का टुकड़ा उसे देकर विदा किया।

महाकुमार उस अस्थि-खंड को लेकर फिर महामेघ उपवन में आए। वहां राजा अपने राजकीय हाथी पर छत्र लगाए स्वागत के लिए उपस्थित था।

उसने अस्थि-खंड को सिर पर धारण किया, और बड़ी धूमधाम से उसकी स्थापना की। उस अवसर पर तीस सहस्र सिंहालियों ने बौद्ध-धर्म ग्रहण किया।

द्वीप-भर में बौद्ध धर्म का साम्राज्य था। सम्राट ने अपने पवित्र पुत्र और पुत्री को तीन सौ पिटारे भरकर धर्म-ग्रन्थ उपहार भेजे थे। उन्हें वहां के निबासियों को उन्होंने अध्ययन कराया। एक बच्चा भी अब बौद्धों की विभूति से वंचित न था।

भिक्षुराज महाकुमार महेन्द्र कठिन परिश्रम और तपश्चर्या करने से बहुत दुर्बल हो गए थे। वृद्धावस्था ने उनके शरीर को जीर्ण कर दिया था। महाराजकुमारी के द्वीप की स्त्रियों को पवित्र धर्म में रंग दिया था। दोनों पवित्र आत्माएं अपने जीवनों को धैर्य से गला चुके थे। उन्हें वहां रहते युग बीत गया था। एक दिन भिक्षुराज महेन्द्र ने कुमारी संघमित्रा से कहा :

'आर्या संघमित्रा! मेरा शरीर अब बहुत जर्जर हो गया है। अब इस शरीर का अन्त होगा। यह तो शरीर का धर्म है। तुम प्राण रहते अपना कर्तव्य पूर्ण किए जाना।' उसके मुख पर सन्तोष के हास्य की रेखा थी।

उसी रात्रि को एक अनुचर ने, जो कुमार के निकट ही सोता था, देखा कि उनका आसन ख़ाली है। वह तत्काल उठकर चिल्लाने लगा – हे प्रभु! हे प्रभु! समुद्र की लहरें किनारों पर टकराकर उस पार के मित्रों की आनन्द-ध्वनि ला रही थीं। अनुचर ने देखा, महाकुमार भिक्षुराज बोधि-वृक्ष को आलिंगन किए पड़े हैं। उनके नेत्र निमीलित हैं। अनुचर लपककर चरणों में लोट गया। लोग जाग गए और वहीं को आ रहे थे। इस भीड़ को देखकर कुमार मुस्कुराए, सबको आशीर्वाद देने को उन्होंने हाथ उठाया, पर वह दुर्बलता के कारण गिर गया। धीरे-धीरे उनका शरीर भी गिर गया। अनुचर ने उठाकर देखा तो वह शरीर निर्जीव था। उस स्निग्ध चन्द्रमा की चांदनी में, उस पवित्र बोधि-वृक्ष के नीचे वह त्यागी राजपुत्र, ससागरा पृथ्वी की एकमात्र उत्तराधिकारी धरती पर निश्चिन्त होकर अटूट सुख-नींद सो रहा था, और भक्तों में जो-जो सुनते थे, एकत्र होते जाते थे, और चार आंसू बहाते थे।

वह आश्विन मास के कृष्णपक्ष की अष्टमी थी, जब भिक्षुराज महेन्द्र ने जीवन समाप्त किया। उस समय यह महापुरुष अपने भिक्षु-जीवन का साठवां वर्ष मना रहा था, उसकी आयु अस्सी वर्ष की थी। उसने अड़तालीस वर्ष तक लंका में बौद्ध धर्म का प्रचार किया।

उस समय महाराज तिष्य को मरे आठ वर्ष बीत चुके थे। उसके छोटे भाई उत्तिय ने, जो अब राजा था, जब इस महापुरुष की मृत्यु का संवाद सुना तो वह बालक की तरह रोता और बिलखता हुआ उस पवित्र पुरुष के गुणगान करता दौड़ा।

राजा की आज्ञा से भिक्षुराज का शव सुगन्धित तैल में रखकर एक सुनहरे बक्स में बन्द कर और अनेक सुगन्धित मसालों से भर दिया गया। फिर वह एक सुनहरे शकट पर, बड़े जुलूस के साथ, अनुराधपुर लाया गया। समस्त द्वीप के अधिवासियों और सैनिकों ने एकत्र होकर इस महाभिक्षुराज के प्रति अपनी श्रद्धांजलि भेंट की।

राजधानी की गलियों से होता हुआ जुलूस अन्त में पनहम्बमाल के विहार

में जाकर रुका, जहां वह शव सात दिन रखा रहा। राजा की आज्ञा से विहार से पचीस मील तक चारों ओर का प्रदेश तोरण, ध्वजा, पताका और फूल-पत्तों से सजाया गया।

इसके बाद शव चन्दन की चिता पर रखा गया और राजा ने अपने हाथ से उसमें आग लगाई।

जब चिता जल चुकी तो राजा ने राख का आधा भाग चैत्य-पर्वत पर, महिंतेल में ले जाकर गाड़ दिया, और शेष आधा समस्त विहारों और प्रमुख स्थानों में गाड़ने को भेज दिया।

इस प्रकार अब से बाईस सौ वर्ष पूर्व वह महापुरुष असाधारण रीति से जन्मा, जिया और मरा। लंका द्वीप को इस महापुरुष ने जो लाभ प्रदान किया, वह असाधारण था। उसने यहां की भाषा, साहित्य और जीवन में एक नवीन सभ्यता की स्फूर्ति पैदा कर दी थी, और कला-कौशल में उत्क्रान्ति मचा दी थी। यह सब इस द्वीप के लिए एक चिरस्थायी वरदान था।

आज भी वर्ष के प्रत्येक दिन और विशेषकर पौष की पूर्णिमा को अनेक तीर्थयात्री महिंतेल पर चढ़ते दिखाई देते हैं, और प्राचीन कथाओं के आधार पर इस महापुरुष से सम्बन्ध रखने वाले प्रत्येक स्थान की यात्रा करके श्रद्धांजलि भेट करते हैं।

जिस स्थान पर महाकुमार का शव-दाह हुआ था, वह स्थान अब भी 'इसी भूमांगन' अर्थात 'पवित्र भूमि' कहाता है, और तब से अब तक उस स्थान के इर्द-गिर्द पचीस मील के घेरे में जो पुरुष मरता है, यहीं अन्तिम संस्कार के लिए लाया जाता है।

इस राजभिक्षु ने जिन-जिन गुफाओं में निवास किया था, वे सभी महेन्द्र गुफा कहाती हैं। अब भी चट्टान में कटी हुई एक छोटी गुफा को 'महेन्द्र की शय्या' के नाम से पुकारते हैं। पहाड़ी के दूसरी ओर 'महेन्द्र-कुंड' का भग्नावशेष है, जिसे देखकर कहा जा सकता है कि उस पर न जाने कितना बुद्धि-बल और धन ख़र्च किया गया होगा।

क्या भारत के यात्री इस महान राजभिक्षु की लीला-भूमि को देखने की कभी इच्छा करते हैं?